交際0日。湖月夫婦の恋愛模様

目次

交際0日。湖月夫婦の恋愛模様　5
番外編　忘れ去られた秋の日　283

交際0日。湖月夫婦の恋愛模様

1　突然ですが結婚します

最近三十歳になった野添藍《のぞえあい》の朝は、至極平凡なものだ。

スマホのアラームよりも早く目覚めて遮光カーテンを開け、うんと伸びをする。ここのところ暖かくなったおかげか、目覚めがよくなった。自然と見た時計は朝七時前。今頃、父・弘行《ひろゆき》が営むパン屋〈パンののぞえ〉からは、食欲をそそる焼きたてパンの香りが古きよきアーケード街に漂っているだろう。

軽いストレッチを終えると、二階の自室から一階のダイニングに向かう。

「おはよう、お母さん」

「おはよ！　藍、お味噌汁、あっためてね」

家事に追われて、コマネズミのようにあっちこっち動いている母・弓香《ゆみか》をのんびりと見ながら、テレビをつける。ちょうど、地方局で天気予報をやっていた。

お天気はしばらく晴れるでしょう。暖かい陽気が続きますので紫外線対策は忘れずに。夜の冷え込みは緩やかになりましたね。アナウンサーの声とともに、地元の公園——通称・城山公園の葉桜並木が映る。

(仕事を辞めた頃は、桜の枝は寒い寒いと北風に揺れていたな)

そんなことを思いながら、炊飯器から炊きたてご飯をよそう。

実家はパン屋を営んでいるが、朝食は白いご飯とお味噌汁、乳酸菌飲料が欠かせない。ひとり暮らしのときでも、藍はしっかりと朝食を取っていた。おかげで無病息災、健康優良。それが唯一の自慢だ。

本日の朝食は、炊きたてのちょっと固めの新潟産コシヒカリ、弘行特製味噌の具だくさん味噌汁、焼いた塩鮭に、ネギとちりめんじゃこがたっぷり入っただし巻き玉子。八百屋さん自慢の春キャベツの千切りサラダ。こんなに手間がかかった朝ご飯が目を覚ませば用意されている実家は最高――であるものの、家事手伝いの身には無言の圧力を感じる。

『――六越《むつごし》デパート美術館では〈日本画家・湖月舜日《こげつしゅんじつ》の世界展〉が始まりました』

風景の刹那《せつな》を切り取った水墨画が、テレビモニターいっぱいに映し出された。〈落陽《らくよう》〉というタイトルが付いた水墨画は、白と黒の濃淡で空と海のグラデーションが描かれているだけなのに、彩《いろど》り鮮やかな夕焼けと凪《な》いできらめく海に見える。

(すっごく綺麗……。今にも夕日が沈みそうだし、穏やかなさざなみが聞こえそう……。白黒なのに不思議。お休みの日に行ってみようかな。テレビでもすごく迫力があるから、実物はもっとすごいんだろうなぁ)

身体も心も温まる具だくさん味噌汁をずずっと啜《すす》りながら考える。

先日、二十五キロもある粉袋を、パントリーにひょいひょい積んでいる藍を見た弘行に、「我が娘ながら逞《たくま》しすぎる」と苦笑いされたので、文化芸術に触れたかった。脳筋だと思われているに違いないから。

そもそも藍は逞《たくま》しい。高校時代はバドミントン部に所属し、大学ではバドミントン部に所属するかたわら、トライアスロン大会にも出場したし、女子マラソンにも出場し完走している。昨年は何年かぶりに参加したシティマラソン女子の部（ハーフマラソン）で完走を果たしたが、きちんと準備していなかったので、女子の平均タイム以下だったのが悔しい。今年は身体をしっかり作ってから挑みたいところ。

中堅どころの広告代理店に就職してからは、スポーツジムとボルダリングジムに通い、フットサルサークルにも所属していた。スポーツ観戦が趣味で、美術館や博物館にはまったく興味も関心もなかった。適度な運動が好きな反面、学生時代の社会科見学――寺社仏閣、美術館巡りは苦痛だった。

授業の美術も苦手だった。ペーパーテストは高得点、提出物は締め切り厳守をし、なんとか先生の恩情で、五段階評価のCを獲得していた。なにをどうしても壊滅的な絵や立体物になるのである。おかしい。選択授業になってからは美術を選ばずに音楽を選んでいた。家庭科の成績はよかったし、料理裁縫は得意分野だが、技術の授業で本棚を作っていたのに瓦礫《がれき》になっていたのには、優しい両親も引いていた。不思議である。

（恥ずかしい過去が蘇《よみがえ》っちゃったな）

三十路《アラサー》で無職・家事手伝いになった。時間だけはたっぷりある身なので、見聞を広めたかったのも事実。日本の世界遺産巡りもしたいが、身近にある博物館や美術館から世界を広げるのもいい。

そう思っていた矢先に飛び込んできたあの美しい水墨画のニュースは、なんだか吉報に感じた。

「藍、いつまでのんびりしてるの？」

「はぁい」

すっかり子供に戻ったかのような返事をして、朝食を急いで終わらせると食器をシンクの水桶《みずおけ》に浸し、洗面所へ向かう。歯磨き洗顔は入念に。その後、未だに段ボールが積みっぱなしの自室で着替え、サッと化粧をすると、ガレージに行く。

〈パンののぞえ〉と書かれた軽ボンネットバンと普通のミニバンが並ぶ隅に、赤色のロードバイクと競技用ヘルメットが置いてある。四年前に通勤ラッシュからの解放と終電を逃しても帰宅できるように購入した愛車だ。一昨年、夏季休暇と有給休暇を使って愛車とともに電車で房総半島へ向かった。真夏の房総半島をソロツーリングしたのは楽しい思い出だ。数少ない友人に「勇ましすぎる」と言われて軽くショックを受けた。

藍に合わせてチューニングした世界で一台の愛車は、実家に引っ越したのを契機に改造して街乗り用になった。チェーンホイールとサドルを替え、スタンドをしっかりした物に変更し、太いタイヤに交換し、幅広の泥よけ《フェンダー》をつけた。これまでの貯金と退職金があるから気兼ねなくチューニングしたが、改めて見てみるとやや寂しい。ハンドルのバーテープも赤い車体に合わせて赤色にしていたが、なんとなく白色に変えてみた。

無職・家事手伝いの身で街乗り用のクロスバイクを買うのは気が引けるし、気軽に旅行にも行けない。それに退社から二か月近く経つが、旅行する気分にはまだなれなかった。

（舜日展。お店が休みの水曜日に行ってみよう）

六越デパートがある隣の市までは十キロほど。だが、サイクリングなら近距離の範囲だ。平坦な道ばかりだから街乗り用のギアがちょうどいい。

ヘルメットをしっかりつけて、小さなリュックを背負い、以前より重量が増えたロードバイクを颯爽《さっそう》と走らせ、藍は朝の商店街へ向かった。


藍が〈パンののぞえ〉を手伝うようになって二か月弱が経った。高校生まで看板娘をしていたから、常連客の顔は覚えていたし、ご近所さんからも忘れられていなかったのがありがたいやら恥ずかしいやら。店を離れて十二年経っていたから、商店街の知人も常連客も十二年分老けていた。それは藍も同じだ。商店街には知らない店やオシャレなカフェもできていたし、シャッターが下りっぱなしの店舗も散見して少し寂しい。

朝九時にオープンした〈パンののぞえ〉のレジに藍が立つ。先ほどまで焼き上がりのパンを持って行き来していた弘行は、パンの仕込みと焼きに集中していた。今は、昼によく売れる惣菜パンやバゲットサンドを慣れた手つきで作っている。藍もレジが空くと厨房《ちゅうぼう》を手伝う。カレーパンやコロッケ、唐揚げなどの揚げ物や、ベーグルサンドを作る。

昼になると、近くの役所や工事現場から客がやってきて忙しくなる。とはいえ、夕方の忙しさに比べればゆったりとした賑わいだ。焼きたて高級食パンやフランスパン類が店頭に並ぶ午後二時頃は、赤ちゃん連れのママが増える。〈パンののぞえ〉一番人気のクロワッサンは、この時間帯にはほとんど消えてしまう。

弓香は、午前中に近隣の保育園や提携の喫茶店、洋食店などにパンを配達して、午後はネットで注文を受けたパンを近くの配送センターに持ち込む。

凪《なぎ》の時間は午後二時過ぎから四時頃だ。そのあいだに遅い昼食を厨房《ちゅうぼう》で食べ、そのあとは夕方のピークに合わせて焼き上げる惣菜パンと菓子パンなどを成型し、空いた時間で粉まみれの事務室を気持ちばかり掃除したり、洗い物や片付けをしたりする。

夕方のピークが終わったら、翌朝に焼き上げるパンの仕込みや在庫チェック、店頭の掃除と売り上げの計算になる。両親の仕事になるので、元看板娘はさっさと家に戻ると、夕食を作り、風呂を沸《わ》かしておく。

それなりに忙しい日々だが、慣れた作業が多いせいか、時間が余ってしまう。身体を動かしていないときに思い出すのは、退職までの苦くてつらいことばかりだ。考えたくないのに。

「おーい、藍。ぼんやりしてないで食パン切ってよ」

「はぁい」

午後二時すぎ、弘行に声をかけられた藍は返事をして立ち上がる。

弓香特製弁当を食べたあとは、やたら眠たい。それでぼんやりしていた。しっかりと炭水化物を摂取すると眠たくなるから、会社勤めのときは軽い昼食にしていた。

(まだ思い出す。いやだな。早く忘れたい)

手を消毒してビニール手袋をつけると、業務用スライサーでパンを切っては袋につめて、何枚切りかの表示用シールを貼っていく。

(そろそろかな?)

この落ち着いた時間帯に、ほとんど毎日現れるちょっと不思議な客がいた。

肩くらいまでの長い黒髪をもっさりと後ろでひとつにまとめた、作務衣《さむえ》姿の湖月舜太郎《こげつしゅんたろう》という客だ。作務衣《さむえ》の上に絵の具で汚れたエプロンやスモックを着ているが、足にはよく磨かれた革靴や汚れてないスニーカーを履《は》いている。

挨拶と少々言葉を交わすくらいだが、彼の声は歯切れがよく、甘さのあるバリトンは、声優のようで聞き心地がいい。そのせいか、いつももう少し会話を続けたくなる。

弘行によると、舜太郎は売れない画家で三十代半ば独身。商店街がある駅前地区の住民ではないが、近隣の地区に住んでいるのではないか、という話だ。

(よく知ってるわよね。……ということは、逆もまた然《しか》り、か)

パン屋の弘行が知る話は、当然商店街の人たちも知っている。つまり、元看板娘が都落ちしたのも耳聡《みみざと》く知っているだろう。

弘行の好みで店内にはジャズスタンダードが静かに流れている。そこへ、コロロロンと、牧歌的なアニメのヤギたちが鳴らすベルに似たドアベルが響く。これは、父がヨーロッパでのパン修業中に買ってきた記念品だ。

「いらっしゃいませ」

「こんにちは」

来店したのは、本日ももたっとしたスモックを着た舜太郎だった。彼は毎回、高級食パン一本とあんパンやクリームパンなどの数点の菓子パンと惣菜パンを購入して帰る。ひとり暮らしでは食べ切れないだろう量だ。それともパンしか食べていないのか。もしもそうなら、他人事ながら食生活の偏《かたよ》りが心配になる。

店内を回った舜太郎のトレイには、春の新作・フレッシュいちごのフルーツデニッシュ、ドライいちじくとクルミのスコーン、ザクザクメロンパンがのっていた。今日はお気に入りのこしあんパンとクリームパンがのっていない。珍しいこともあるものだ。

「あと、高級食パンをお願いします」

優しくて甘さのあるバリトンは、店内BGMのジャズスタンダードによく合っていて、つい耳を傾けそうになる。

毎日、千円もする高級食パン一本と千円超分の菓子パン、惣菜パンを買っている。売れない画家だと聞いているから、経済状況も気になる。無理をしていなければいいけれど、とこれまた他人事ながら気にしてしまう。他人だから口出しできないが。

藍は、舜太郎を見上げて柔らかく微笑《わら》う。

「メロンパン、おいしいですよね」

「ええ、クッキーがザクザクしていて、ふんわり甘い生地が好ましいです」

よく見るとフェイスラインはシャープで端整な顔をしている。もっさりとした髪型と汚れた服装でなければモテそうだ。

長い前髪で隠れていた目とばちっと目が合って、藍は変に照れてしまった。それを隠すよう、急いで手を消毒してからビニール手袋をはめて、パンを包むのに専念する。

会計をすませて、再度アルコール消毒した素手で、パンが入ったビニール袋と高級食パン用の紙袋を手渡す。舜太郎は、いつもならすぐにレジから立ち去るのだが、この日は違った。

なにか言いたそうにしているので、藍は長身の彼を見上げて待つ。彼の頬がみるみるうちに赤くなる。長い髪でちらりとしか見えない耳も真っ赤だ。なにごとだろう？

「野添藍さん」

「なんでしょう、湖月さん」

「結婚してください」

「はい、いいですよ。…………ん？」

（ん？　んん？　あれ？　今、とんでもないことを言われた気が……。結婚とかなんとか）

「えっと、聞き間違いでした？」

見上げた舜太郎は顔を赤らめてはいるものの、表情は真剣だった。

「間違いではありません。僕と結婚してくださいと、藍さんに申し込みました」

声が震えている。冗談で言ったのではなさそう。

藍は少し考える。

結婚。降って湧いたというよりも、挨拶のように軽く舞い込んできた。

おそらく、結婚を前提にお付き合いしてください、と言うはずが、すっ飛ばしてしまったのだろう。そう思うと、舜太郎は茶目っ気のある人なのかもしれない。

無職・家事手伝いの身である藍は、この先再就職はおろか、結婚など縁がなさそうだ。それに——舜太郎自体は嫌いでもないし、いつしか少し興味が湧いていた。よく知っているわけでもないが、口八丁手八丁で詐欺を働くようにも見えない。誠実そうだなとは思う。

自分のなにがよくて、結婚前提の付き合いをしようと思ったのかはわからないが、純粋に舜太郎への興味が湧いた。結婚を前提に付き合ってもいいかもしれない。

「しましょう、結婚」

「いいんですか？　ほんとうに？」

「はい。よろしくお願いしますね」

にっこり笑うと、真っ赤になった舜太郎はぺこりとお辞儀をした。どうやら成立したようだ。

藍は、厨房《ちゅうぼう》でアルミ板に滅菌スプレーをかけている弘行に声をかける。

「お父さん。わたし、結婚することにしたから」

ちょっとコンビニに行ってくる。そんな感じで言ったものだから、弘行は「はいよー」と言ったあとで、すべての機能を忘れたロボットのようにピシッと固まって、藍を見つめ返した。

◇◆◇

恋をして、交際期間中に互いの価値観や相性をよく知り、愛し合い、結婚の準備をする。これが、結婚までの一般的な流れだと、藍は思う。

翌日の水曜日は、〈パンののぞえ〉の定休日。野添家の前に止まった一台の高級セダンから降りてきた男は、そのよくある流れをすっ飛ばした。婚姻届と、おしゃれで可憐なバラの花束を持ってきたのだ。

玄関に立つ、長い黒髪を丁寧に梳《す》いた和服姿のイケメンは、舜太郎と同じ顔で同じ声をしていた。

藍が、舜太郎本人だと気がつくまで、わずかばかり時間がかかり、次いでその手にある婚姻届を見てぽかんとした。

(結婚前提だから？　それにしても早くない？　婚姻届で真剣さをアピールしている、とか？　そんな感じじゃなくて、もう結婚するしかない、って雰囲気だけど……まさかね)

野添家のリビングの古びたソファに座る舜太郎は、間違ってやってきたモデルのようだ。端整な顔は小さく、手足が長い。

彼の背後に立っている、スーツをかっちり着こなした男・君島七瀬《きみしまななせ》は秘書だという。君島は、舜太郎の戸籍謄本《こせきとうほん》、マイナンバーカード、パスポート、昨年の健康診断書、簡単な履歴書などをローテーブルに並べ、説明する。

（本気のプレゼンテーションだ）

藍は笑顔の裏側で驚いている。弘行も驚きながら、舜太郎が持ち込んだたくさんの書類を真剣な顔で読んでいる。

「湖月さん、うちの子でいいんですか？」

なにか知っている素振りで聞いたのは、弓香だった。やや緊張している様子の舜太郎ははにかみ、「はい」と答える。笑みを浮かべると、もっさりとした売れない画家ではなく、三十代男盛りのイケメンそのものだ。身だしなみと着ているものの力もあるが、舜太郎が迷いない姿勢でいるのも大きい。

書類に記載されている生年月日を見ると、彼・湖月舜太郎は三十六歳だ。パスポートにはいろんな国のスタンプが捺《お》されていた。

「ご両親はなにかとご心配でしょうから、メインで使っている銀行の通帳をどうぞ。ほかの銀行と投資で使っている銀行の通帳はこちらです。保有している株と外貨預金などもありますので、後日書面にてお知らせします」

預金通帳を手渡されて目を通した弘行は、瞠目《どうもく》し言葉を失った。なににそんなに驚いたのだろうか。預金ゼロ、なのか？

「藍さんもどうぞ。共有財産になるのですから」

「はあ」と気が抜けた返事をした藍は、弘行とは別の通帳を手に取り、記載された数字を目で追いかける。

（いちじゅうひゃく……せんまん？　サブ銀行で見たことがない桁《けた》なんですけど？　はい？　新手の詐欺かなにかなの？　わたしなんて騙《だま》しても仕方ないし。ほ、本気？）

ちなみに、藍の貯金は四百五十万円ほど。別の銀行にわずかばかりの退職金が預けてあるが、それで全財産である。投資や株などをする余裕はなかったが、貯金は頑張ったほうだ。

「あの、湖月さん。わたしのパスポートや通帳は見なくてもいいんですか？」

おそるおそる聞くと、にこにこしどおしの舜太郎は「はい」と歯切れよい返事をした。

「妻の財産は妻のものです。契約書類等を作成してきたので、目を通してください。この契約書には藍さんの意見意向が入っていないので、日を改めて作成し直しましょう」

昨今は結婚するときに生活上のトラブルを避けるため、約束を契約書として書面に残すカップルも少なくないと聞く。が、舜太郎が作成した契約書は生活上の約束というよりも財産関係を明確にするための婚前契約書のようだ。

「はぁ」

（変わった人。変わりすぎている。真面目な人、なの？　どうなんだろう？　結婚を前提にお付き合いしますって言った翌日に婚姻届とそのほか諸々用意するくらいだから、変わった人よね。面白い人、なのかしら？）

「湖月くんは、その、絵描きをしているんだよね？」

にわかには信じられないといった表情のまま、弘行が聞く。

「はい。簡単な経歴を書面にしましたのでご確認ください。時間がなくてウェブページのＵＲＬしか載せられませんでしたが、明日にはこれまでの活動の新聞雑誌のコピーをお渡しできると思います。スマホでも事務所のウェブサイトが見られます。君島、タブレットを」

「あ、いや、うん。あ、うん。あとで見せてもらおうかな。うん。……なにしろ急だからね。なかなか頭がおっつかないんだよ。入籍は今日じゃなきゃだめなのかな？　ああ、大安吉日が今日か」

どうやら結婚前のお付き合いはないようだ。

合わなければ離婚すればいい、くらいの気構えでいよう。バツイチというトロフィー獲得が、いいのか悪いのかわからないが。

「お父さん、わたしは大丈夫よ。長く付き合えばいいってものじゃないもの。それにお見合い結婚も似たようなものでしょ」

重みのある娘の言葉に弘行は渋々頷き、助けを求めるように弓香に視線を向ける。

「いいんじゃないの？　子供同士のままごとじゃないんだから、親がとやかく言って幸せになれるものじゃないわ。ヒロくんだって、あたしと出会って三か月後には結婚を申し込んできたじゃない」

「あれは、だな。……今は関係ないよ。仲人《なこうど》も立てずに、結婚式もせず、入籍だけって藍が可哀想じゃないか」

「ヒロくん。仲人《なこうど》さんを立てない結婚式は増えてるんですって。結婚式だって親がお金を出すわけじゃないから、本人たちの問題。今は結婚式にお金を使わずに新婚旅行を豪華にするのも流行《はや》ってるらしいのよ。結納や婚約だってそうでしょ。いろんな結婚の形があって、さまざまな夫婦がいるの。盛大な結婚式を挙げたカップルが翌日離婚する場合もあるし、出会って三か月で結婚して三十年以上も夫婦でいるカップルだってここにいるじゃないの」

（お母さん、柔軟すぎじゃない？）

「せめてだね、湖月くんのご両親に会いたいじゃないか」

「すみません。父は身体を悪くして静岡の富士山が見える町で療養していて、母は仕事でロサンゼルスにいます。家族チャットで結婚したい旨を伝えると、おめでとうと言ってくれました」

療養中と聞き、弘行は一気に同情的になった。弓香がしっかりしているぶん、弘行はお人好しで他者に同情的だ。

「伝えているならいいんじゃない？　湖月さんが親御さんから信頼されている証拠でしょ。三十六歳なんだもの」

「けどね」

「結婚を決めるのは本人たちで、周りの人間じゃないの。周囲の人間関係や環境も無関係ではないけれど、そのなかで幸せを築くのは本人たち。そうでしょう？」

弓香の柔軟な結婚観に驚かされたが、藍も同じ意見だったから強く頷く。

舜太郎が姿勢を正して座り直す。背筋がピンとして凛々《りり》しい。深々と頭を下げたあとで、緊張した面持ちで言う。

「藍さんを幸せにする自信があります。この世の悪意や邪《よこしま》なことからも守り切り、いついかなるときも藍さんが笑って暮らせるように努めます。病めるときも健やかなるときもと言いますが、なんでもない平穏な日々であっても、その逆の日々でも、僕は藍さんの意志と意見を尊重して、妻となる人を裏切らずに愛し抜きます」

彼が真摯《しんし》に、熱意を込めて藍を見つめるものだから、思わず胸がとくんと高鳴った。どきどきしてしまう。ほとんどなにも知らないのに、信じていいのだと思わせる説得力がある。両親も同じのようで、真剣な表情で舜太郎を見て、そして藍を静かに見守った。

（湖月さん、何度も練習してくれたみたい。なんでもスマートにこなしそうなのに）

それに、なんとなくだが、舜太郎とはうまくいく気がする。ただの直感だ。でも、形容しがたい、きらめきのようなものを感じる。

「お父さん、お母さん。まずはわたしを信じて。わたしは湖月さんを信じるから」

急な話だったし、驚くことが多すぎたが、とくに揉《も》めずに、婚姻届に必要事項を記載する。婚姻届の証人欄は、藍側は父・弘行が、舜太郎側は君島がその場で筆記して捺印した。

運転手が運転する高級セダンに乗りこみ（助手席に君島が座っていた）、市役所へ行く。ゼロの多い通帳をいくつも持っているお金持ち……真のお金持ちというのだろうか？　だから、売れない絵描きを続けられるのか。

市民課窓口で必要書類を揃えて、滞《とどこお》りなく婚姻届を提出した。さらさらと澱《よど》みなく流れる川のように手続きを終えた野添藍は、たった今から湖月藍になった。後日、諸手続きをしなければならないが、今日は婚姻届を提出するだけにした。

市役所を出て駐車場へ向かうとき、

「手を、つないでもいいでしょうか？」

と訊ねた舜太郎は、晴れやかに微笑んでいて、邪気が欠片《かけら》も見当たらない。晩春の爽やかな風が彼の長い髪をさらう様は、いつだったか見た水墨画を思わせた。なぜかわからないけれど。

「はい。夫婦になったんですから、手ぐらいつなぎましょう」

これから舜太郎と歩いていくのだという思いが強い。

雲ひとつない今日の空のような、のどかな日々が訪れる——そんな予感さえした。

遠慮がちにそっと手が触れ合う。舜太郎の手は男らしく節ばっている。整った指と健康そうな爪。どこか余人と違うように感じるのは、彼が画家だからだろうか？

藍のバッグからスマホの着信音が響く。相手は弓香だった。

「あの、お寿司を取って、少し料理を作る予定なので、我が家で夕食を食べませんか？　って母が。……もしも、このあと予定がなければ、ですけれど」

「喜んで」

凛《りん》とした目尻がふうわりと下がる。

並んで歩くとよくわかる。舜太郎は背が高いだけでなく、そこそこ鍛えているのか背筋も伸びているし、しっかりと地を踏む歩き方も好感が持てる。完璧なイケメンだ。もっさりとした彼しか知らなかったから、新鮮を超えてギャップがすごい。

藍はどちらかといえば綺麗と言われることが多いが、誰かをひとめぼれさせるような魔性はない。

高校生時代は後輩女子たちにきゃあきゃあ言われたが、それだけ。友人関係の延長や気がつけば付き合っていた交際が多かっただけに、見た目で彼を虜《とりこ》にしたとは思えない。

舜太郎との接点は〈パンののぞえ〉だけだから、自分のなにがよくて結婚を申し込まれたのかさっぱりわからない。

「湖月さんは、わたしのどこがよかったんですか？」

「言うなら、直感です。藍さんとなら幸せになれるっていう」

彼が至極真面目に言うので、藍は目をしばたたかせた。

（芸術家ならではというか、やっぱり変わった人。とはいえわたしも即返事をしたんだから、相当変わってるわよね）

だけど、嫌じゃない。舜太郎の声も言葉も、雰囲気も心地いい。恋愛感情はまだ芽生えないが、友好的でありたい。

この先、売れない画家と貧乏暮らしをするかもしれないが。

（運転手つきの高級セダンがあるから、貧乏暮らしはしない、のかな？）

舜太郎となら幾多の難問も乗り越えていけそうな気がする。なぜだろう、明るい未来が来る予感ばかりがする。

一緒に暮らすにあたり、ひとつ懸念があった。舜太郎は太っているようには見えないが、健啖家《けんたんか》なのだろうか？　健康診断の血液検査の結果はすべて平均値で健康そのものだった。

「あの、聞いてもいいですか？　毎日食パン一本と菓子パンを数点買ってましたよね？　あれ、全部毎日食べちゃってるんですか？」

　あの量を毎日食べているならカロリーオーバーだし、よく飽きないなと思う。パン屋の娘が言うセリフではないが。

「菓子パンは絵を描くあいだのエネルギーにしているんです。食パンも全部食べてしまいたいのですが、聖子《せいこ》さん……家政婦さんと君島に止められて、一日一斤《いっきん》で我慢しています」

　それでもカロリーオーバーだ。「一斤《いっきん》も？」と驚くと、舜太郎は真顔で頷き、当然であると言いたげに続ける。

「のぞえさんの高級食パンは、口当たり滑らかなのにもちもちしているから、あっという間に食べてしまうんですよ。こしあんパンも、クリームパンも、口にすると不思議とすぐ消えてしまうんです。こんなにおいしいパンに出会えて僕は幸せです」

　弘行が代々受け継いできた味を褒められるのは、おもはゆい。

「それに……藍さんの笑顔は、創作するうえでなによりのエネルギーになっているんです」

「それは……、その、ありがとうございました」

　知らずに誰か――舜太郎の力になっているとは思わず、藍の頬が熱くなっていく。舜太郎がほんのり照れているのも一因か。

　そのとき、ふと、潤沢すぎる貯金額が浮かんだ。

（あれだけの預金がある人だから、きっと興信所を通じてわたしのことも調べたんだろうな）

　後ろ暗いところはないが、最大の汚点を思い出す。それでも舜太郎は選んでくれたのだ。

まだ口にできない深い傷だ。
藍は晴れの日に相応《ふさわ》しくない過去を心の奥にしまい込んだ。
そして、夫となった人の整った横顔を見上げた。
青い空を縁起のよいツバメがすいすい横切っている。とても、晴れやかな日だった。

2　驚きの連続です

前日の打ち合わせでは、これから一緒に住む家には身ひとつで来てほしい、とのことだった。とはいえ、着替えや化粧品類の必需品をスーツケースとボストンバッグにつめて、藍は迎えの高級セダンに乗り込んだ。

高級セダンは古い住宅街に向かう。元城下町だったこのあたりは、御屋敷町と呼ばれていて、古くて大きなお屋敷が多い。その一角でセダンがゆっくり止まり、運転手がドアを開けてくれた。

（ひぇぇ）

藍は大きな門を見上げる。どっしりとした数寄屋造《すきやづく》りの門には防犯カメラがあり、ホームセキュリティのシールがあるのが、なんだか任侠《にんきょう》映画を彷彿《ほうふつ》とさせる。が、このあたりには極道の組はない。

（すごいお屋敷。我ながら貧相な想像力と残念な語彙力《ごいりょく》……）

萌《も》える木々が高い塀となり、湖月邸の屋根が見えない。この天然石張りの塀もどこまで続いているのかすぐにはわからない。

狐につままれたような気持ちを隠して、インターフォンを押す。

『はい。湖月です』

「こんにちは。野添です」

声をかけると、すぐに門が自動で開いた。おずおずと入るのは失礼だと考え、家に戻るように普通に――やや緊張して門をくぐる。

湖月邸は古き日本家屋の様式とモダンが融合した和モダンな豪邸だった。白い石畳が続く先には、おしゃれな玄関ポーチがある。広がる庭園は和風そのもので、ハナミズキが歓迎するように白い花を揺らしていた。

「藍さん。おかえりなさい」

引き戸の玄関を開けて出迎えてくれた舜太郎は、今日も和装だ。灰緑《かいりょく》の着物に木の幹を思わせる柄の帯で爽やかだ。着慣れた感じがするから日常的に和装なのだろう。

それにしても『おかえりなさい』の言葉には少々面食らった。

初めて来たのに。結婚したのだから、おかしくはないのかもしれないが、ちょっと疑問符が浮かぶ。

だけど、舜太郎の晴れやかな顔を見ると、細かいことはどうでもいい気がした。

「湖月さん。……えっと、ただいま。それから……これからお世話になります。よろしくお願いしますね」

ぺこりとお辞儀をして頭を上げると、艶《あで》やかに微笑む舜太郎が手を差し出していた。しっかり握手をする。結婚相手というよりも、ビジネスパートナーとの挨拶みたいだ。

よく磨かれた無垢《むく》材の廊下を歩き、リビングに通される。予想をはるかに超えた広いリビングは吹き抜けで、高いところにある天井にはシーリングファンがついている。大きく開いた窓から庭園が見渡せるのが素敵だ。

和モダンな内装に合う大きなデザイナーズソファ、ライト、ローボードなど、置いてある家具のすべてがブランド品だ。高級感があるのに親しみやすい印象なのは、観葉植物や花が活けられているからだろう。

（うわぁ、広い。何十畳あるの？　おしゃれなインテリアの実例のなかにいるみたい。あのデザイナーズソファ、雑誌で見たやつだ）

動画配信サイトのインテリアチャンネルみたいでワクワクするが、なんとか平静を保とうとするが、気分がふわふわ上がってしまう。

「どうぞ楽にしてください。今日から藍さんの家なんですから」

「は、はい」

そうだ。今日からこんな超豪邸で暮らすのだ。実家のように部屋着姿で寝転べる雰囲気ではないが。

促《うなが》されてソファに座る。柔らかな革張りのソファは緊張を解してくれるような座り心地だ。さすがはデザイナーズ。

澄んだリビングの空気に、ふうわりと芳《こう》ばしいコーヒーの香りが混ざる。エプロンをつけた中年女性が、華やかな柄のコーヒーカップをテーブルに置いてくれた。

「ありがとうございます」

人のよさそうな中年女性は、たれた目元を柔らかくしている。エプロンをつけているから、ホームキーパーさんだと思うのだが、それにしてはやや距離感が近い気がする。

「紹介しますね。あちらが運転などの雑務をしてくれる畠山正和《はたけやままさかず》さん」

舜太郎が手のひらで示す。リビング扉のほうに立っているスーツの中年の紳士は、さっきも運転をして、後部座席のドアまで開けてくれた人だ。優しげな風貌の畠山がぺこりとお辞儀をしたので、藍もお辞儀を返す。

「それから、こちらが畠山聖子《せいこ》さん。家政婦をしてくれている、家事のエキスパートです。正和さんと聖子さんはご夫婦なんですよ。この家の西にご自宅があり、そこから通ってくれています」

今度は聖子が人好きのする朗らかな笑顔でお辞儀をした。藍も笑顔でお辞儀を返し「よろしくお願いします」と言うと、聖子はハキハキと話す。

「こちらこそよろしくお願いします。アレルギーや苦手な食べ物、飲み物がございましたら、遠慮なくおっしゃってくださいましね。坊ちゃん……ご結婚なさったので若旦那さまですね。若旦那さまはアレルギーや好き嫌いはございませんが、ブラックコーヒーが飲めないんですよ」

ふふふと笑う聖子を、気まずい男の子のような顔で舜太郎が見やる。そういえば、舜太郎の前に置かれたコーヒーにはミルクがたっぷりと入っていた。

落ち着いた大人の男にしか見えないが、可愛い一面もあるようだ。

(これから湖月さんを知っていくと、もっと意外な面もあるんだろうな。わたしには意外なところなんてないけれど)

「わたしもアレルギーと好き嫌いはありません。でも、子供の頃はピーマンとトマトが嫌いでした」

「僕も同じでした。食べ盛りになって、旺盛な食欲が勝ったんですよ」

「あ、それ、わたしも同じです。部活していたときに食べなきゃお腹が空くのでなんでも食べました」

ささやかな共通点が場を和《なご》やかにしてくれる。

「僕は中学高校と中距離ランナーをしていました。今でもジョギングは続けているんです」

これも意外だった。画家なのだから美術部に所属していたのだと勝手に決めつけていた。難関美大に現役合格を果たしたと昨晩話していたから、よほど優秀だったのだろう。売れない画家を続けていられるのは、資産家で欲がないから？　と、勝手に憶測する。

「わたしも身体を動かすのは大好きです。ジョギングにお付き合いしてもいいですか？　……あ、お邪魔でなければですけど」

「ええ、喜んで。ランニングシューズは？」

「明日、両親に運んでもらうつもりでした」

そう。どこかの慎ましいアパートで新婚生活がスタートするのだと思い込んでいたから、今日は着替えと化粧品類が入ったボストンバッグとスーツケースだけ。部屋の様子を見てから、必要なものだけ運び入れる予定だった。愛車のロードバイクは明日以降取りに行くつもりだ。

「そうそう、もうひとりの紹介がまだでしたね」

部屋の隅に、スーツを着た、フレームレス眼鏡のかっちりとした印象の男がいる。君島七瀬。

「マネージャー兼秘書の君島七瀬。僕とは兄弟のように育った人物で親友なんです。七瀬も通いで日参しています」

「よろしくお願いします」

藍がお辞儀をすると、彼はロボットのように規則正しいお辞儀を返した。舜太郎が柔和だからか、君島は堅い印象を受ける。

「若旦那さま。お喋りをしながら、おうちをご案内なさってはいかがですか？」

「ああ、そうですね」

聖子の提案を受け、舜太郎がスッと立ち上がる。和服を着慣れているのか動きに淀みがない。

整った手を差し出され、藍はエスコートされて広々としたリビングをあとにした。


湖月邸はどこも広かった。豪邸なのだから当たり前なのだが。

リビング近くのダイニングは、居心地がよさそうな大正モダン。広々とした明るく清潔なキッチンはキッチンスタジオのよう。内庭が見える和モダンな応接間とクラシカルな和室。琉球畳の仏間、客室。風呂などの水回りはまだ確認していないが、きっと贅沢で広いのだろうと想像に容易《たやす》い。

キッチンの近くには畠山夫妻の休憩室がある。

（個人のおうちに従業員の休憩スペースがあるのね。……ドラマかな？　マンガかな？）

階段を上がり二階へ。ずっと舜太郎と手を重ねているのを意識してしまう。

階段を上がったすぐのホールにはミニバーがある。飴色《あめいろ》の棚には、高級そうなウイスキーやバーなどで見かけるカクテル用の酒も並んでいた。昨日の舜太郎はあまりビールを口にしていなかったな、と思い出す。もしかしたら、コーヒーだけでなくビールの苦味も苦手なのだろうか？

広く、無駄なものが置かれていない主寝室には、飾り気がないクイーンサイズくらいの大きなベッドがひとつ。長いあいだひとり暮らしだったから、純粋に寝るだけの部屋になっている、と舜太郎は付け加える。カーテンなどのファブリックが素敵なのに、殺風景なのは、ちょっとだけ部屋がかわいそうだ。寝室奥のウォークインクローゼットの隣のドアはバスルームなのだと話す。一階にもバスルームはあるが、寝る前や起きてすぐにシャワーが使えて便利らしい。庶民の感覚ではバスルームがふたつもあるのに驚く。

その隣の部屋は客間なのか、高級ホテルのシングルルーム（とはいえ広い）のようだった。そこに、藍のスーツケースとボストンバッグが置いてある。

落ち着いた配色のファブリックだから、ほんとうにホテルみたいだ。

「ここが藍さんの部屋です。足りないものや家具類は、明日来るインテリアコーディネーターと相談して決めましょう。信頼できる人なので、よく計らってくれると思います」

（お抱えのインテリアコーディネーターさんがいるんだ。これだけの家だからインテリアもプロデュースされたものだろうけど。別次元だなぁ）

「無線ＬＡＮのパスワードはスマホに送りますね」

「ありがとうございます。お気遣い助かります」

「ここで暮らすのですから、気遣いではなく、当然なんですよ」

「……そうでしたね」

舜太郎が帯に手を忍ばせてスマホを取り出し、なにやら操作している。

（へぇ、そういうところに挟んであるんだ。和服って便利なのかな）

すぐに、藍のハンドバッグにしまってあるスマホが軽やかな通知音を鳴らした。

スマホを取り出すと、ロック画面には水墨画の馬のアイコンと『湖月舜太郎』『パスワードなど』とメッセージの一部が見えた。

「あとで設定しますね」と返すと、舜太郎は首を傾げた。遠慮せず今やってもいいのに、と言いたげだ。

「たっぷり時間はありますから」

そう言うと、舜太郎は嬉しそうに少し目を細めた。

見慣れない美形の一挙一動が新鮮だ。

それから二階にある部屋を案内してもらう。ホテルのような広くてシンプルな部屋が三室。それから北側に見事に本だらけの書斎とトイレ。歩いていると、お掃除ロボットが行ったり来たりしている。二階には三台設置しているという。

（いくら家事のエキスパートがいても、掃除が大変そう。……掃除が好きなら、苦じゃないのかな？）

「離れが仕事場になっているんです」

主寝室に戻り、広いベランダから日本庭園をふたりで見下ろしていると、舜太郎がこんもりと萌える木々の向こうを指す。ガレージなどの反対に位置するそこには、平屋の屋根が見える。

「昔は茶室だったのですが、家をもらったときにリフォームしたんですよ」

家をもらう。庶民にはあまりない、いや、わからない感覚だ。

「ご両親は同居なさっていないんでしたよね」

「ええ、父は富士山が見える町に療養を兼ねて居を構えているんですけど、母が居着かない人で……。家族チャットやSNSの更新が頻繁なのでどこでなにをしているのかはわかるんですが……。元気でいるのは確かです」

「お母さまがお忙しいのはお仕事の都合なんですか？」

輸入品バイヤーかなにかだろうか？

「香崎亜里沙《かさきありさ》って知っていますか？」

「ええ、ジャズピアニストですよね！　父がファンでCDをたくさん持っているんですよ。え？　……まさか」

香崎亜里沙はメディアに出演するたびに若返っている美魔女だ。

「母なんです」

ほとほと困ったと言わんばかりだったので、家族は相当振り回されているのだろうと察せられた。

若いツバメがいるだの、愛人がいるだの報道されている恋多き美魔女だが、実はイメージ作りのためで、一切不貞を働いたこともないそうだ。帰国すると夫であり、舜太郎の父である岑生《みねお》にベッタリで離れないらしい。

舜太郎が三十六歳でも美形なのは、美魔女譲りか。

「それで湖月さんは美形なんですね」

つるっと言ってしまい、藍は口を押さえた。舜太郎は整った眉を上げる。

「舜太郎、と。湖月は藍さんの名字でもありますから、舜太郎と呼んでください」

「あ、そうでしたね」

笑って答えると、舜太郎はなにかを期待するような目でこちらを見ている。名前を呼んでほしいのだろう。意は汲《く》めたが、改めて呼ぼうとすると、恥ずかしさと照れが込み上げる。アラサーだというのに。

「呼んでください」

「はい。……舜太郎さん」

頬が熱い。小娘でもあるまいに、と思うのに、舜太郎が嬉しげに「はい」と、歯切れのいい返事をするものだから、ますます照れてしまった。

一階へ戻り、リビングの掃《は》き出し窓にしつらえてあった縁側から庭に出る。

舜太郎は雪駄《せった》に、藍は用意されたつっかけサンダルに履《は》き替えた。木のつっかけサンダルはサボに似ているが、歩くたびにカラコロ鳴るのが可愛らしい。

きちんと手入れがされた日本庭園。ポンプが水を撹拌《かくはん》する澄んだ池には、鯉《こい》ではなく、赤や白、錦《にしき》の金魚がすいすいと泳いでいる。ハナミズキやモクレンの花びらが滑る池には、植木鉢が沈んでいた。季節になれば睡蓮《すいれん》か蓮《はす》が姿を見せるのだろう。庭に睡蓮《すいれん》が咲く家――身近に季節の草花や木々があるのは贅沢だ。

エスコートされ、サンダルをカラコロ鳴らして飛び石を歩く。すぐにモダンな平屋が見えた。玄関に置かれた傘立てには、赤い傘が一本立っていた。舜太郎が赤い傘をさしている姿を想像すると、可愛いかもしれない。

「どうぞ。散らかっていますが」

「お邪魔します」

引き戸の玄関から入ると、かすかに墨汁《ぼくじゅう》の匂いがする。だが、それよりも鼻を刺激したのは、油彩で使う油と癖の強いニカワの独特の匂いだ。

元は談話室だったという部屋には大小のイーゼルと作業台があり、水彩絵の具や油彩道具、アクリル絵の具、そのほかの絵の具や、パレット類、藍が知らない画材、そしてさまざまな筆が雑然としているようで、ある秩序をもって並んでいる。

美術室によくある胸像は見当たらないが、静物画用のモチーフが現代アートみたいに置いてある。壁にはいくつものキャンバスが立てかけられ、絵を乾かすためだろう棚には紙類などがあったし、引き出しがたくさんある棚もあって興味が尽きない。

飾り棚にはアニメのロボットのプラモデルや、アニメ、ゲーム、動物のフィギュアがたくさん並んでいる。それから大きなモニターが三つもあるパソコン。テーブルに置かれたモニターは絵描き用のものだと話す。そのパソコンラックには、ゲームに出てくるモンスターのデフォルメフィギュアがちょこちょこ並んでいて可愛い。

ここには、藍の知らない世界が広がっていた。

（わぁっ。男の人の部屋と美術室が融合してる）

舜太郎は大きなイーゼルを動かして、今描いている油絵を見せてくれた。

てっきり、油彩独特の肉厚で大胆な塗り方の博物画か写実的な風景画だと思っていたが、キャンバスいっぱいに描かれていたのは、ぼんやりとした青色や灰色を重ねた抽象画だった。藍は美術とは縁遠いだけに、なにが描かれているのかさっぱりわからなかった。

「習作です。これは……色を理解しようと思って描いた夜の絵です」

夜の絵。言われれば夜に見えるが。それでも、もう少しテーマを絞れるのではないだろうか？とはいえ、素人である藍には口が出せない世界だ。

「たくさん色を使っているんですね。へのへのもへじも描けない素人以下のわたしの感想で恐縮ですが、綺麗だと思います」

藍は、図画工作と美術が苦手だった。見たまま、頭に浮かんだままを画用紙に描こうとしても、手を動かすと別のへにゃへにゃの絵になる。絵画がそんなできだったから、立体はもっと悲惨だった。

仕事でプレゼン用アプリなどは使えたから、コラージュとかはできるのだろう。そう信じたい。

「慰《なぐさ》めてくださってありがとうございます。今は……うまく描けないんです。……僕の絵画には精彩が欠けていると言われてしまって。ただの批評や批判なら気にならないのですが、師事する先生に辛口批評されて……、困っているんです。四苦八苦して、毎日描いていますが……、それでも、脱却できなくて」

イーゼルの下のゴミ箱には〈パンののぞえ〉の袋が捨ててある。ここでパンを食べながら作品を描いていたと推測される。先生の酷評から抜け出そうとして、苦心して絵と向かい合っていたのが藍にも伝わる。

「こちらの作品とか好きです。……安らぐというか、優しい気持ちになります。優美、というのでしょうか」

新聞紙一ページの半分ほどの大きさの、でこぼこした画用紙には、美しい桜が今にも花びらを画面の外に散らしそうなほど鮮明に描かれている、水彩画だった。空と桜の透明感も春らしく清々《すがすが》しくて好ましく思う。

「それは。近所の城山公園の桜、なんです。……それも習作ですが……よかったら藍さんの部屋に飾りましょうか？」

「ええ！　いいんですか？　わぁっ！　嬉しいです！　ありがとうございます。わたしも城山公園までジョギングしていたんです。こんなに優しげな桜が咲いていたなんて気づきませんでした」

これまでは壁に飾るといえば、スポーツチームやアイドルのポスターくらいだった。こんなにも晴れやかで優美な桜の絵画を飾れるなんて！　ドキドキして心が浮つく。

「本業はもっと色がないんですよ」

「え？　油絵じゃないんですか？」

「……はい」

舜太郎がすっと奥のふすまを開けると、そこは別の世界だった。

「……え……、わぁ、すご……」

広げた新聞紙よりも大きなキャンバスに墨だけを使った絵画があった。白と黒が織り成す水墨画なのに、空は朝の――朝だとわかる昇りたての太陽が作り出す力強いグラデーションが広がっている。

太陽が生まれたばかりの穏やかな水平線。きらめき輝く穏やかな海。さざなみの音が今にも聞こえそうな不思議な力がある。荘厳で、心が洗われるような美があった。

――どこかで見た。見かけた。同じような構図の似た絵画。

「あ！　六越デパートの展覧会の！　水墨画！　湖月舜日展！」

驚いた。先日テレビで見たばかりの絵画と似ていて、しかし大きく異なる絵画がここにある。

（テレビで見たのは、海に沈みゆく太陽だった。しかも、画面越しとは迫力が大違いだわ。これが実物……。朝日と夕日の構図は似ているけれど、凄みが、まったく違うわ。呑み込まれそう……。ほんとうに、すごい）

それに珍しい〈湖月〉という苗字が同じだ。なぜ気がつかなかったのだろう？

「知ってくれていたんですか？　六越デパートの〈落陽〉はディーラーさんが気に入ってくれて、熱意に負けて出展したんです。この〈旭日《きょくじつ》〉と対の作品で、ふたつで初めて意味をなすんですが。……〈旭日〉がとくに酷評だったので、未出展にしました」

「えええ、こんなにも美しいのに？　……すみません。その、あまりにも素晴らしいので、ほかの言葉が見当たらなくて。陳腐な言い回しになってしまって失礼になっているかもですが。……ほんとうに、綺麗……」

藍の目は〈旭日〉に向けられたままだ。

ああ、こんなにも美しい水墨画が展示されているなら、もっと早く美術館に足を向けるべきだった。なんだか悔しくなってくる。

食い入るように眺めて、惚れ惚れと溜め息を零す。

(こんな世界があるんだ……。舜太郎さんが見ている世界は空気にも豊かな色彩があって、鮮明にきらめいているのね。……もっと、見たいな。見ていたいな)

「すごく……素敵です。言葉で上手に伝えられないのが恥ずかしいです。美を称《たた》える言葉はたくさんあるんだとわかっているんですけれど、パッと出てこなくて、すみません」

「……ありがとうございます。藍さんに褒めてもらえて……、最優秀賞をもらった以上に、嬉しいです」

ふと我に返り、顔を上げると、やや照れた様子の舜太郎が隣にいてびっくりした。肩がくっつきそうだ。慌てて離れようとして、足が滑った。

「……きゃ、……わ」

転ばずにすんだのは、舜太郎の長い腕が腰を支えてくれたからだ。がっしりしすぎていないのに、支えられるくらい力強いのだと知り、どきっと胸が脈打つ。

ごく近い距離に、端麗な目が、スッとした鼻梁《びりょう》が、厚く締まった形のいい唇がある。

一体どんなキスをするのだろうと、考えた瞬間――

「大丈夫ですか？」

その唇が官能的に動いたので、妙に気恥ずかしくなってしまった。

（わたしったら……っ）

思いが顔に出ていたのだろうか？　舜太郎の目の奥が光ったような気がしたときには――キスをされていた。唇に彼のぬくもりを感じて、目を閉じる。好奇心と不安。もしも、キスが合わなければ？　しかし、それは杞憂《きゆう》だった。

彼の唇の柔らかさと厚みは、藍のためにしつらえたようにしっくりとくる。ほんのわずかに離れて、別の角度から藍の唇を調べるように重なり、下唇をふにっと甘く噛まれる。この先の予感に備えてじゅわりと唾液が湧く。

ちゅっと軽い音を立てて吸った強さも藍の好みだった。藍も彼を調べるように唇をおずおず動かす。ときめきに似たテンポで鼓動が脈打つのはいつぶりだろう。

客と店員としては二か月ほどの顔見知りだが、結婚を申し込まれて三日目でキスをしている。なにも知らないまま、お互いの相性を調べ、わかり合う前に結婚してしまった。

どんな形であれ、夫婦になったのだから、キスをしているのは不思議ではない。だけど。

こんな早い段階でいいのだろうか？　考えを巡らせるが、舜太郎が動くと鼻腔《びこう》を香水に――どこかミステリアスで優しいそれにくすぐられ、霧散する。

「……はぁ」

かすかな息継ぎを狙って、味見をするように肉厚な舌がぬるりと入ってくる。ぞくと熱が腰をくすぐる。

(好きな、タイミングで……。うそ……)

藍よりほんの少しだけ高い舜太郎の体温が心地よい。歯列を割って女の薄い舌をノックして、舐めとる。丁寧で、少し強引な動き。きっと弱いところや好むところをすぐに暴かれてしまう。期待で胸がどんどん膨らんでいく。

くちゅ、ぴちゃ……口のなかで水が跳ねて、藍は溺《おぼ》れないように舜太郎の着物の襟《えり》を掴む。だけど、波にさらわれるように足がおぼつかない。

やがて、弱い舌の裏を彼の舌のざらりとしたところで舐められ、肩がぴくんと動いた。反応を確認するように、そして楽しむように舜太郎の舌が藍を翻弄《ほんろう》する。

「ふ……ぅ、ぁ」

とうとう吐息がキスのあいだから漏れた。

心地よさに支配されつつあったのに、意地悪にも突然キスがやんでしまった。

とてもいい夢から覚めたときのように、残念だった。残念に、思ってしまった。

蕩《とろ》け始めたとろんとした藍の顔を、舜太郎は満足げに見つめる。彼も藍同様、気持ちよかったのだろう。その目元がほんのり色づいていた。藍はすっかり赤くなっているのに。

「……立てますか?」

藍はこくりと頷く。優しく抱き起こされたが、本音を言えば、舜太郎の胸にもたれていたかったし、キスを続けていたかった。でも、ふしだらな態度をとったら軽い女だと思われそうで嫌だった。堅い女でいるつもりはないし、お淑《しと》やかでは全くないのだが。

初対面に近いから、いいところを見せたいのだろうか？　そうとも言えるし、そうじゃないとも言える。言葉にするのが難しい。

「あの……」

藍は潤《うる》みきった目を伏せる。どう言えば伝わるのだろうか？

「謝りませんよ。時間をかけるのが本来でしょうが、あなたを少しでも早く知りたかった。好奇心をくすぐられるほど、魅力的でした。それに、藍さんの唇はたいへん好ましく思いました」

それでは藍が誘ったように聞こえる。でも、悪くなかった。どこかミステリアスな舜太郎の好奇心を引き出せたと思うと、少しだけ優越感が顔を覗かせる。

藍は乱れていた息と心臓が静まるよう、深く息を吐いて、墨汁《ぼくじゅう》とニカワなどの香りが混ざる空気を肺に取り込む。

「藍さん。ほかの作品も見ますか？」

その誘いは、藍の気持ちを素早く切り替えてしまった。それほどに、舜太郎の魅力的な作品を見たい。それでも、身体の熱は冷めやらなくて、彼の切り替えの早さをちょっぴり恨めしく思った。

「いいんですか？　もっと、見たいです」

言葉にすると、我知らずぱあっと笑顔になった。彼は一瞬、虚をつかれた顔をして、すぐに破顔する。きっと、同じ気持ち――切り替えが早いと思ったのだろうか？　それなら、断ってキスを続けたらどうなっていたのだろう？　答えたあとで思う。

「ああ、事務所からポートフォリオを持ってくればよかった。ここにあるのは古い作品と習作ばかりなんですよ」

「普通の人が見られない作品を見られるんですね！」

舜太郎は、壁一面にある棚から木枠に嵌《はま》ったままの絵画や分厚い和紙をいくつか持ってくる。藍は美術に関して門外漢なので、日本画も油絵のように木枠に布を張って描くのだと初めて知った。厚手の和紙に描くこともあるらしい。持ってきてくれたキャンバスでは、松の枝に止まった鷹が今にも飛び立とうとしている。構図とタッチが力強く、繊細に描かれていた。

「色が塗られてますね。……あ、見たままのことを。恥ずかしい」

小学生でも言わないレベルの感想が出てきて焦ったが、舜太郎は気にせずに「ええ」と頷く。

「僕の専攻は日本画なんです。これは学生時代に描いたものです。日本画の絵の具は金食い虫なので、安い岩絵の具と混ぜてなるべく節約していました」

大学の学費の半分は貯金とアルバイトと奨学金で出したと話す。アルバイトは画廊のカフェやデザイン事務所の受付。そうしているあいだに描いた作品が知人のツテで少しずつ売れるようになったと。

知らない世界の一部を見たようで、舜太郎の話は面白い。

スケッチブックには鉛筆で描かれた馬の絵が多かった。乗馬もしていたので自然と馬を描くようになったらしい。それから、鳥や猫、犬の絵もある。とくにハムスターの絵が可愛らしかった。

写実的かと思えば、アニメのロボットやマンガ、ゲームキャラクターの模写・ファンアートもあった。一見、アニメやゲームなど見そうにないのに、不思議だ。そういえば、隣の部屋にはゲームやアニメのプラモデルやフィギュアが飾ってあった。

「これは、友人が出したバーチャルシンガーの同人CDのジャケットを手がけたときのスケッチです。ロボットものは子供の頃から好きだったんですよ」

お馴染みのバーチャルシンガー。Web広告や街頭広告で使用されるのは、様々なイラストレーターが手がけるイラストだ。これまで幾度も目にしたバーチャルシンガーの絵だが、このスケッチブックの絵ほど可憐だっただろうか？

それにしても、落ち着いた大人の男性が子供の頃はロボットやゲームが好きだった……、現在でも好きというのは珍しいのでは？　そんな藍は隠れオタクをしていた頃があったのだが、ネット上の二次創作を眺めるくらい。いわゆる読み専だったので、オタク文化のディープな世界を知らない。

「いろんなものを描いていたんですね。真面目、というか、アーティスティックな作品ばかりだと思っていました」

「真面目……。そうですね。ときどき、手遊《てすさ》びのようにアニメやマンガのファンアートを描きますよ。育ててくれた祖母が油絵画家だから、自己表現の方法が絵だったんでしょうね。日本画家になろうと思ったのは、母方の祖父が日本画家で、表現したいものが、日本画に向いていたからなんです」

舜太郎を形成した一部。だけど、ここには人物画や肖像画がない。得手不得手があるのだろう。運動ができるからといって、スポーツならなんでもできるわけではない。野球とサッカーが違うように。

「水墨画を描くようになったのは、アメリカ遊学中なんです。日本人だから漢字を書けというリクエストが多かったので、反発して絵にしたんですよ」

「ロックですね。じゃあ、好評だったんですね」

ちまたにはイラストアプリを使ったイラストやアートが溢《あふ》れている。それに、最近は生成ＡＩアートもあって、絵が描けない人でも気軽に想像したものをイラストにできる世の中になった。

その反面、肉筆やアナログで描く人は減少している。

この世界にたった一枚しかない、奇跡の作品《アナログアート》。

誰でもどこでも気取らずに絵を描き、発表できる便利な世の中になったが、アナログ派が少なくなったのは残念だと舜太郎は話す。デジタルカメラが出て、フィルムカメラが減ったことが示すように、アナログの手法は手間がかかるし、やり直しが難しい。失敗が許されないので注意を払い、満足するまで描ききるとも話した。

「リクエストされたその場で、習字筆を使って描いたのもショーめいていてウケたんですよ。マンガも墨の黒とケント紙や上質紙の白で表現していますし。とはいえ、リクエストは選り好みしていました。描けないものはどう捻《ひね》っても描けませんから。それでも、馬や犬、虎やライオン、狼……を描けたのは楽しかったです」

出された分厚い和紙には、猛々しく駆ける輝く馬や、静かに獲物を狙う獰猛《どうもう》な狼が墨で描かれている。初期作ということもあり、濃淡や筆のタッチが荒々しい。ほかのスケッチブックには、美味しそうなハンバーガーのマーカー画、のどかな公園の水彩鉛筆画もあった。写真とは違い、柔らかい印象を受ける。

「帰国して、祖母から水墨画の先生を紹介してもらって弟子入りしました。その尊敬する凰綺日涛《おうぎにっとう》先生から一字いただいて、舜日と名乗るようになりました」

凰綺日涛がどれだけの大家《たいか》かわからないが、舜太郎の作品を酷評するなんて、と憤慨《ふんがい》しかけた。先ほど見た〈旭日〉は刹那《せつな》を切り取ったような迫力と大胆な構図。反面、繊細で緻密、剛柔の巧みな筆使い。水墨で表現された風景画は、プロのフォトグラファーがファインダー越しに切り取った風景のようだ。もしかしたら、凰綺日涛は舜太郎の才能に嫉妬したのかもしれない――勝手な憶測だが。でも、藍は口に出さず、怒りを表面に出さなかった。出せなかった。自分が舜太郎のなにを知っているのかと思って。

「これは、手慣らしで描いたものです」

Ａ４サイズのケント紙に、見慣れた店先が墨だけで描かれていた。〈パンののぞえ〉だ。そこには愛車のロードバイクと鉢植えのコニファーたちも黒いペンで描かれている。万年筆と墨汁《ぼくじゅう》を使ったのだと話してくれたが、この作品にも色ときらきら輝く空気が見える。

（うちの店ってこんなに綺麗だったかな？　舜太郎さんにはこう見えているのね。……なんだか羨《うらや》ましいな）

店先を包む空気が優しくきらめいていて、眩《まばゆ》い。墨の濃淡と繊細な万年筆の線で描かれているだけなのに、目を奪われる。だけど、なにか、引っかかる。それがなにか、藍にはうまく言語化できなかった。

「これは先生から辛口評価を受けたあとに描いたものですか？」

「わかります？」

「いえ、なんとなく、です。でも、舜太郎さんの目には世界が最新式のビデオカメラや写真よりも美しく見えているんですね。とっても素敵です」

同じような言葉ばかり出てしまったと、藍はかすかに首を竦《すく》めた。

「美しい世界を見ている実感はありませんよ。だから、僕は先生がおっしゃっていたことがわからなくて、水彩や油彩、アクリル、色鉛筆、パステル……あらゆる画材でさまざまなものを描きましたし、今も続けています。……美大受験の予備校に通っていた頃以上に絵を描いているんです」

辛口の評価のあと筆を折りかけたという。秀眉を寄せて肩を落としていた。

「そんなうらぶれて、捨て鉢になっていたときに〈パンののぞえ〉さんのパンに出会って、それから――あなたと、藍さんと出会いました」

藍はまばたきを繰り返し、やや面食らった。

出会うもなにも、店員と客だ。そんなおおげさに表現されるとは。

「年末の雪雲空と明るい正月前の雰囲気。そういうシーズンって、悩み事を抱えていると憂鬱《ゆううつ》になるんですね。なにひとつうまく運ばないなか、六越デパートで行われる個展の打ち合わせだけが進んで、個展用の描き下ろしは進まない。アートディーラーさんの無言の圧力もひしひしと感じていました」

結局、描き下ろしはできずに、すでに完成していた〈落陽〉を展示の目玉にすることになった。アートディーラーが惚れ込んでいたのもある。

そのほかの作品は、アートディーラーと君島が決めたが、〈旭日〉だけは出展できないと舜太郎は頑《かたく》なに拒んだ。

「なにもかも嫌になっていたんです。でも、のぞえさんに通いつめて、見た目もよく優しくておいしいパンで英気を養って。そのうち、藍さん……その頃は名前も知りませんでしたが、あなたが元気に挨拶をくれて……。パンを渡してくれるときの他愛もないひと言と、『ありがとうございました』の朗らかな声に勇気を抱えきれないくらいもらいました。あなたの素敵な笑顔に癒《いや》されたんです」

年末から通っていたのは両親から聞いて知っている。レジに立つようになって、少しずつ会話を交わすようになったのも覚えている。印象的なお客さんだったから。

「もちろん、のぞえさんのパンが美味しかったのもありますが」

舜太郎はほんのり笑う。照れているのだとわかったのは、彼の耳が真っ赤だったからだ。

話を聞いていた藍も真っ赤になって照れてしまう。そんなに評価が高いとは。

「それで、結婚を申し込んでくれたんですか？」

彼のなかにはきちんとした理由があったのだ。突飛な思いつきで突発的に結婚を申し込んだのではなかった。

「……いいえ、直感です。昨日も言いましたが。藍さんとなら、すべてうまくいくと……、ひと月くらい考えていました」

どうやらしばらく悩んでくれたらしい。

「藍さんは？」

聞き返されて、うーんと唸《うな》る。舜太郎がものすごく悩んでくれていたのを知らずに、ほんとうに直感的に答えを出したのだ。

「……そうですね、舜太郎さんに少し興味を持っていたので、お申し出を受けました。結婚を前提としたお付き合いだと思っていたので、そのまますぐ結婚することになって正直びっくりしたんです。でも……不謹慎かもしれませんが、面白そうかな、とも思いました。それにお見合い結婚と大差ないとも考えました」

結婚を前提にお付き合いしてみるのもいいかな、と思ったのは真実だ。まさか、次の日に婚姻届を出すとは思わなかったが。

『藍さんを幸せにする自信があります。この世の悪意や邪《よこしま》なことからも守り切り、いついかなるときも藍さんが笑って暮らせるように努めます。病めるときも健やかなるときもと言いますが、なんでもない平穏な日々であっても、その逆の日々でも、僕は藍さんの意志と意見を尊重して、妻となる人を裏切らずに愛し抜きます』

そう彼が真摯《しんし》に、熱意を込めて言ってくれたのが素直に嬉しかったのが信じようと思ったきっかけだ。けれど、知り合って日が浅すぎる今は、まだ素直に打ち明けられない。

曖昧《あいまい》な返しだったのに、舜太郎は満ち足りた顔をする。

「なにも、預金通帳を見せなくても、お名刺とお仕事を明かしてくれたらよかったのに、と驚きの連続の今は思っています」

「ああ。作品の売り上げや仕事を話すよりも、藍さんが困らない生活を送れそうだとご両親に理解していただきたかったんです。先生の評価を受けて以降、一作も本業の絵を描いてないので、今後の売り上げはわかりませんし」

舜太郎が真面目な顔で言う。

「……売れない画家という噂があるのを知っていたので、どうしても数字で安心してもらいたかったんです」

「あまり気にしないでください」

金目当ての結婚だと思われたくない。お金の話は大切だが、結婚一日目くらいは現実的でディープな話なんてしなくてもいいと思う。それに、藍は舜太郎の両親に挨拶もしていない。自分の両親だけ安心させるのはアンフェアだ。

「気長にかまえましょうよ。……結婚したばかりなんですから」

にっこりと笑うと、舜太郎も微笑む。穏やかな波紋が広がるのがわかる。柔らかくうららかな春の陽差しのように。

ひとつ、雲があるとすれば、藍の問題だ。

舜太郎が自身の人生をざっと語ってくれたのは、心を開いてほしいという願いなのではないか？　とはいえ、舜太郎もすべてを話してはいないだろう。それに、藍は過去を過去にしきれていないから話せないことが多い。

相互理解するには時間が必要だ。

「舜太郎さんのご両親にご挨拶したいんですけれども」

「父とは静岡の自宅に行けばいつでも会えますよ。母は世界中飛び回っているので……スケジュール合わせのメッセージを送っておきます。まずはオンラインでどうでしょうか？」

そんなに悠長にかまえていていいのだろうか？　それとも、舜太郎は両親と仲がよくないのだろうか？　そのわりに笑顔で両親の話をするから、疎遠だったり仲が悪かったりという感じはしない。けれど、知り合ったばかりなので、踏み込んでいい問題なのか躊躇《ためら》われた。

新婚一日目。初夜だったが、一緒に寝なかった。かわりに、二階のミニバーで夜遅くまで一緒に時をすごした。

器用にカクテルを作る舜太郎は、和装のバーテンダーのようでかっこよかった。端整な顔でスタイルがいいからとくに。

舜太郎は日本のビールと渋みが強い赤ワインも苦手らしい。彼は味覚が鋭くて、苦味や辛味を人一倍強く感じるのでは？　と藍は考えた。

翌日。豪邸に目を丸くした弘行とわりと冷静な弓香がレンタルした軽トラックでやってきた。

〈パンののぞえ〉は臨時休業である。

そもそも藍が実家に戻ったときの荷解《にほど》きが進んでなかったから、引っ越しは簡単だった。それに気軽に荷物を取りに行ける距離なので、急を要しない冬物などは後日でもいい。

弘行がおっかなびっくりで段ボールを広々とした玄関まで運ぶと、運転手や雑事をこなす畠山が藍の部屋までそれを運んでくれる。藍は弓香と必要な物だけ荷解《にほど》きする。インテリアコーディネーターとの打ち合わせ次第でどうなるかわからないので、必要最低限だけ。

「お母さん、舜太郎さんのことを知っていたの？」

弓香は町内を越えて手広くパンを配達している。町内会や婦人会にも精力的に参加しているから、多少なりとも湖月邸を知っていたのだろう。そうでなければ、弘行同様に驚くはずだ。

「まぁね。芸術家先生が住んでる、くらいの話よ。珍しい名字だから忘れないけど、ネット注文で知ったお客さんの情報だから知らないフリしないとね。商店街では売れない画家だって噂になっていたけど、舜太郎さんが自転車でこちらの地区からやってきたり、帰ったりするのを何度かこの目で見てたし」

そう笑い、婦人会でも有名な邸宅なのよと話す。長いあいだ空き家だったが、十年くらい前にリフォームして、どっしりとした純和風の邸宅から、和モダンで上品な邸宅に蘇《よみがえ》ったと。

配達があった頃は置き配が基本だったので、どんな人が住んでいるかなどの詳細は知らなかったらしい。

「少しでも知ってたなら教えてくれたっていいじゃない。昨日はほんとに驚きの連続だったんだから」

「だって、あたし、舜太郎さんときちんと会ったのは一昨日が初めてよ」

弓香は、配達が一段落すると、自宅にあるリビングで事務仕事をする。売り上げ入力、顧客管理、在庫管理など数字に関する仕事を一手に引き受けている。事務処理が一段落し、夕食の準備をしていると、閉店作業を終えた弘行が帰宅するのが常だった。

古株のパートの福本《ふくもと》が介護のために〈パンののぞえ〉を辞めてしまったのが、二月の締めの日。パートアルバイトの募集をかけていたが、入れ替わるように仕事を辞めて実家に戻った藍が手伝いをするようになったので、弓香が配達後に〈パンののぞえ〉の店舗で手伝うのは閉店作業くらいだった。

舜太郎が〈パンののぞえ〉に足しげく通うようになったのは年の暮れだ。年明けからは湖月家への配達はなくなったと話す弓香が続ける。

「きちんとしてる人みたいでよかったわ。ヒロくんもあたしも藍のことだけが心配の種だから」

「子供扱いしないで」

「そうね。結婚したんだし」

「そういう考えって古いわよ」

「そう？　一方的に見初《みそ》められて、結婚するなんてそれこそ時代錯誤じゃない？　ほら、お殿さまが町娘を気に入ってってっていう」

弓香は大河ドラマや時代劇が好きなのである。

藍は名もなき町娘だが、舜太郎はお殿さまのように威張り散らしていない。……今のところは。これぱかりは一緒に暮らさなければわからない。

(長く付き合っても本性がわからなかったってのもあるし。付き合えばいいってものじゃないわ)

「あら、自分が知らなかったからって拗《す》ねちゃって。二日目で奥さん気取り?」

「そんなんじゃないわよ。ああ、そうだ。舜太郎さんと話し合って、新しいパートさんが決まるまで午前中だけそっちで働いてもいい?」

「それは助かるけど……、いいの?」

「わたしが急にお店を辞めたらお父さんが困るだろうからって、舜太郎さんが言ってくれたの。こちらには頼れるベテランハウスキーパーさんもいるし」

「心強いわねぇ。いいなぁ、ハウスキーパーさん」

そう言う弓香も、年に二回店舗を業者にクリーニングしてもらう際に、自宅兼事務所のキッチンからお風呂までクリーニングしてもらっている。

弓香と雑談しながらも手を休めずに衣類やバッグなどを片付けて、段ボールを畳む。さほど多くない荷物だが、自分の物があると生活感が増す。化粧品類は小さい机の上に置いた。

片付けを終えてリビングに戻ると、大正モダンなダイニングに上品な仕出し弁当が並んでいた。

弓香は喜んでいたが、弘行は遠慮がちだった。入籍日の夜は打ち解けていたようだったが、こんなお金持ちの家で藍がやっていけるか心配なのだろう。それでも、酒が進むと緊張がゆるんだ。

朝食は藍が作ったと舜太郎から聞かされて、酔った弘行の娘自慢が始まり、弓香がたしなめる。

野添家の団欒《だんらん》に舜太郎が機嫌をよくしていて、藍の気持ちが安らいだ。

午後は、インテリアコーディネーターと打ち合わせだ。一対一で話し合うものだと思っていたが、この湖月家を建てた有名建築士、彼が伴った大手インテリアショップの店長とインテリアコーディネーター、大手ファブリック店の支店長が、藍の部屋だけでなく、主寝室、二階のホール、リビングのインテリアを変える提案をした。インテリアコーディネーターがパソコンで３Ｄシミュレーションを見せ、スマホのＡＲ機能をフル活用して熱心に売り込む。これだけ変えれば大口案件になるから、営業をかけるほうは必死だ。だが、そんなに変える必要があるのか？　とはいえ、金を出さない者にはなんの発言権もない。

舜太郎はこだわりがないのか、藍の好きなようにさせようとしている。それにインテリアコーディネーターが乗っかり、建築士の言葉が決め手になって新しいファブリックと家具が着々と決まっていく。

壁紙とフローリングを変えるのに時間がかかるから、そのあいだに新婚旅行をするのはどうだと旅行会社まで紹介されたが、パン屋の手伝いがある。

舜太郎との話し合いの末、隣駅近くにある老舗《しにせ》旅館に二週間ほど連泊することになった。

「そんなにおおごとにしなくてもいいと思うんですけど」

舜太郎とリビングでお茶をしているときに切り出したが、すべて決まったあとだった。

「これから長く住むのですから、藍さんの居心地が優先でしょう？」

「住めば都って言葉もあります」

藍が暮らしていた単身者向けマンションは広くなかった。大手ならまだしも、中堅どころの広告代理店に勤めていたのだから、身の丈に合った住まいだった。生まれてからこれまで庶民的な暮らしをしていたから、戸惑いも大きい。

「ケチをつけてるんじゃないんです。今までと大きく違うから……。なんて言えばいいのか……。その……言葉が見つかったらお話しします」

「待っています」

藍はきょとんとした。あれこれ聞いてくるだろうと身構えていたからだ。それなのに気持ちを言語化するのを待つと言われたのだ。

（わたしの気持ちを汲《く》んでくれているんだ）

結婚は即日だったが、藍の気持ちと言葉を待ってくれる。もしも、あのときに「結婚しません」と言っていたら？　藍が結婚したくなるように口説いて待ってくれた？

舜太郎のリアクションと自分の気持ちに折り合いをつけて選択肢を選ばなければならない。取り返すことができない〈もしも〉は不必要だし、怖い。

「それじゃあ、夕食の支度のお手伝いをしてきますね。あ、朝はご飯派、パン派どっちですか？」

「そうですね」

考える仕草をした舜太郎だったが、すぐに答えた。

「なんでも食べますよ。マッシュポテトやコーンフレークでもいいし、カロリーバーでも。……言いにくいのですが、僕が作ると素材はいいのに結局残飯になるので——残飯は七瀬の言い分です」

どうやら料理は壊滅的なようだ。天は舜太郎に美貌と恵まれた体格、芸術の才能を与えたが、料理の才能までは与えなかったらしい。

容姿に恵まれ、性格がよく、料理もなんでも完璧にできるスパダリだと、神さまが気に入って連れていってしまうかもしれないから、小さな欠点があるのがちょうどいい。それに完璧超人と暮らすには藍のスペックが足りない。

「たくさん召し上がるんですよね？」

今朝はご飯一合をひとりで食べていた。おかずは味噌汁とアジの開き、だし巻き玉子。それだけでは足りなかったので、藍は冷蔵庫から鶏のもも肉を出して、サッと照り焼きを作った。冷蔵庫が食材でいっぱいで助かった。

食パンを一斤《いっきん》食べてしまうのは嘘ではなかったようだ。でも、カロリーオーバーだし、栄養バランスが気になる。男性の平均的な身体つきよりもややガッシリして見えるが、炭水化物の摂《と》りすぎは将来の健康が危ぶまれる。なんでも過剰摂取はよくない。

「おいしいですから。藍さんの手料理を藍さんと一緒に囲むと幸福感があるので、いっそうおいしく感じるんです」

臆面なく言われ、ぼっと頬が熱くなる。

「でも旅館に行ったら藍さんのご飯が食べられなくなりますね。……残念だ」

「ご飯は、一緒に食べましょうね」

「……はい。頑張ります」

「頑張ります？」

「実は、朝が苦手なんです。徹夜は何日でもできるのですが、起きるのが苦手で」

「ちゃんと寝ないと寿命が縮みますよ。あ、絵に集中しちゃうと……ってことですよね」

芸術にたずさわる者は早世してしまうことも多いと聞く。最近もまだ若いマンガ家か小説家が脳梗塞で夭折《ようせつ》したニュースを見た。

「元から夜型なんです」

「ジョギングは早朝じゃなくて、起きてからだったんですね」

何時にジョギングしてもいいのだが、これからの季節は日が高い時間に走るのは熱中症の恐れがある。

「恥ずかしながらそうです。しかも、気が向いた時間に」

「だいたい何時頃に起きるんですか？」

「十一時以降です。起きなきゃいけない日は七瀬が布団をひっぺがしに来ていました」

「じゃあ、これからもそうしたほうがいいでしょうか？　舜太郎さんの生活リズムをいたずらに崩すのは悪いですから」

「いいえ。起きます。だから、頑張りますって答えたんですよ」

ややムキになる舜太郎に、くすくすっと笑いが込み上げてきた。ミステリアスな見た目なのに、可愛らしいところが多い。

（男の人なのに）

心地いい好意を向けられている。恋をしてほしいと言わんばかりの。
久しぶりに、ときめきに似たキラキラしたものが心に降り注ぐ感じがした。

3　安らげる濃厚な日々

滞《とどこお》りなく内装工事が終わり、老舗《しにせ》旅館での上げ膳据え膳生活に別れを告げた。旅館では藍と舜太郎の部屋は別々だったが、どちらかの部屋で遅い時間まで話し込む日々だった。

藍が〈パンののぞえ〉に昼までヘルプに行くようになって、しばらく。

弘行が加入している組合で懇意にしているパン屋の青年が修業に入るようになった。彼は父親のベーカリー店を継ごうと燃える、やや元気がよすぎる好青年だ。弘行は甥《おい》を可愛がる伯父のような気構えだ。お人好しで人好きする父らしいと藍は思う。

それからまもなくして、平日のパートが決まった。商店街とは反対の駅裏にできた大きなマンションに住む小学生二児の母で、藍と同じ年齢。趣味はお菓子作りだという。問題は週末だったが、それも同時期に、近所に住む女子高生がアルバイトでレジに立ってくれるようになった。長くパートをしてくれた福本の孫だという。

パンを包む小袋にバーコードシールを貼るようにし、レジもキャッシュレス決済サービスに対応している最新式のものに替えた。打ち間違いを防止するとともに、業務と会計の管理向上が狙いらしい。

藍にもささやかな変化があった。湖月姓になったので、各種の名前変更の手続きをして、あとはクレジットカードが湖月家に届くのを待つだけ。

運転免許の変更をしに行った警察署で「湖月さん」と呼ばれてすぐには自分だとわからず、頬を赤くした。ごく最近まで三十年も野添藍だったたし、舜太郎の名字を意識する期間がなかったのだから、かなり反応が遅れてしまった。交通課の事務員さんはほのぼのと笑っていたから、よくあるシーンなのだろう。

結婚と転居を知らせるハガキを作成し印刷して、親類知人に送った。仕事を辞め実家に戻るときに残念がってくれたフットサルサークルのみんなは、きっと驚くだろう。

予想どおり、フットサルサークルのメンバーは、ハガキが届いたであろう日に、個々にＳＮＳにお祝いメッセージやＷｅｂプレゼントを送ってくれた。素直に嬉しい。元の職場の人にはハガキを送らなかった。去った人間なのだから。それに、もう思い出したくなかった。

瞬太郎は相変わらずで、離れのアトリエで模索しながら絵画を描いている。家を出るときは髪を綺麗に整えているのに、作業が終わる頃にはなぜかもっさりしている。洗っておいたエプロンに絵の具や埃などが付いているから、夢中になって描いていたのだろう。


「若奥さまは手馴れてますよねぇ」

夕食の支度のためにキッチンに立って、旬《しゅん》のメバルに三徳包丁を入れていると、聖子が声をかけてきた。コンロでは新玉ねぎのスープがコトコトと鍋の蓋《ふた》を鳴らしている。

「両親が共働きでしたから、いつの間にか夕食当番になっていたんです。でも、毎日こんなにおかずを作らなかったので、聖子さんがいてくれて心強いです」

舜太郎は健啖家《けんたんか》だ。ステーキやハンバーグなら三百グラムくらいペロリと消えてしまう。パンであれ、ご飯であれ、主食は二人前以上が常だ。副菜を増やしてどうにか量を稼ぐが、一人では調理に時間がかかりすぎるし、ネタが尽きてしまう。

舜太郎のバランスの取れた（ように見える）体型のどこに料理が入るのか謎だ。でも、気持ちよく食べてくれるのを見るのは楽しい。

副菜作りを手伝ってくれる聖子とネットスーパーのサイトを眺めながら相談をして、三食のメニューを決めるのも面白い。

「聖子さん。若奥さまじゃなくて名前で呼んでください～。こそばゆいというか……照れちゃいます」

「若奥さまって呼びたい時期なんです。若旦那さま……舜太郎さまはずーっと独り身だったから、私が引退するまでに結婚するとは思ってなかったんですよ」

カラカラ笑う聖子は、舜太郎を子供の頃から知っている。だから、この結婚がとても嬉しいと話していた。藍も親戚の子がもしもずーっと独り身で突然結婚したら？　と考えるが、聖子と同じ気持ちにはならないなと、困って微笑《わら》う。

そんな話を夕食の時間に舜太郎にすると、彼も困ったように微笑《わら》った。

「聖子さんにしてみると、僕はまだまだ子供なんですよね」

舜太郎が父方の祖父からこの家をもらったときに配属されたのが、本宅で仕事をしていた畠山夫妻だった。高名な凰綺日涛に住み込みで弟子入りしていた一年間は、主《あるじ》なき家を守ってくれていた。

「……突然のお誘いになるのですが、明日はドライブしませんか？」

何日かぶりのデートの誘いは、藍の頬を紅潮させる。

「喜んで。実家のお店もわたしの出る幕がなくなっちゃいましたから、明日でも明後日でもいつでも大丈夫です」

「知っていて誘っているんですよ。藍さんに時間があるなら、僕のことを少しでも考えてもらって、心に僕の居所を作ってもらおうかなという計画です」

「手の内を明かしちゃうんですか」

くすくす笑う。だが、舜太郎の眼差しは真剣だったので、藍は笑うのをやめて舜太郎を見やる。

「奥さんをどう誘惑しようか。これがここしばらくの僕の課題なんですよ」

キスをしたのはひと月も前だ。それから手をつなぐ以上の触れ合いはない。紳士的に扱ってくれるのは嬉しいが、女としては複雑だ。

だけど、今は――

（あのキスのときと似た……眼差し……）

息をするのと同時に顔が火照《ほて》っていくのがわかった。とくん、胸が高鳴る。

あのキスが忘れられない。いや、思い出すだけで身体が熱くなる。でも、浅ましいと思われたくなくて、心にしまう。

「日本酒がおいしくて、飲みすぎちゃったみたいです」

怖い。心変わりされるのが。いつか夢から覚めたように冷たくされるのが。

恋は続かない。身に染みているからこそ、線を引いてしまう。――相手は夫なのに。

舜太郎は、少し首を傾げた。藍の下手な演技がバレているのだろう。夫婦なのだから腹芸などしなくていい。でも、今はまだ臆病な自分が出てきてしまう。


舜太郎は今夜遅くなると話していた。展示会が成功した証に、スタッフとディーラーなどの関係者と食事をしている。

ようやく慣れつつある広々とした贅沢な檜《ひのき》風呂で一日の疲れを流した藍は、二階のミニバーで米焼酎のロックに口をつける。フルーティーな香りが舌に広がるが、今夜はおいしいと目を輝かせられない。

（心の奥底まで舜太郎さんに染められて、全身を委《ゆだ》ねてしまったら……）

すべてをさらけ出している夫婦はいないだろう。両親だってうまくいっているからこそ、話さずにいる問題もあると思う。正直は美徳だが、必ずしも正義とは限らない。

（わたしにできることってなんだろう……。この先なにをしていけばいいのかわからない）

仕事を辞め、実家に帰っただけでも社会から遠のいてしまった気がしていたのに、結婚して日々のどかに暮らしている今は、社会と断絶したようで変に焦ってしまう。

テレビなどを見て、少ない友人とSNSでやりとりをして、なにかで暇を潰していても、どこか取り残された気がするのだ。舜太郎は浮世離れしたところがあるから、よけいに。

（舜太郎さんのせいにしちゃだめよ。前みたいに自立した女にならなきゃ）

カランと氷が鳴る。ひとり酒をするのも久しぶりだ。

「……つまんないな」

ひとりごちて、口を押さえた。

このままでは舜太郎に依存しそうだ。もっと自分の世界を持たなければ。でもなにを？

考えても詮無《せんな》いことをぐちぐち考えるのがいやで、藍は動画を見ながらストレッチをして就寝した。

翌日、舜太郎がいつもどおり十時頃に起きて、ダイニングにやってきた。これでも大進歩だと、聖子が目を丸くしていた。

のぞえの高級食パンのトーストをパリッとかじり、舜太郎はうんうんと頷く。一枚目はバターもなにもつけずに食べるのが彼流だ。

藍も一緒にテーブルに並び、舜太郎と同じカフェオレを飲む。

「行きたいところはありますか？」

ドライブに行こうと誘われたが、プランの打ち合わせはしていなかった。

「そうですね。海が見たいです」

「よかった。実は、驚かせようとして、海辺のレストランを予約していたんです」

芯からホッとしているから、山がいいと言われたらどうしようと悩んでいたのかもしれない。

「わたし、大学生時代に少しサーフィンもしていたんです。冬の海に入る根性がなくて夏季限定でした」

「登山もしていたんですよね？」

「父の影響で。わたしが登る山は初心者から中級者向けのコースなので、父からはハイキングだとからかわれていました。父はワンダーフォーゲルが好きなので、根底から違うんですよ」

「そうなんですか？　ワンダーフォーゲルっていうとハードな登山のイメージがありますね」

「自然活動らしいですよ。山に登り、自然を観察し保全する。もちろん、クライミングもします」

「……クライミングといえば。駅裏の倉庫にボルダリングジムができたみたいですよ。取材を受けたときに新聞記者さんが教えてくれました」

「へぇ。このへんにもできたんですね。仕事をしていたとき、ボルダリングジムの会員にもなってたんですよ」

藍は力こぶを作ってみせる。我ながら逞《たくま》しい腕だと思い、笑う。

「通ったらどうですか？　僕は仕事柄、指を痛めるスポーツはできないので付き合えませんが」

「そうですね。体験か、見学かに行ってみます」

仕事をするかたわら、身体を動かし続けるのを好んだ。フットサルやマラソン、ボルダリングなどをやっていて逞《たくま》しかったからだろうか、可愛げがないと言われてしまった過去を思い出しそうになって、悪い考えを追いやる。

「ドライブデートの支度をしてきますね」

小さめのおにぎりを五つとおかずを少し作り、正午前に舜太郎の愛車で家を出た。

愛車は、流れる曲線が美しいクラシックカーだ。もう一台はレトロ風の小柄な輸入車で、ミニバンサイズは街乗りにちょうどいい大きさだから重宝すると言っていた。湖月家で一番走っているのは、畠山が運転する国産高級車だ。

ペーパードライバーの藍は、どの車も運転できる気がしなかったから、結婚した今でも愛車はロードバイクのまま。

快適な運転で高速道路に乗る。ブレーキもスウッと止まる。きっと、舜太郎はドライブが好きでよく運転しているのだろう。

クラシックカーの乗り心地はあまりよくないと持ち主が話すとおり、シートは固く、疲れやすい。エアコンなども今の自動車ほどは効かないから真夏はあまり乗らないと、ハンドルを握る舜太郎が言った。

「レトロなものがお好きなんですね？」

ダイニングは大正モダン風だし、着ているものもいつも着物だ。今日も今の季節——五月中旬に合った素材と色の単衣《ひとえ》を着こなしている。

「そうでもないですよ。腕時計はスマートウォッチですし、ガジェット系は最新式のものをチェックしています。でも、そうですね。影響を受けたアニメやマンガに出てきたものと、よく似た乗り物に惹かれるんでしょうね」

ぱっと見、アニメを見そうにない舜太郎の口からよく知るアニメ作品がいくつも出てきて驚いた。

「ああ、ロボットが出てきますね！」

「ええ。初期作品のロボットや乗り物は、ロボットなのに曲線的なんです。有機的というか」

マニアックな話は自重しますね、と舜太郎は笑う。

「スケッチブックにファンアートも描いてましたよね。あとＳＦアニメの、でしたか？」

「アニメも実写映画もＳＦものを好んでいますよ。ロボ系のアニメやおもちゃ、戦隊モノは今でも好物ですね。子供の頃は、ゲームやおもちゃは誕生日にしか買ってもらえなかったので、ネットの画像を模写したり、自分で考えたロボやゲームキャラも描いていました。お年玉とお小遣いをやりくりして、七瀬とゲームやマンガの貸し借りもしていたんです」

藍は、男の子向けのロボット・ＳＦアニメをほとんど知らない。メジャーなアニメはそれなりに知っているが、ロボット・ＳＦものは興味が湧かなくて視聴していなかった。

（子供の頃の舜太郎さんかぁ。今も美形なんだもの、女の子みたいな顔立ちだったんだろうな。そんな子がロボットの絵を描くって、ギャップがすごい）

「今度、一緒にロボものの映画を観ませんか？　海外製作の本格的ＳＦ映画の本編よりも、ファミリー向けのスピンオフがコメディタッチになっていて面白いんですよ」

途中で寝ないか心配である。だが、舜太郎の世界の一部を知りたくて藍は頷く。でも、それでは面白みがないので交換条件を出した。

「じゃあ、スポーツ観戦にも付き合ってくださいね」

今度は舜太郎が寝てしまう番かもしれない。彼はスポーツにあまり興味がない。テレビでサッカー観戦していたら、隣でウトウトしていたこともあった。

音楽と小説の好みは似ているのに。

ふたりともミステリが好きだから、ミステリ系のオススメ映画や小説、マンガをすすめ合えばいいのに、こうして苦手なものを押し付けようとする。雪合戦みたいに遠慮なくぶつけ合うコミュニケーションも面白いかもしれない。……大げんかに発展さえしなければ。とはいえ、怒る舜太郎の姿は想像できない。

途中、休憩でサービスエリアに寄り、お弁当を食べる。舜太郎は物足りなそうだったが、目的地がレストランなので我慢してもらった。

クラシックカーは海沿いのインターチェンジで降りると、一路海を目指す。

「あ、道の駅があるんですね」

「寄りますか？」

「行きたいです！　行きましょう！」

『道の駅』という素朴な名前に似合わず、道の駅は近代的だった。海面が光を反射してキラキラと銀色の建物を縁どっている。

車から降りて伸びをし、潮の香りを肺いっぱいに吸うと、海沿いの町に来たのだなぁと気分が上昇する。十四時をすぎているから、もう野菜などは残っていないだろう。

それでも、舜太郎と手をつないで、人も物もがらがらの物産館を巡る。新鮮な野菜などはやはりなかったが、ゼリーや海苔《のり》、手作り味噌、地物の酒などは残っていた。

両親と畠山夫妻にお土産のお菓子を選んでいると、舜太郎がイルカの大きなぬいぐるみを抱えてやってきたので藍は思わず吹き出した。和服のイケメンが可愛いイルカのぬいぐるみを抱っこしているのがチグハグだったのだ。

舜太郎が言い訳するように言う。

「イルカ、可愛いじゃないですか」

「ふふっ。それなら今度、水族館に行きましょう」

「藍さんもどうです？」

「わたしはけっこうです。舜太郎さんもちゃんと可愛がってあげられないなら、衝動買いしちゃだめですよ」

「可愛がる？」

「抱きしめたりブラッシングしたりっていうお世話です」

今度は舜太郎が吹き出した。おかしな言い方をしてしまったと、藍は赤くした頬を膨らませて、笑いすぎている舜太郎に抗議する。

「もうっ。そんなに笑わなくてもいいじゃないですか」

ぷいっと怒ったふりをすると、イルカを商品棚に返した舜太郎が笑いながら謝る。

「機嫌を直してください、奥さん」

奥さん。そう呼ばれると面映《おもは》ゆくて怒ったふりも続かない。

そんな藍の目に入ったのは、手焼きの夫婦《めおと》茶碗だった。紺色のグラデーションの茶碗と桜色のグラデーションの茶碗が木の箱に入っていて可愛らしい。湖月家で使っている茶碗に比べたら、ずいぶん安い茶碗だ。でも、ふたりで過ごす朝食のときに揃いだったら素敵だろうなと思い描く。

「お茶碗をお揃いにしてくれたら、許します」

「茶碗？　ああ、なるほど。どこかに出かけるたびに、ひとつ、お揃いのものを買うのも粋《いき》ですね」

「だから、舜太郎さんがわたしのを買って、わたしが舜太郎さんのを買うんです」

「プレゼント交換みたいですね」

「いい提案でしょう？」

さっそく茶碗を手に取ってレジに向かう。安い食器だって年月を重ねれば、日常が思い出になって値段以上の価値になる。思い出は買えないのだから。

「お揃いのものを売ってなかったら、どうします？」

舜太郎が尋ねる。

「臨機応変で。……なんだか、逃げ口上みたいですね」

「逃げ口上？　いいんじゃないですか？　実際に逃げても」

「え？」

どきりとした。

「藍さんが日々完璧に家事をしているのを知っています。僕に気を使い、聖子さんたちにも気を配ってくれていますよね。それって、疲れませんか？」

主婦になったのだから主婦らしく完璧に家事をこなそうとしているが、家事には終わりがない。まだ不慣れなことが多くて聖子の手をわずらわせてしまう場面もままある。

(舜太郎さん……。見ていてくれてるんだ)

小さな喜びで頬が緩みそうになるのを抑える。

「でも、主婦業って言いますし、仕事みたいなものじゃないですか」

「まあ、そういう受け取り方もありますが、生活ですからね。生きる活動でしょう。生きているんだから逃げるのは生存本能ですよ。家事ばかりじゃなくて、藍さんの時間も大切にしてください。心のシェルターを確保するのはだいじです」

完璧に家事をしないで自分の時間など持ってもいいのだろうか？　たしかに心が疲弊《ひへい》してしまったら、いずれ言葉や態度に出て互いに不愉快になるだろう。

「……逃げてばかりの僕がえらそうに言えませんけれど」

「舜太郎さんは……逃げてませんよ」

師匠・凰綺日涛から辛口批評を受けたせいで、彼は水墨画が描けなくなっている。どうにかして前進しようと、水彩画や油彩などあらゆる絵画を通して足掻《あが》いている。悩んで、迷って、苦しんでいる。

「そう優しくしてくれるのは藍さんだけですよ。七瀬からはせっつかれ、ディーラーからは無言の圧力」

いやになります、と言い出しそうな舜太郎を遮《さえぎ》るように藍は言う。

「今日は、考えるのをやめましょう。考えてばっかりだと頭がパンクしちゃいますから。ね？」

家で仕事をする舜太郎が少しでもすごしやすいように試行錯誤するのも藍の役割なのだろうが、悩むのは明日からにする。だって、今日は楽しいデートなのだから。


海が見えるレストランで目にも鮮やかな南欧風料理に舌鼓《したつづみ》を打ったふたりは、海辺の夜景までしっかりと楽しんだ。クラシックカーのなかでキスをしそうな雰囲気だったけれど、手を重ねる以上の触れ合いはなかった。それでも、いくらか親密になったのは、藍の気のせいではない。

舜太郎は紳士だ。藍が嫌がるであろうことは一切しないし、あのキスのように強引になにかをするわけでもない。

(いいひと、なのはわかるんだけど)

夫婦《めおと》茶碗を買ったドライブデートのあとは、週末ごとにデートを重ねた。もちろん、毎日顔を合わせて食事をとり、他愛もない話をする。ふたりでいると笑う時間が多いが、ひとりになると考え込んでしまう。

夫婦《めおと》茶碗、揃いのティーカップ、傘にパジャマ。お揃いのものが増え始めてひと月になろうとしている最近は、舜太郎に関する悩みも増えていた。

(望まれて結婚したら夜も……って、なるわよね。それとも、なにか事情があって結婚したのかな。偽装結婚？　……なにもないし、そうなのかな？)

舜太郎は『直感』だと言った。彼を信じなくてどうするのだと言い聞かせるが、確固たる信頼ができるほど時間を共有していない。それでも、せっかくここまで積み上げてきた信頼が崩れるのは一瞬だろう。

ふいに過去の出来事が蘇《よみがえ》りそうになり、慌てて振り払う。過ぎた災難を振り返っても仕方がない。

心の傷は、舜太郎の優しい眼差しと雰囲気が癒《いや》してくれたのか、あるいは時間薬が効いてきたのか、以前よりは考えなくなった。

代わりに、舜太郎への不安や思いが高まっていく。

(舜太郎さんは立派な人で、非の打ち所がないイケメンで、お金持ちで……。わたしと結婚したのを後悔してるのかな？)

だからといって、自分から恋愛に関するアクションを起こすのは怖い。学生時代だったらいざ知らず、大人になってからの失恋が藍をウジウジの弱虫にしていた。


久しぶりに、ふたりで野添家を訪れた。弘行が婿殿のためにだけ焼いた高級食パンと菓子パン類を前にした舜太郎は、目をきらきらと輝かせていた。まるで、クリスマスプレゼントをもらった子供みたいだったから、くすくすと笑いが込み上げてくる。可愛い。

実家のキッチンに立つと、勝手が違っていてやや戸惑った。

「あれ？　ガスコンロってこんなに火力強かった？」

そんな様子を弓香が笑う。

二週も前倒しの父の日の集まり。弘行のために取り寄せた焼酎とすき焼き用のA５等級のブランド牛に、主役は鼻息を荒くして喜んだ。

毎年、母の日にはバラと実用的なプレゼント（今年はバラのブーケと弓香と一緒に出かけて決めたショルダーバッグ）。父の日はビールとハムソーセージなどのブランド加工肉セットだったが、今年はこんなに豪勢だ。舜太郎が『日頃の感謝を込めて』選んだものである。

毎日晩酌をしない弘行でも、高級焼酎の存在は知っていたらしい。舜太郎の見立ては義父の心を撃ち抜いた。

野添家風すき焼きを囲み、同じ鍋をつつく舜太郎は、いつにも増してニコニコしていた。こういう団欒《だんらん》はテレビで見て憧れていたから、楽しいと語る。

「ほんとうに舜太郎くんは意外性の塊《かたまり》だな。婿が面白い男でよかったよ」

さっそく焼酎を開けた弘行は、酔って饒舌《じょうぜつ》になっている。

「はいはい。お父さん、舜太郎さんに絡むのはそれぐらいにしてね」

ぐつぐつ。すき焼きが煮立つ音と、スタンダードジャズの軽やかな曲が食卓に流れる。そんななか、酔いに任せて弘行がグズッと鼻をすする。

「前みたいなことがあっちゃあいけない。愛する娘が傷つくことは、もうごめんだよ、おれは」

藍はぎくりとしたが平静を装《よそお》って、卵をたっぷり絡めた焼き豆腐を口に運ぶ。

「まぁたヒロくんは子離れできてないんだから。藍は三十なのよ？」

「けどよぅ。舜太郎くんが立派な男だってわかっていてもよぅ。娘の幸せを望むのが親ってもんだろ」

「はいはい。女房の幸せも望んでちょうだいね。いい、ヒロくん。結婚したからには、藍は湖月家の人なの。そこで幸せにしてもらって、幸せにしてあげるのは、藍たち夫婦の問題なの」

母親というのは娘を信じる生き物なのか、藍が結婚相手に選んだ舜太郎も信じている。

食後、いつもより酔っ払った主役の弘行はリビングのソファでイビキをかいて夢の住人になっている。藍と舜太郎で食器を洗い片付けたあと、弓香が豆を丁寧に挽《ひ》いて淹《い》れてくれたコーヒーを飲んだ。舜太郎のコーヒーはいつものようにカフェオレだ。

「ヒロくんも嬉しいのよ。でも、男親って素直になれないでしょう？　いつまでも娘は小さなままなのよ。わかってあげて」

「はい。僕もきっと、わかる日が来ますから」

「そうね。そうだといいわね」

弓香はすっかり安心しきって婿に微笑む。

わかる日が来る。それは、いつかの未来に舜太郎とのあいだにできた子供が巣立つ日を示している。そんな日は来るのだろうか。ふたりのあいだになにもないままだから、藍は心をぐしゃぐしゃっと丸めたくなった。

「ごちそうさまでした。また来ます。お義父さんによろしくお伝えください」

「それじゃ、お母さん。おやすみなさい」

お開きになり、玄関を出る舜太郎は番重《ケース》いっぱいのパンを高級セダンで待っていた畠山に預けた。

「歩いて帰りませんか？」

舜太郎が提案する。

新興住宅地の一角にある野添家から通称・御屋敷町にある湖月家まで、ゆっくり歩いて一時間ほどになる。

「雪駄《せった》では歩きにくくないですか？」

問いかけに、舜太郎はセダンのトランクからランニングシューズを取り出して、いたずらっぽくウインクをする。用意周到だ。藍も舜太郎が用意してくれていたランニングシューズに履《は》き替える。服には合っていないが、歩くならパンプスよりランニングシューズがいい。

舜太郎の大切なパンを乗せた高級セダンが静かに発車したのを見送って、ふたりは歩き始めた。近くにあるコンビニでミネラルウォーターを購入し、御屋敷町に向かってゆっくりと歩く。梅雨《つゆ》入り間近の今、日中は蒸し暑いが、夜になれば涼やかな微風が吹いている。

夜空には真っ黒な雲が伸びており、星の邪魔をしているのが梅雨《つゆ》入りを思わせた。どこかでケロケロとアマガエルが鳴いている。これから本格的な夏になれば大合唱になるが、まだそこまでカエルたちの求愛は本気になっていない。

手を自然につないでいるのに気がついて、藍は内心で照れた。頬が赤いのは、お酒のせいにしてしまおうかと思ったが、見上げた舜太郎の横顔の耳が赤くなっていたので、自分も素直になることにした。

（スマートな大人の男の人なのに、赤くなるなんてズルい。……わたしには、もったいないくらい、いい人）

胸がきゅうんと締めつけられたのは、なぜだろうか。

「……藍さんの初恋はいつでしたか？」

子供時代の話の流れで、初恋の話になっていた。育ったこの街の至るところに藍の思い出がある。

「小学六年生くらいでした。同じクラスの子で、もう名前も顔も思い出せないんですけど、足が速かったのは覚えています」

話して、ベタな初恋相手だなと、少し笑う。

「僕は中学二年生のときに、図書館でよくすれ違う同じ年頃の女の子に恋をしました」

相手の詳細がわからないまま、その恋は淡く消えたと話す。

「話しかける勇気がない臆病者だったので、彼女が親しげに男の子と腕を組んでいるのを見て、失恋しました」

初恋は叶わないとよく言う。舜太郎ほどの美形でもそういう時期があったのだと思うと微笑ましい。

「今の恋は真剣なんです。この歳で運命の人に巡り合えるとは思っていませんでした。夫婦になったのだから、無理をせずに、藍さんのペースで仲良くしてもらえれば、幸せだなと思っています」

どこにも尖《とが》ったところが見当たらない柔らかな表情。見つめ合ったせいで、さらに照れてしまう。

真剣な恋と言われたのも嬉しい。

「お気づかいありがとう、ございます」

かつて、こんなに真っ直ぐな告白をされたことがあっただろうか。それなりに恋愛経験を積んできたが、この歳で駆け引きなしでストレートに告白されると思っていなかったので、妙に緊張してしまう。

体温が上がったせいで手汗が気になる。女子高生じゃあるまいに。

4　好きになるって、こんな気持ちでした？

ほどなくして、蒸し暑い梅雨《つゆ》になった。ジメジメしとしとと続く梅雨《つゆ》は絵描きにとって天敵らしい。キャンバスがよれたり、絵の具がカビたり、乾きが悪いなどの弊害《へいがい》がある。いくらエアコンで温度と湿度を管理していても、天敵であることに変わりはない。それでなくても長雨は憂鬱《ゆううつ》な気分にさせる。

絵画について真剣に悩んでいる舜太郎にはメランコリックな影があって、思わず目を奪われてしまう。

晴れの日は夏本番間近の強い陽差しが照り、なにもしなくても汗が噴き出す。しかし、夜になると一変して湿気を孕《はら》んだ涼風がリビングを通り抜ける。

夏の野菜をたっぷり使った焼きカレーの特盛をぺろりと平らげた舜太郎の姿が、気づくとリビングになかった。珍しいこともあるものだ。いつもなら、夕食後はリビングで一緒にコーヒーかお酒を飲みながら、動画や配信されている映画を見るのに。

「舜太郎さん？」

広い家を捜し歩いて、ひょいと和室を覗く。窓辺は障子で仕切られたくれ縁になっており、艶《つや》やかなウォールナットの床板は寺院を思わせるし、ソファなどを置いたら旅館の広縁になりそうだ。

くれ縁と畳をまたぐように舜太郎が寝転んでいた。

エアコンを切るわけにいかないから、タオルケットを持って戻る。そうっと掛けながら、顔を覗く。別々に寝ているから、めったに眺められない寝顔だ。廊下から差し込む明かりが、顔に男らしい濃い陰影を作っていた。

彼の肩まである長い髪をそろりと撫《な》でてみた。柔らかな黒髪は、梅雨《つゆ》の湿気を含んでいるのに手触りがいい。まるで黒絹《こっけん》の糸束のよう。

暑くなってからジーンズにTシャツに合わせて絵画を描く姿が増えたが、そのほかは和服や甚平《じんべい》で通している。今日の着物は肌触りのよい木綿で、薄茶色の生地に鳥獣戯画《ちょうじゅうぎが》の絵が散らばっているのがおしゃれだ。

「寝ていても綺麗な人って初めて見た。心の清らかさが滲《にじ》み出てるのかしら？」

清らか、というのは語弊《ごへい》があるかもしれない。無垢《むく》という意味ではなく、上品で礼儀正しい紳士、が正解か。そう考えながら、黒絹《こっけん》の髪を触っていると——

「それは、僕を、好ましく思ってくれているということですか？」

舜太郎が藍の頬に手を伸ばした。触れるか触れないかの絶妙な距離で輪郭を撫《な》でられ、くすぐったくて片目を瞑《つぶ》る。緩やかに、しかしたしかに、鼓動が速くなる。

「好ましくって……？」

思ったより声が弱々しくなった。

凛《りん》とした目で射すくめられ、つい逃げ腰になる。

彼は黙ったまま。藍も黙って彼の唇を見つめる。廊下からの光が彼の唇を艶《なま》めかしく形どっている。やや厚めの、バランスがいい唇は、さっきどう動いた？　キスは、どんなのだった？

（――わたし……）

時間にすれば短い。でも、舜太郎のキスを忘れていない身体は、彼を欲しているよう。――こんなの、浅ましい。

（舜太郎さんを……）

これまで悩むのを放棄してきたツケか、彼への感情に答えを出そうとするが、なにひとつまとまろうとしない。

それどころか、思考がぐちゃぐちゃになっていく。

――好きか、嫌いか。

普通は両想いになり、愛を誓い、結婚をする。でも見合い結婚なら？　見合いよりも短い期間で結婚を決めたのはなぜ？　どうして結婚して一緒に暮らしているの？　ともに暮らして居心地がいいのはなぜ？

流されるのは思考停止も甚《はなは》だしい。舜太郎が紳士だから、それに甘えているだけ？

嫌《きら》いなら、いやなら、ストレスのある暮らしになるが、結婚してからの日々は穏やかな春の陽差しで日向ぼっこをしているように心地いい。適度な距離感も、決していやではない。

イエスかノーで考えたら……？　イエスでもノーでもない。その中間で、舜太郎のほうへ気持ちはやや傾いていている程度なのか？

夫婦のあいだになにもないことを残念に思っていたのは事実だし、キスも忘れられない。それは――

「か、考えているので、待ってください」

ようやく出た言葉は、まごついていた。反対に舜太郎は余裕があると言わんばかりに艶然《えんぜん》と笑みを浮かべる。いつものような柔らかな笑顔なのに、どこか違うのはこの場が薄明るいからだろうか。雰囲気に呑み込まれないように距離を取ろうと畳に手をつこうとした。が、へりを避けようとしたせいで、身体がぐらつく。藍は咄嗟《とっさ》に腕を突っ張り支える。ざらついた畳の目がなければ滑って倒れていた。

「考えてくれるんですか、僕のことを」

あっと思った瞬間の出来事だった。

衣擦れと頬を撫《な》でた髪。荒っぽい音もなく、畳に押し倒されていた。そういえば、合気道を習っていたと聞いていたが、これがそうなのだろうか?

視界に二重折上げ格天井《ごうてんじょう》が影を作っている。そのもっともっと手前に舜太郎の顔がある。

背中にあった彼の手が抜かれ、畳に背中がつく。支えられていたから、痛みもなく押し倒されたのだと理解した。

手の甲にくちづけられる。キザなキスなのにひとつも嫌味がない。むしろ、宝物にキスをするように感じた。藍の脈は速くなる一方だ。

「もっと考えてください。僕のこと。僕のことで、悩んでください」

熱を帯びた彼の目を至近距離で見つめていられなくて、瞼《まぶた》が下りようとする。

「考えます……から」

舜太郎の胸に手をやり距離を取ろうとしているのに、どうしても力が入らない。

いやではないのだ、この至近距離が。

「藍さん。僕は藍さんを好ましく思っています」

好ましく。それは、どれくらいのレベルの〈好き〉なのだろうか？

聞き返そうとした唇を塞がれた。しっとりとした柔らかさと酒でほんのり高い体温。息をすると舜太郎の香りが肺いっぱいに満たされて、くらりとする。

もう夫婦になっているのだから、と思う自分と、まだ夫婦になったばかりなのに、と思う自分がせめぎ合う。

藍の葛藤《かっとう》を緩やかにしてしまうキスが続く。舜太郎に遠慮はなくて、いつの間にか口内を支配されていた。

「……ん、ぁ」

甘えた息を聞かれて恥ずかしくなる。なにも知らない処女みたいに。

梅雨《つゆ》時用のダブルガーゼブラウスの上から、男らしい手が乳房に触れた。

身体を許していいのだろうか？　答えを出していないのに。でも、舌を絡められると、応えてしまう。こんこんと湧く唾液がかきまぜられ、くちゅ、ぴちゃと水音を立てる。

流されたくない。でも、求めてほしい。

（舜太郎さんのキス……すごく好き……）

決して無理強いをしないキス。お姫さまにでもなったかのように感じる。

ブラウスのボタンが外されて、しっとりと汗ばんでいる胸元を撫《な》でられると、自分の鼓動が速いのだと知らされているようで恥ずかしさが込み上げる。期待と不安が綯《な》い交《ま》ぜになる。白色のブラジャーの上から乳房をやんわりと揉《も》まれ、動揺する。

（どうしよう。いやじゃない）

結婚してもうすぐ三か月。いわゆる付き合って三か月だと考えると、身体の関係を持つには妥当な日数だ。それ以前に、舜太郎から嫌なことをされた覚えもなければ、藍が我慢したことも譲り合いをしている不満はまったくない。

それに——舜太郎がどうやって触れるのか気になる。大人の恋は身体の相性も重要だ。

「藍さん。止めるなら今ですよ？　でも、僕は止めたくありませんし、止める気もありません」

ずるい。そんな言いかた。選択肢がない。それに、心地いいキスのせいで物事を難しく考えられない。

背中に回った大きな手が、純白のレースがふんだんにあしらってあるブラジャーのホックを探している。

「……今日は、フロントホックなんです。たまたまで、ほんとうに」

気まぐれで白色のフロントホックブラジャーを選んだが、舜太郎に触ってもらいたくてフロントホックにしたみたいで、妙に焦ってしまった。さらに身体が熱くなり胸元までピンクに染まる。

「そうだったんですね」

喜色の滲《にじ》んだ声と同時に胸の中央のホックがぷちっと外されて、乳房が重力に逆らわずにふるんと落ちた。藍が隠そうとする前に、男らしい手が乳房を持ち上げて、まろみを確かめるように優しく撫《な》でる。絶妙なソフトタッチが藍のぞくぞくと熱を高めていく。いやらしく膨らんだ乳暈《にゅううん》を整った指先でスリスリされると、やたらと感じてしまう。

(大切に、されてるみたい……)

藍の胸は大きい。興奮した相手がお構いなしに強く揉《も》んで、痛みだけ与えられるのがこれまでの体験だった。だが、舜太郎は違った。

藍の様子を注意深く観察して、心地よい強さで乳房を揉《も》んでは女心をくすぐるキスを繰り返す。ときおり、柔らかさを楽しむようにたぷたぷと乳房をごく軽く叩く。それが恥ずかしい。

「……藍さん、食べますよ」

「え?」

大きく開いた舜太郎の口が、胸の先をぱくりと咥《くわ》えた。汗の気化熱で冷えていた先に、他人の——舜太郎の体温を感じて「あっ」と声がまろび出る。

ちゅくちゅく吸われたかと思うと、硬くなった乳首を舌で器用に転がされる。

(うそ……っ。胸って、こんなに気持ちよかったの?)

よく熟《う》れた果実をむしゃぶるように、乳房を味わわれている。むずむずとしたくすぐったさとピリピリと下腹部に流れる快感をどうにもできない藍は、舜太郎の頭を抱えた。

「ふ……、ぅ。は……ぁぁ」

熱くなってきた息を吐くと、舜太郎の凛《りん》とした目と目が合った。ぶわりと恥ずかしさが煽《あお》られて、藍は目をそらしてしまった。

（こんなに感じてるって知られたら、変に思われるんじゃ……？）

「可愛い。もっと恥ずかしがって、恥ずかしい声を聞かせてください」

「舜太郎さん、いじわる、言わな……ぃぃっ」

きゅっと甘く乳首を噛まれて、全身が軽くビリッと痺れた。

（……イ、イっちゃった？）

ひとりでするときにしか得られなかった軽い絶頂感に襲われて、藍は目をしばたたかせた。

「もしかして、イったんですか？」

彼は嬉しそうだけど、胸を弄《いじ》られて達したのが信じられなくて、ふるふると首を横に振る。

「僕に身を委《ゆだ》ねるのはいや？」

「そう……じゃなくて」

するするとお腹を撫《な》でられ、ワイドパンツのウエストリボンを解かれた。下腹部を撫《な》でてくすぐっていた手が、ショーツの上を滑る。

（見られてまずい下着じゃなかったよね？　あっ！　よくないっ！　上下お揃いじゃなかった）

穿《は》き心地優先でアイボリー色のフレアショーツにしたのだが、せめてブラジャーと同じ色にすればよかった。毎日ブラジャーとショーツをセットで身につけていればよかったが、関係が進展するとは昨晩の藍は予想だにしていなかった。

「よそごと、考えてますね？」

「え？　その、あの……えっと」

小娘じゃあるまいし、下着がお揃いじゃなかったから待ってほしい、とは言えなかった。

ちゅぱっと胸から離れた舜太郎は、藍の背中を抱えるようにしつつ後ろに回る。そして、ワイドパンツのウエストを持たれたかと思ったら、お尻を持ち上げるようにしてするりと脱がせる。

「きゃあっ」

しかも、下ろしたのは膝まで。中途半端すぎる。

上を見ると、覗き込む舜太郎とばっちり目が合った。とんでもない体勢だと、座り直そうとしたところで、彼の腕が下腹部に伸びてしまった。彼の片手は敏感になった胸の先を潰すように揉《も》んでいる。

「あ……っ、ん」

彼の指がショーツの隙間から秘所に忍び込んできた。くちゅっと聞き慣れない水音がして、藍は「えっ？」と驚く。それもつかの間、不埒《ふらち》な指は長い年月他人を迎えていない場所をこじ開けようとした。

「やぁ、あっ」

気づけばショーツを脱がされ、膝を抱えられていて、秘所が丸見えになっている。

「ふふっ。恥ずかしくありませんよ」

「は、恥ずかしいですっ、てば」

「もっと恥ずかしいことをするんですから」

それはそうだが、こんな格好はいやだ。そう言おうとしたのに、蜜でまみれたそこをぴちゃぴちゃと浅く引っかかれて、腰が浮いてしまう。他人に触られてくすぐったくて、気持ちいいのが初めてで戸惑うばかり。

「ふぁ、ぁ……あっ」

「その甘い声をもっと聞かせてください」

充血しつつある肉びらを丁寧にほぐした指がずぶずぶ入ってくる。藍の指より太くて、節ばっていて、長い。その二本の指が蜜を掻き出すようにしながら蜜洞を拡げて柔らかくしていく。

「んんっ。ん、ふぅ。そこ……、や、だめ、しない、で」

さっそく見つけられた弱いところを重点的に擦られて、焦りに似た感覚と気持ちよさがせり上がってくる。

「いやらしい締まり」

「だめ……ぇ、そこばかりぃ……、んんっ」

「ここも、こんなに硬くして。ああ、藍さんは、ほんとうに可愛い」

開いている彼の手が真っ赤に熟《う》れた秘粒に伸びる。ぬちぬちと、ものの数回ソフトに扱《しご》かれただけで藍は初めて他人の手で強い絶頂を体験した。

「あああっ！」

腹筋をびくんびくんさせて、目を大きく開く。強烈な快感がまだ続いている。自慰では得られなかった深く長い快感が、身体のなかで燻《くすぶ》り続ける。

しかも、達しているのに舜太郎はまだ止めてくれない。でも、指では届かないお腹の奥が切なくて苦しい。

「しっかりほぐしましょうね」

幼子を諭《さと》すようで、そうではない、低く太い艶《つや》やかな声。いつもは飄々《ひょうひょう》とした舜太郎が痴態を見て興奮しているのだと思うと、藍はいっそう感じてしまう。

「あ、ぁん、あぁ――っ」

高い絶頂の波の頂点で指が引き抜かれる。どぷっと蜜が溢《あふ》れてお尻をしとどに濡らした。

絶頂の余韻でぐったりとしている。それでも、やはり下腹部の奥が切なくてたまらない。

「いい香り。藍さんの蜜の味。おいしい」

舜太郎は愛蜜で濡れたその指と手のひらを舐めて、うっとりとしている。そんなことをするなんて思わなかった。想像のなかの舜太郎はセックス中も紳士だった。だが、どうだろう。実際は獰猛《どうもう》で強引だ。

「藍さん。ふたりで気持ちよくなりましょう」

着物をはだけさせた舜太郎の身体に、藍は釘付けになった。ジョギングをし、最近入会したスポーツクラブで泳いでいるのは知っているが、想像以上に無駄のない美しい肉体だった。

彼のボクサートランクスの大きく張り出した膨らみに目が行き、胸が高鳴る。

早く、それで隙間なく埋めつくしてほしい。浅ましいのはわかっているが、本能が彼を欲する。

「……あ、いや……」

舜太郎は藍の足をグイッと押して、大きく開脚させる。トロトロと愛液が滴《したた》るのが自分でもわかり、恥ずかしさで身が焼けそうになった。

彼の整った手が濡れそぼった秘裂をくぱぁっと拡げた。また大量に愛蜜が溢《あふ》れたのがわかり、藍は熱くなった顔を両手で隠した。

「ち、違うんです。……こんなに濡れないんです。わたし……」

おかしな弁明をしていると、舜太郎は嬉しそうに目を細めて、藍の手の甲にキスを繰り返した。

「僕がそうさせたんです」

「……は、い」

羞恥に染まった藍から小さな声が出た。

彼の手がぐず濡れの秘所をおおう。密着した男らしい手がそこを前後に擦り動き、ぐっちゃぐちゃにする。腰から溶けてしまいそうな感覚に襲われて、藍は甘く悶《もだ》え苦しんだ。

「あっ、はぁっ」

敏感になった秘粒を見つけられ、重点的に扱《しご》かれる。そこは弱いのだ。またたく間に絶頂に達したさなか、舜太郎はゆさゆさ重たげに揺れる乳房の先に食らいつく。

「んんっ、いっ、しょ、はぁ……。だめっ、だめなの」

「いいんですよね？　正直になって」

ぐちゅんと入ってきた不埒《ふらち》な指は、蜜洞の弱いところを見つけて執拗《しつよう》に擦る。信じられないくらいに愛蜜が湧き出ていて、耳を押さえたい淫らな水音がする。触られてこんなに濡れるなんて初めてだし、絶頂続きなのも初めてだ。

「藍さんはGスポットが好きなんですね？」

「わか、なぁ……ああ。そんな、され……、ぁ。や、やめ……あ、いゃ……ぁんん」

「やめませんよ。もっと乱れて。僕だけを求めて」

弱いところを責められ、乳首を強く吸われる。身体がわななないて強烈な絶頂を初めて味わった。

「ふ、あ、あぁぁ――――ッ！」

さっきよりも強ばった身体がじわじわ弛緩していく。どれだけスポーツをしていても、セックスで使う筋肉と体力は別なのか。それとも、初めて他人の手で何度も絶頂に導かれたからか、バテている。

舜太郎は、いつボクサートランクスを脱いだのか。藍の中心に、ひどく熱く堅い陰茎を当てていた。それが往復して愛蜜をぐちゃぐちゃまとうたび、敏感な秘粒を押しつぶされて、蕩《とろ》けそうなくらい気持ちがよくなる。はしたない喘ぐ声を止めたいのに、甘く痺れた喘ぎ声が出続けてしまう。

「は……、ぁ、あっ。あんんっ」

「藍さん」

くちづけられて舌を絡ませ合う。いやらしい蜜で潤《うる》みきった小さな蜜口をぐちっと押され、期待と物足りなさで、藍は身悶《みもだ》える。

「ん、んん……ぅ」

腰を上げられると、巨大な陰茎が濡れそぼりにくっついているのが見えて、藍は目を閉じかけた。

「あなたのなかに挿入《はい》るのを見てください」

ふとましい陰茎がゆっくりと蜜を溢《あふ》れさせ埋もれていく。

やってきた巨大な熱の塊《かたまり》が、腰をむずむずさせる。指でほぐされなかった深い場所を開くようにゆっくりと挿入され、もどかしい。

「はいっ……て、ぁ。あ……あ、あ……」

美形である舜太郎でも、性器はグロテスクでとても大きい。巨根だと言ってもいいくらいだ。しっかりと指でほぐされたのは、このためだった。未体験だったら痛くて泣いていただろう。それなりの経験があるのに、内側を無遠慮に押される圧迫感がものすごくある。が、それが不可解な未知の快感になっている。

雄々しい肉棒がぬぷぬぷ挿入《はい》ってくると、ガタガタだった理性が崩壊していくみたいだった。

「お……っ、きぃ……んん、はぁ。ぁ、……すご……いぃ」

みちみちとやってくる熱い質量を身体で感じ、繋がっているのを目で見ながら、悶《もだ》える藍は彼の腕に爪を立てた。

ずしんっと奥の奥に熱い熱杭を打たれ、瞼《まぶた》の裏がちかちか明滅し、足が勝手にピンと伸びた。まだ達したくないのに、絶頂を繰り返していた身体はたやすく達してしまう。それに、蜜洞で気持ちよくなるのも初めてだ。恐ろしいくらいの快感の波が去来し、息と体温が上がるいっぽうだ。

「動いてもいいですか？　それとも、しばらくこのまま？」

なんて意地悪を言うのだろうか。藍はつい恨めしくなって、目元を上気させる舜太郎を見上げる。

「動いて」と言いたいけれど、達したばかりの蜜洞が乙女のようにひくんひくんとしている。でも、過敏な秘粒は彼の陰毛でいじめられて、腰がビクビク動いてしまう。

「どうします？」

この期に及んで舜太郎は藍に選択を迫る。聞かないで動いてほしい。めちゃくちゃにしてほしい。

藍は観念し、顔を隠したまま口をもごもご動かし、消えそうな声で言う。

「う、動いて、ください……」

「聞こえませんよ？」

舜太郎が屈《かが》んで顔を近づけたため、蜜洞を逞《たくま》しいグロテスクなものが動いて、膣壁《ちつへき》を浅く抉《えぐ》られた。だが、藍の欲する刺激とは遠い。

「しゅ、んたろうさん。う、動いて。ふ、といので、めちゃくちゃに、突いて、ください……」

初めてこんな言葉を口にした。そもそも、蜜洞で絶頂したのも初めてならば、こんなに巨大なものを迎えたのも初めてだ。

羞恥で熱が上がる。きっと、もっともっと上がるのだろうと予想させるのも、初めてだ。恥ずかしいのにぎゅんぎゅんときめいてしまう。

「――……藍さん。ずるいですよ」

「なにが…………あふっ」

そろりと手を下げようとしたが、剛直が敏感になっている蜜洞をぬぷぷと動いて蜜口ギリギリまで下がった。

「んっ」

口元を強く押さえる。未練がましく亀頭を締め付けると、舜太郎が顔をしかめた。

「締めすぎ、ですよ」

「あ、ああ――――っ」

蜜洞の襞《ひだ》を全部捲《めく》り上げるように一気に貫かれ、ぱちゅんっと肌がぶつかる。深いストロークを繰り返されて、藍は快感に夢中になる。

激しく揺すぶられ、絶頂続きだ。身体中のどこもパチパチとスパークしている。乳房は引きちぎれんばかりに大きく揺れているが、痛みよりも気持ちよさが勝る。

「あなたは最高の芸術品だ。ここまで、こんなに完成されている……はぁっ」

舜太郎が奥を穿《うが》つよう抽挿すると、藍の乳房がふるふると揺れる。痛いほど勃《た》った乳首を舐められ、片方は指の腹で捏《こ》ねられる。

「あっ、あっ、あっ、だめ……っ。おっぱいと、いっしょ、は……ぁ、だめ、なのっ」

これ以上の快感が恐ろしくて、やめてと懇願する。けれど、舜太郎はいいことを聞いたと言わんばかりに目を細めて、執拗《しつよう》に乳首を吸い、嬲《なぶ》り、腰を動かす。

「い……ってるからぁ……。ああ、しゅ、ん、たろ……さぁんっ。あ、あふぅ。イイ……ッ、しゅんたろ、さんんん」

「もっと気持ちよくなってください。僕も、イキそうなくらい、気持ち、いいです」

ぶるぶると身体を震わせて、強い快感を享受していると、限界がやってきた。

「あ――っ。あ――っ！　おかしく、なっ、ぁぁ――!!」

小指を噛んで正気を保とうとするが、無駄な努力だった。片足を高く担がれ、腰を捻られた。今まで以上に深い場所に雄を初めて感じて、酩酊感《めいていかん》が強くなる。

「あ……あはっ。はっ。ぁ――ふかぁい、んん、こんな……、はじめ……て……」

フーフーと息を繰り返す。溺《おぼ》れたかのように。いや、強い快感のせいで溺《おぼ》れている。

セックスは苦痛でしかなかったのに。初めての快楽が果てなく気持ちいい。

「藍さん、気持ちいいですよね？」

はぁはぁと浅く乱れた呼吸が舜太郎から聞こえるのも心地いい。髪を振り乱して善《よ》がっているのは藍だけではない。

「ん、んぅ、きも……ち、いい、すご……はぁっ。また、イっ――～～!!」

最奥を穿《うが》たれ、さらに高みにのぼらされて、びくんびくんあちこちが跳ねる。

大きな絶頂の余韻に浸る間もなく、ころりとうつ伏せにされた。

舜太郎の手がお尻の丸みを撫《な》でる。ぞくっとして、とろとろりと零れた愛蜜が太腿を濡らす。秘裂を拡げられ、ふっくらとした陰唇にくちゅりと未だに硬い亀頭を当てられた。

（……えっ？　まだ、なの？）

「ん……。あつ……い」

うっとりとした声。ぐずぐずの蜜洞にずっぷずっぷと入ってくる衰えない肉杭は、さっきと擦れる場所が違っていて、新たな快感を呼び寄せる。でも、この後ろからの体位は羞恥心が振り切れてしまう。

「やぁっ！　やめ……、は、恥ずかし、い、からぁ……」

「野性的な体位は、初めてじゃないでしょう？」

「は、初めて、ですっ。あ……や」

今まで藍にとってセックスは苦痛だった。さっさと終わらせたいコミュニケーションだったから、これまでに経験した体位は正常位ばかりだ。相手も求めなかったし、藍も求めなかった。

「初めて、でしたか。ふふ。嬉しい。でも、僕は最初から余裕、ありませんから」

舜太郎が上気させた美貌を嬉しそうにしているが、藍からは見えない。

「舜太郎、さん。あ。あぁっ。……あた、るぅ」

「また、次回、優しくしますね」

浅い場所の襞《ひだ》を捲《めく》られて愛液がぐちょぐちゃいやらしい音を立ててるし、どこを見られているのかわからないことで羞恥心を煽《あお》られて快感が強くなり、呆気なく達してしまう。

「ふ、ぁ、ぁ――っ」

急にぐぐーっと入ってきて、藍は背中をそらして強い快感を流そうとする。と、そこに体温が乗り、ずしりとした。

「藍さん」

「ひ、ぅっ」

耳をかぷりと噛まれて、れろれろ舐められる。ぞくぞくと腰が震えて、蜜洞をみっちり埋めている陰茎を締めつけてしまう。スキンのない肉の質感は生々しく、灼熱のように熱い。

「好きです」

耳に息をかける低い声が激しい抽挿の再開を教える。

「だ、めぇっ。また、イっちゃう、からぁ。も、ぉ、だめぇ。とけ、ちゃうぅ」

「溶けて、蕩《とろ》けて。はぁ。たくさんイかせてあげますから」

「あぁ。あ――――！　しゅ、んたろ、さぁんっ。おかひく、なるっ」

「おかしくなってください。もっと、もっと」

ずんずんと気持ちがよすぎる奥ばかりを攻められて、藍はくしゃくしゃになったブラウスに顔を埋める。

「あ、――あッ、んんんっ」

「……は、愛しています」

慣れない甘い責め苦が続いている藍には、愛の言葉が聞こえなかった。

ずるんっと抜けた瞬間に頭のなかが真っ白になった。

「～～～～ッッ!!　ふぁぁ――――――あっ！」

びゅっびゅく、びゅっと背中とお尻に熱い飛沫《しぶき》がかかるのを、初めて味わう恍惚《こうこつ》のなかで感じた。

（……すごい……体験しちゃった……。舜太郎さんってものすごい情熱家だったんだ……）

はぁはぁと浅い息を繰り返す藍の隣に、舜太郎が寝そべった。汗と体液でべたつく肢体をたぐり寄せられ、強く抱きしめられると、心の底からうっとりとする。

「あなたは、僕の運命の人なんです。ずっと前から。出会う運命だったんですよ」

満ち足りた声《バリトン》。首に、肩に、頬にキスを繰り返され、足を彼の足で搦《から》めとられた。

舜太郎の情熱に答えなければ、と思うのに、心地いい疲れが瞼《まぶた》を重たくする。

（セックスって、こんなに激しいものだっけ？）

違うことを考える。

激しいけれど、まったく痛みを感じなかった。終わってからもたくさんキスをしてくれるのも、嬉しい。

（わたし……、もっと早く、舜太郎さんに、出会いたかったな）

もっと早く出会って、女として愛されたかった。

でも時間は巻き戻らない。

その日を境に、夕食後や就寝前に舜太郎に誘われて、身体を重ねるようになった。

藍の常識では、夫婦になったら妊活は必要だ。が、あれから舜太郎は毎回スキンをつける。避妊しなかったのは、はじめの一度だけ。

それでも生理が来ると、安心したような、残念なような複雑な気持ちになった。

夜に誘われて、生理だと告げると、舜太郎は落胆も怒りもせずにいつも以上にいたわってくれる。

姉妹の真ん中で育ったから、女性の生理の苦しみを知っているつもりだと話す。

藍はＰＭＳも生理痛も軽いが、出血が多く貧血気味になる。以前心配になって受診したが、そういう体質だという結果だった。これまでの付き合った人は、生理だと告げると途端に不機嫌になったり、怒ったりした。その頃は、苦痛だらけのセックスをしなくていいからホッとしていた。だけど、それは過去で、現在ではない。

（どうしよう……）

生理中だというのに、舜太郎と一緒に抱き合って寝ていると、どうしてだか身体が火照《ほて》ってしまう。優しくて涼やかな顔に似合わない、激しいセックスを思い出してしまう。困った。自分がこんなにも淫らだったとは思わなかった。

生理が終わった夜は妙にソワソワしてしまい、いつもより丁寧に身体を洗って、下着をどうするか悩んでいる自分に気がついた。誘われるとは決まっていないのに。

その晩。誘われて、初めて自分から男性を奉仕した。舜太郎のだと思うと、苦になどかけらも思わなかったし、舜太郎を悶《もだ》えさせているのが心地よかった。自分のなかに優越感と好意があるのに気がついた。

それが、愛なのかわからないが、好きだとは思う。でもそれは、恋の好きなのか、わからなかった。

アラサーだというのに。

◇◆◇

その日、舜太郎は、都心にかまえている自身の個人事務所・B.W.Dreamに出ていた。事務所に渋々行くときは髪を結んだり、オールバックにセットし、スーツを格好よく着こなすので藍にとっては眼福である。

このところ、忙しくしている様子で、帰宅するときはピリピリとした雰囲気をまとっていることも多かった。が、しばらくすると、舜太郎らしくない空気は消える。

午前十時のお茶をしていると、聖子が心配そうに頬に手を当てる。

「回覧板で回ってきた話ですけど、このあたりに不審者がうろついているみたいなんですよ。警備会社さんと契約しているのでめったなことはないでしょうけど……。昼間は女ふたりが多いでしょう？　私も怖くって。舜太郎さまに話したら、警備を増やすって言ってくれたんです。藍さまも気づいたこと、不安なことがあったら遠慮なくおっしゃってくださいね。舜太郎さまでもいいし、私や畠山でもいいですから」

そんな不穏な話を耳にすると、ふんわりとした穏やかな繭玉《まゆだま》に包まれた世界が濁《にご》るような気がして、いやだった。

昼食後、男性の雑誌編集者がやってきた。原稿を取りに来たと言われて、舜太郎に電話をする。

『すみませんが、アトリエのカウンターに置いてある……と、思うので渡してもらえるとたいへんありがたいです』

そう返事をされたので、藍は初めてひとりでアトリエに入った。

入口近くのカウンターにＡ４サイズの茶封筒があり、表書きが雑誌社御中になっていたので、それを手渡す。編集者は、原稿をその場でサッと確認をしてえびす顔で帰っていった。

鍵をかけていなかったのを思い出し、アトリエに戻る。敷地内だし、セキュリティサービスを受けているが、大切で高価なものばかりなので鍵はきちんとかける。結婚するまで舜太郎はアトリエの鍵をかけていなかったらしく、君島、畠山夫妻が鍵をかけていた。舜太郎はこの街を信じすぎだ。自分たちの防犯意識が低ければ、警備を厚くしたところで意味がない。

（不審者もいるみたいだから、気をつけなきゃ）

鍵をかける前に、窓の鍵が開いてないかチェックしようと、再度アトリエに入った。

油彩の独特な匂いよりも、このところ墨汁《ぼくじゅう》とニカワの匂いのほうが強い。舜太郎が本業の日本画に取りかかっていた証拠だろうか。白と黒が織り成す舜太郎の世界を覗きたいという好奇心がむくむくと大きくなる。でも、妻であってもアトリエを許可なく覗くのはいけないことだろう。

いつもは、絵画を描いている舜太郎の後ろからキャンバスを覗く。邪魔になるだろうから、休憩の時間くらいにしかアトリエに入らないが――

（でも、入っちゃだめって言われてないし……）

今は、それよりもなによりも、舜太郎が描いた絵画を見たい。汚さないように注意を払えば大丈夫だ。

そっと足を忍ばせて、油彩や水彩、立体物がごちゃっと置かれた作業部屋を通り抜け、奥の間に通じるふすまを静かに開ける。

窓の近くにある大きな作業台には、たくさん重ねられた絵の具皿、固形の絵の具や岩絵具の瓶など、大小・太細の筆がきちんと並んでいる。本棚にはいろんな国の絵画の作品集や使い込まれたスケッチブックが整頓されている。

この部屋にも美術室で見かけた絵画用の乾燥棚があり、日が当たらない場所には大小のキャンバスが並んでいる。そのキャンバスのなかには、以前見せてもらった鷹や虎、可愛い犬やのんびりとした猫などの絵画や風景画がある。今もまたこそっと眺めては、溜め息を零す。

彩色された生き生きとした絵画もさることながら、墨汁《ぼくじゅう》だけで表現された風景画の圧倒的な美しさといったら。表現する言葉を探すのが大変なくらいだ。

「ん？」

奥の奥に風呂敷に包まれたキャンバスがあった。

(見ちゃ……だめよね。でも、きちんと元に戻せば……。いや、だめだって)

しばらく葛藤《かっとう》したが、欲に負けてしまった。慎重に風呂敷を外してみると、珍しく人物画だった。

「………すごく、綺麗……」

魅入るほど美しい天女が桜吹雪のなかで舞い踊っている。気がつかないうちにうっとりと溜め息が零れていた。

光と影の表現は群を抜いている。書き込みの量も半端ない。それほど入れ込んで描いたのだろう。

そして、このモデルが好きなのだとわかる。女の勘だ。

そのキャンバスが立てかけてあった奥の引き戸をおそるおそる開けてみた。

横長の棚のなかには、絵画がぎっしり積まれていた。スケッチブックのページのあいだには薄葉《うすよう》紙《し》やトレーシングペーパーが挟んであり、キャンバスや水彩画用紙は段ボール板とガーゼなどで丁寧に保護されている。

彩色されたもの、鉛筆で緻密に描かれたスケッチ、ラフ画。天女、翼を生やした天使、透き通る羽をもった妖精。かと思えば、着物、ドレス、私服姿、裸婦の美人画など。表情も年齢も様々で、中学生くらいから壮年期の終わりまであるが、目立って多いのは、思春期くらいから女盛りの年代だ。どれも同じ人物であるのは確かで、モデルも先ほどの天女と同一だろう。

(……舜太郎さんは……この人が好きなんだ)

胸の奥底でちりちりと嫉妬心に火がついたのがわかる。

過去の恋愛の産物であっても、絵画にしたいほど愛した人がいたのは事実だ。しかも、風景画などのどの絵画にも引けを取らず、美しい。いいや、ほかの絵画にはない愛情や慈《いつく》しみを感じる。

悋気《りんき》で身が焼けるし、悲しくて、落ち込みかける。

(どうして、わたしなんかと結婚したの？　この人と結ばれなくて、ヤケを起こして結婚したの？)

あまりにも集中して見入っていたから、藍は気がつかなかった。ふすまが開いた音に。

「……藍さん？」

藍は飛び跳ね、振り返った。舜太郎が目をしばたたかせていた。それから、破顔する。

「見たんですね」

「ご、ごめんなさい」

平静を装《よそお》った声がかろうじて出た。でも、顔には嫉妬の色が出ているだろうと思うと情けない。

「謝らなくてもいいんです。そのうち、見てもらおうって考えていましたから」

「そ、う、ですか」

こんな美人画を舜太郎から説明されながら見たくない。一緒に見なくてよかった。

藍は絵画を丁寧にしまって立ち上がる。よろけなかったのは、体幹を鍛えてあったからだ。

顔色がよくないのを察した舜太郎が一歩二歩と近づく。

(言わないで。聞きたくないの)

今、優しくされたら、きっと詰問《きつもん》してしまう。この美しい人は誰で、今でも愛しているのか。感情を爆発させて喧嘩腰で聞いてしまう。

舜太郎との穏やかで、幸せで優しく織られた布で包まれた世界が壊れてしまう。壊してしまう。

「……ごめんなさい」

立ち去ろうとした。が、その手を掴まれた。

「どうしました?」

「……いえ、洗濯物をしまわないと。夕食の支度をして、それから……」

「それなら、どうして謝ったんですか?」

「勝手に絵画を見てしまったので。プライバシーを覗き見てしまった、から」

知らぬが仏。アルバムにない彼の過去。恋愛遍歴。藍より六歳年上で、資産家の長男。非の打ち所がない美形なのだから、つり合う美しい恋人がいたはずだ。絵画にして永遠に美を留めておきたいほど愛した人がそのなかにいた。今でも舜太郎の心のなかにいる。

藍はもう一度「ごめんなさい」と口にした。自分で思った以上に弱々しく、悲愴だった。

手を振り払い、感情を抑えて、離れの玄関を静かに閉めた。そのまま引き戸にもたれかかりそうになり、気持ちを奮い立たせて家まで走る。リビングに行く気になれず、自室に飛び込んだ。

(やだな。……ヤキモチ焼いて。わたし……)

ふと化粧鏡に映った自分と目が合った。そこには、今にも泣いてしまいそうな女がいた。

(情けないな。……なにも知らないで結婚したんだから、こんなことがあってもおかしくないんだよね……)

5　片思いをしています（ＳＩＤＥ　舜太郎）

舜太郎は、久しぶりに〈夢望《ゆめみ》シリーズ〉を手にした。藍に見せたらどんなに驚いて、不思議がり、喜ぶだろうと夢想していた。が、大きなショックを受けているようだったので、首をかしげた。

（おかしかったな。なにがあったんだろうか？）

怒って、落ち込んでいる。我慢して感情を抑えて、今にも泣き出しそうだった。まるで嫉妬したかのように。

「嫉妬？　まさか……、絵に？」

舜太郎は、精魂込めて描いた一枚の夢望《ゆめみ》に心のなかで話しかける。コントラストを意識して、その場に存在しているように描いた夢望《ゆめみ》は、藍の声で『どうでしょうか？』と答えた。答えるように舜太郎が望んだ。

この晩冬まで、夢望《ゆめみ》はこの世に存在しない架空の人物だった。

舜太郎が初めて夢望《ゆめみ》と出会ったのは思春期——中学二年生の初夏頃だった。

だまし絵の名画に似た世界を年上の彼女と並んで歩いた。彼女はなにも話さないし、また舜太郎からも話しかけなかった。

ただ、一緒にいるだけで幸せだった。

目を覚ましてすべて寝ているあいだに見た夢だとわかり、絶望した。彼女はいない。いるとすれば、自分の頭のなかにだけ。脳内の産物だ。

眠りの浅い、睡眠不足の日が続いた。有名人だらけの家系に生まれ、自分だけ凡才であるのを、誰にも打ち明けられずに悩んでいたのもあったし、初恋があっけなく終わったからもあっただろう。

それから、彼女とたびたび夢の世界で会った。シュルレアリスムの絵画の世界、印象派の風景画の世界、アール・ヌーヴォーの世界、平安絵巻の世界、童話の銅版画の世界で。巨匠と冠される絵画や宗教画の世界で。舜太郎の行動範囲の世界で。テレビで見た絶景のなかで。映画の世界のなかで。年齢や着ている物も様々だった。

彼女と言葉を交わしたことはないけれど、舜太郎は彼女といるだけで幸福に包まれた。

淡い初恋は儚《はかな》く散ったが、夢のなかで彼女に会い、絵画にしたことで失恋の痛みは知らないあいだに消え去っていた。

微笑むだけの彼女に、舜太郎が夢望《ゆめみ》と名付けたのもこの頃だった。

両親との離別は、妹が生まれてまもなくだった。父が心臓を悪くして空気がいい静岡の富士山近くに家を建て、単身引っ越した。海外を飛び回るジャズピアニストの母の代わりに、父方のパワフルな祖母のもとで舜太郎たちきょうだいは暮らし始めた。そのあとすぐに、両親を不慮の事故で亡くした君島七瀬も祖母に引き取られ、兄弟同然に育てられた。変わり者の祖父母は、服を着替える感覚で引っ越しを繰り返していたので、友達と呼べる存在は七瀬しかいなかったが、孤独が好きな少年には好ましい環境だった。

祖母が油絵画家として成功していて、周囲から無言の圧力があるように感じていた。母方の祖父・香崎文隆《かさきふみたか》も日本画家で、親戚の多くが芸術関係の仕事をしている。著名なマンガ家もいるし、母のように音楽の才能を開花させた者も多い。湖月家は家系図のはじめの頃から芸術や文学に深く関わっていた。

姉や妹のように文才にも恵まれない。ただひとりだけ、絵画にしがみついていた。

幼い頃から絵筆を握って祖母から教わっていたので、配色や構図などの技術だけは身についており、コンクールのたびに入賞した。もちろん、贔屓《ひいき》だと、祖母や親類が有名画家だからとやっかむ声もあった。しかし、有名美大の日本画コースに現役合格するとその声は潜むようになった。

祖父・香崎文隆が日本画家の巨匠だったこともあり、その幽玄《ゆうげん》な着色に魅せられていた。夢望《ゆめみ》を日本画で描いていたから当然の進路だった。

夢望《ゆめみ》の習作を山のように生み出し、半年をかけて日本画で西洋画のようにコントラストをはっきりさせた一枚を描ききった。完成品は納得のいくものだった。でも舜太郎は夢望《ゆめみ》を誰にも見せなかった。元から宝物を見せびらかすタイプではなく、内に秘めてひっそりと愛でるタイプだったせいもある。

ギリシャ神話のピュグマリオンが羨《うらや》ましかった。彫刻師だったピュグマリオンは、架空の女の彫刻を深く愛した。そのひたむきな愛に胸を打たれた美の女神が彫刻の女を生身の女に変えたおかげで、ピュグマリオンは女と幸せに暮らした。そんな話だ。この神話が現実になればいいのにと、願った日もあった。

思春期をすぎたあたりから夢望《ゆめみ》が登場する夢が減り、高校生の終わりには出てきてくれなくなった。それでも、諦めずに夢望《ゆめみ》を描き続けた。

大学での課題をこなしながら、画法を身につけては夢望《ゆめみ》を描き続けた。中学生のときから彼女を描かない月はなかった。逢いたい。夢の世界で逢いたい。描けば逢えると想って。

大学ではいろんな刺激があった。描くのも好きだが、他人の絵画や作品を見るのはもっと好きだったし、いろんな美大生に出会えたのも刺激的だった。夢望《ゆめみ》とすごす幸せな夢は見なくなっていたけれども。

日本の美術史に名を刻む人物の子孫がいるらしい。日本画家・香崎文隆の孫で、極彩色の魔女・湖月花蓮《かれん》の孫、芸術家家系のサラブレッドがいるらしい。どんな人か会ってみたい。そういう類《たぐ》いの話が舜太郎の周りに人を集めたが、仲良くするのは、舜太郎の背景を気にしないごく少数の友人たちだった。

それとときを同じくして、姉が小説家になり文学賞にノミネートされた。その表紙を描いたのは舜太郎だったから、よけいに注目の的になった。

周囲の期待が過剰になると、鬱陶《うっとう》しさを生んだ。孤独を好んでいた舜太郎には、強いストレスになったのだ。それを晴らしてくれたのは、他大学で経済学を専攻していた君島七瀬との交友だった。

七瀬との交流は深い。なにしろ、物心がつくかつかないかの頃から家族同然に暮らしている。父親同士が竹馬《ちくば》の友であったから、七瀬が成人するまでの後見人に舜太郎の父がついた。分け隔てなく、兄弟のように育った舜太郎と七瀬は自然と親友になった。

「舜くんが画家になったら、俺が舜くんの絵画を万人に届けるよ」

幼く純粋だった頃の七瀬は、舜太郎の絵画を眺めながら目をキラキラさせて言っていた。律儀な彼は約束を叶えようとしていた。それが眩《まぶ》しくて羨《うらや》ましかった。

大学生時代、舜太郎と七瀬は、同じマンションでシェア生活をするようになっていた。若いうちの苦労は買ってでもしろという祖父母と両親の教育方針で、学費の半分と生活費は自分で出すことになっていた。学費の半分と家賃の一部を援助してもらい、残りは奨学金とアルバイト、そしてこれまでの貯金を切り崩すことでまかなった。自立した大人への一歩だと思い暮らしていたが限度があった。アルバイトに勤《いそ》しみすぎると絵を描く時間がなくなってしまう。七瀬が代わりに生活費をすべて出すと言ったが、金銭面で親友を頼るのは違うと頑《かたく》なに拒んだ。

日本画コースは金がかかる。絵画用の和紙から絹キャンバス。岩絵具は安いものもあるが、舜太郎が求める色は天然鉱物が多かったから出費が嵩《かさ》む。

祖父から紹介されたアートディレクターを介して絵画を売ることもあったが、生活するには足りない金額だ。姉の小説の表紙を描いていた実績があったので、それなりの高値で売れたが、舜太郎の取り分はよくて四割ほどだった。それでも四割は破格だと七瀬は話す。普通は三割が作家の取り分だ。十割すべてが欲しいのなら、自分でサイトを運営して自家通販をするしかない。

個人情報の取り扱いがあるから、フリマサイトやコミッションサイトを利用してはどうかと七瀬から提案されてフリマサイトで肉筆画を売り出したが、アナログ日本画などは見向きもされない。

アニメやマンガのファンアートなどを入れて、SNSで営業をかけ注目を浴びなければ売り上げは皆無だ。とはいえ、リアルイベントに出るのも億劫《おっくう》だ。全国展開をしている版画委託会社もあるが、そこはいわゆる萌え絵が中心なので舜太郎の作風では見向きもされないし、作家の取り分が二割以下では生活できない。

画廊で売るのは風景画や博物画に限り、七瀬にも見せていない夢望《ゆめみ》は、どんなに金に困っても誰かに見せるつもりも、売るつもりもなかった。

卒業後の進路は画家一本では心許ない。会計事務所で働き始めた七瀬がスケジュール管理をしてくれたが、舜太郎はおのれの限界を感じていた。売れる絵画は、イコール自分が描きたいものとは限らない。いくらひとり、ふたり買い手が増えても生活できる潤沢な売り上げにはならない。

前々から母から誘われていた。「アメリカにいらっしゃい。ニューヨークだけじゃなくて、日本贔屓《びいき》の多い都市もたくさんあるのだし、気晴らしになるわよ」と。

アメリカ行きを決断すると、当然のようについてきた七瀬は、アメリカの画商について勉強していた。今の成功の大半は七瀬のおかげだと舜太郎は思い、感謝している。

母の紹介で、ニューヨークを拠点に活動している日本贔屓《びいき》のアメリカ人画商に会った。

彼に連れていかれたラスベガスで「日本人だから漢字を書けばそれだけで売れる」と言われて、プライドを傷つけられた。まだ若かった舜太郎はつい反抗心が湧き起こり、その場にあった書道具で疾走する馬を描いた。

なにが成功のもとになるかわからない。が、その水墨画は高値で売れたし、その場で描くパフォーマンスは客を沸《わ》かせた。好評が好評を呼び、舜太郎は新進気鋭の画家の仲間入りを果たした。それまであった劣等感が減少し、自信がついた。だが、独学でなんとかなる世界ではない。帰国した舜太郎は、祖母の友人である高名な日本画家で水墨画の大家《たいか》である凰綺日涛を紹介され、弟子入りした。

凰綺は、頭を丸めており、気難しそうな雰囲気のせいで人を寄せにくいが、話してみると住職かと思うほど穏やかで気さくな人物だった。

住み込みで雑用をこなすかたわら、師匠が絵画を描く姿から技を盗み、絵画を評価してもらった。凰綺は褒めるべきところは褒め、ダメなところは正直に指摘してくれて改善点まで懇切丁寧に指導してくれた。予備校の講師のほうがよっぽど言葉が厳しい。

いい師匠に恵まれ、荒削りなところが取れてくると、アメリカ人中心だった顧客が国際色豊かになり、日本人の顧客も増えてきた。実力を認められたように感じ嬉しくなった。

水墨画にまざり、日本画も以前より売れるようになった。もちろんすべて複雑な印刷がされた複製画だ。肉筆原画となると桁《けた》が二つ三つ増えるので、買ってくれるのは熱心な顧客《ファン》だけだ。

描いた作品をいつどのタイミングで発表するか、合同展示会用の新作を何点描くかは、七瀬と相談して決めて、それからアートディーラーを交えて話し合う。新作が間に合わなそうになっても、夢望《ゆめみ》は発表しなかった。

夢望《ゆめみ》を想い描くのは舜太郎の癒《いや》しであり、ライフワークだった。

順風満帆に思えたのだが。

昨年のことである。翌春に行われる歴史あるコンテスト・光徳会《こうとくかい》展を意識して、厳選した和紙に〈旭日〉と〈落陽〉を描いた。房総半島の南端――太平洋を一望できるコテージに何泊もして、納得いくまで何枚も何枚も丁寧に朝日と夕日を描き続けた。精魂を込めた奇跡の二枚が完成する頃には、コンテストの締め切りは目前になっていた。

〈旭日〉と〈落陽〉は対《つい》の作品で、ふたつでひとつのつもりだった。折しも、その翌年は水墨画家になって十年の節目になるからと、凰綺に推薦文を書いてもらおうと言い出したのは、七瀬だった。光徳会展への出品を意識して描いた力作なだけに、師匠からお墨付きをもらえれば心強い。

二年ぶりに会った凰綺は、住職のようにつるりとした頭を健康そうに光らせていた。「舜日くんの活躍は我がことのように嬉しいよ」と、終始笑顔だった。

しかし、〈旭日〉と〈落陽〉を目にした凰綺は、その皺《しわ》が刻まれた顔に明らかな嫌悪を浮かべた。

「悪いところが目立っている」

舜太郎の胸にすっと冷たく重いものが落ちた。褒めるまではいかずとも、温かく迎えられるとばかり思っていた。強い自信が溢《あふ》れるくらい、よくできた作品だと自負していたから。

「舜日くんの絵画は精彩を欠いているんだよ。昔から技巧が前面に出て、機械が描いたような印象を受けていたけれど、とくにこの朝日の絵画はひどい。……ひと言で言うなら、鼻につく。ぼくは嫌いだね。もういいかい？」

これまで凰綺は、褒めるときも指摘のときもやんわり遠回しに、だが的確に指導してくれた。柳の木のようにしなやかな優しい人柄の師匠から「嫌いだ」と、はっきり言われた記憶はない。

凰綺の激辛の批評は、舜太郎にひどいショックを与えた。しばらく言葉が出ず、凰綺の気難しく皺《しわ》が寄った顔と、酷評された水墨画を直視できず、肩を落とし俯《うつむ》いていた。

七瀬が絵画を片付けるまで、なにも話せなかったし、またなにも考えられなかった。

尊敬する凰綺から嫌いだと直接はっきり言われ、拒絶されたのは、舜太郎自身を否定されたも同義だ。いいや、凰綺は舜太郎を否定し拒絶したのだ。

やるせなくて泣きそうだった。大の大人が人前で泣くのはみっともない。ただそれだけの理由で舜太郎は湧き上がった負の感情を抑え込み、声を絞り出して頭を下げた。

「ありがとうございました」

もう二度と先生に絵画を見てもらえない。師事を仰げず、食事も会話もしてもらえないだろう。破門されたも同じだ。

作品に自信があっただけに、絵画を描く心に深い傷を負った。ズキンズキンと痛む生傷を抉《えぐ》るように凰綺が言い放った。

「こんなもの、歴史ある光徳会展に出さないでくれよ。ぼくの顔に泥を塗る覚悟があれば別の話だけどね」

「余計なことをして悪かった。俺が悪いんだから、自分を責めないでくれ。このとおりだ」

凰綺の家から出たすぐあとに七瀬が舜太郎に謝罪をしたが、その頃の舜太郎は深く傷ついていて、うんともすんとも返事ができなかった。親友の言葉が心の表面を滑っていくのも悲しかった。

翌日、「もう謝らないでくれ。七瀬のせいじゃない。先生の言葉のせいじゃなくて、客観的に見たら、僕の作品はそういうものなんだ」と真っ青な顔で言った。そのときの七瀬は泣きそうな顔をしていたが、舜太郎は心が荒《すさ》んでいて気遣う余裕がなかった。

それからしばらく、舜太郎は死んだように生きた。食事も疎《おろそ》かにし、なにもせずにただ生きる。七瀬も傷ついた表情だった。

腐った舜太郎が徐々に人間らしい活動を始めたのは、年末ムードが高まるクリスマスすぎだった。ポスティングされていた商店街のチラシがたまたま目に入った。近くに商店街があるのは知っていたが、引っ越してから九年、一度も足を向けていなかった。

築地や豊洲で食事をすることもあるし、都心の商店街なら小学生の頃に社会科で習ったような記憶があった。

小学生の頃はよかった。周囲のプレッシャーはあったが、そのほかに悩みはなかった。引っ越しするたびに友達は減ったけれど、姉と妹、七瀬と従弟《いとこ》がいたから、ちっとも寂しくなかった。優しい祖父とパワフルな祖母。家族と毎日なんの苦もなく笑ってすごしていた。

それで懐かしくなり、聖子から電動自転車を借りて商店街に行ってみようと思い立った。家を出るときに聖子が心配そうに声をかけた。

「坊ちゃん。お風呂に入って、髪にブラシをかけて髭《ひげ》を剃《そ》らないと、不審者に間違えられますよ」

ここしばらく、身内以外と接しなかった引きこもりの男は、肩まであるくせっ毛を後ろ頭で適当にひとつ結びにして、髭《ひげ》は伸びるに任せていた。聖子に口を酸っぱくして言われようと、元から見てくれに関心のない舜太郎は気にしなかった。

冬用の綿入り作務衣《さむえ》に黒いダウンジャケットを羽織って、マスクをつければ不審者さながらであった。が、そのまま商店街へ電動自転車で向かった。

雪が降りそうな曇り空の下、自転車で走るとマスクをしていても耳と鼻が痛い。冷え冷えとした空気を吸って吐くことだけを考えていると、頭のどこかが晴れていく気がした。

着いた商店街は、平成初期のレトロな味わいを残しており、アーケードの下は微和風アレンジの微妙なＪ－ＰＯＰが流れていた。正月らしい舞玉飾りや紙垂《しだれ》があちらこちらにあるのが目に新しい。日本各地を転々としたが、舜太郎はアーケード商店街に来たのは初めてだった。アーケード商店街は社会科で習うものであり、舜太郎にとってテレビのなかのフィクションだったからとても新鮮だった。

大通りに面した場所にコンビニがあったが、あとは個人経営の店が多い。居酒屋が並び、小洒落《こじゃれ》た今風のカフェやレトロな純喫茶が並ぶ。そのあいだに昔から変わらない姿をしているであろう帽子屋や靴屋があった。テレビや社会科で得た知識よりシャッターが下りた店は少ないし、年の瀬のせいか人通りも多い。

駅のほうへ進むと、地元の小規模スーパーチェーン店、百円ショップ、学校帰りの中高校生たちが好みそうなお好み焼き屋、たい焼き屋、アイスクリーム店、雑貨屋などが並んでいる。

やがて、十字路の真ん中にある、ちょっとした広場に行き着いた。円形の段上に飾られた門松と獅子舞が正月の雰囲気をいっきに醸《かも》していた。その上にある大型モニターは、地元ケーブルテレビ局のコマーシャルを流している。

ふいに、ふんわりと漂うパンの香りが鼻腔《びこう》をくすぐった。芳《こう》ばしくて、どこか懐かしい。祖父母と暮らしていた頃、ホームベーカリーの焼きたてパンの香りが朝を知らせてくれた。その焼きたての香りよりもふくよかでうんとおいしそうな香りだ。

吸い寄せられるように駅のほうへふらりと向かうと、香りの源があった。平成初期頃の古い店構えのパン屋だが、植え込みも建物正面も清潔感があり、好ましい。A型黒板看板には、今週の目玉のパンと焼き上がり時刻などがひょうきんなクセ字で書かれていた。書いた主がひょうきんでおおらかな人物なのだろうと想像する。

大きなショーウィンドウと木枠のガラスドアに〈パンののぞえ〉と書いてある。覗くと、客がひとりふたりいて、五十代半ばであろうおばさん店員がレジにいた。

――カラランコロロン。ドアにくくりつけられた小さなカウベルが可愛らしい音を立てた。

「いらっしゃいませ～」

店員のしゃがれた、だけど、愛想がいい声が飛んできて、舜太郎の気分をよくさせる。

店内の棚木に並ぶパンは、ふっくらツヤツヤとしていてどれもおいしそうだった。牧歌的なアニメのなかで描かれるパンは、いつ見てもおいしそうで安心感がある。それを具現化したパンたちを眺める――もっさりとした男がショーウィンドウに映った。

（こんな姿で入るんじゃなかった）

聖子から指摘されたとおり、どこからどう見ても立派な不審者だ。しかも財布を持っていない。

目の前に美味しそうで平和な光景が広がっているというのに、手が届かない。

「焼きたてですよ〜」

やや恰幅のいい店主らしきおじさんが、木の板を肩にのせて、ほこほことバターの香りの湯気を立てる山形食パンを店頭に並べる。置いたときにパンがふるんっと揺れる。それほど柔らかく、弾力があるのだろう。

きっと、大きく割《さ》くときめの細かい白い生地がゆっくりと離れていき、ふくよかなバターとさっぱりとした甘みある香りが嗅覚を楽しませるだろう。食べたらクセのない風味とパンのまろやかな味が舌の上で踊り、咀嚼《そしゃく》するたびにサクッモチッとした生地から炊きたてご飯よりも甘いでんぷんが口いっぱいに広がるに違いない。果実ゴロゴロのジャムや甘さ控えめなピーナッツバターを塗れば、いくらでも食べ続けられるおいしいパン。絵本のなかにある、憧れのパン。

唾を飲み込むほど食べてみたいが、お金を持っていない。かろうじてスマホは持っているが、この店のレジはスマホ決済未対応のようだった。

「いらっしゃい」

店主はにこやかに不審者・舜太郎に声をかける。まったく邪念がない笑顔は、アニメのパン屋の店主さながらだ。レジにいるおばさん店員のほうは冷ややかな目をしているというのに。危機感が薄いのだろうか？

「すみません。……初めて商店街に来て、うっかり財布を忘れてしまったので……、また来ます」

なぜか、しどろもどろになってしまった。これではますます不審者だと疑われる。

「へぇ。お兄さん、商店街が初めて？」

テレビでは見たことがあると言おうとしたら、店主は厨房《ちゅうぼう》に引っ込んでしまった。やはり、不審者さながらの男は警戒してしかるべきだと思ったのだろう。やや落ち込んだが、優しいパンの香りに慰《なぐさ》められる。

日を改めよう。絶対にここのパンはおいしい。勘だけれど、舜太郎はインスピレーションで生きているから、直感は信じている。

だが厨房《ちゅうぼう》から早歩きで戻ってきた店主は、中くらいの紙袋を抱えていた。

「はい、お兄さん」

「え？」

「初めて記念だよ」

「あの……いいんですか？　こんなにたくさん」

「たくさんかどうか、なかを見なきゃわからないって。どうぞ、もらってやってよ」

店主の人のよさそうな笑顔が舜太郎を素直にさせる。

「……ありがたくちょうだいします。お支払いは後日、必ずします」

「いいって、いいって。記念だって言ってるけど、実は作りすぎちゃったパンなんだよ。あははは」

無理やり渡された紙袋は温かくてずっしりとしている。作りすぎは嘘で、焼きあがったばかりのパンなのだ。

自分の身なりが汚かったので不憫《ふびん》に思われたのだと気がつき、恥ずかしく情けなくなった。

「また来てよ。そのときはうちのパン屋をご贔屓《ひいき》に」

店主の笑顔が、心にすとんと居座った。なんだか泣きそうだったので目をしばたたかせて誤魔化す。

舜太郎は何度も店主に頭を下げた。感謝で頭を下げる行為が久しぶりだと気がついたのは、電動自転車に乗る前に紙袋のなかを覗いたときだった。

ふっくらとしたクリームパンと艶《つや》やかなあんパン、焼き色が食欲をそそるツナパン、見るからに柔らかそうな食パンがそれぞれビニール袋に包まれて入っていた。

北風が吹くなかを自転車をこいで帰宅し、迎えた聖子に「パンをもらった」と話すと、彼女は目を丸くしてから笑う。

「ああ、〈パンののぞえ〉さんですね。おいしくて昔から有名なんですよ。こちらのパンものぞえさんでたまにネットで注文しているんです」

「そうなんだ。菓子パンや惣菜パンがテーブルに並んだのを見たことがないけど」

「坊ちゃんにそういったものをお出しすると、それしか食べないでしょう？」

確かに予備校と大学に通っていた頃、深夜まで絵を描いているときはエネルギーを摂《と》るために菓子パンを好んで食べていたが、コンビニの菓子パンは甘いだけでうまくはなかった。

あまり金を使いたくなかったのもあり、パン屋の菓子パンなどは食べたくても食べられない高級品だった。指導してくれる先生たちが、大学文化祭の差し入れで菓子パンや安いシュークリームを買ってきてくれたのが懐かしい。

(なんだか、胸が温かくなるな)

学生時代は、はるか十年以上も前になる。同じ年齢や年下が描いたハイセンスでハイクオリティな作品を嫌というほど見ては、心を大きく揺さぶられていた在りし日。狭き門を通るライバルたちに負けないように研鑽《けんさん》した日々を思い出しながら、ほのかに温かいあんパンにかぶりつく。

ふんわりとした優しいパン生地に包まれた、和菓子のような上品なこしあんが舌にのる。数回の咀嚼《そしゃく》でこしあんが淡雪のように溶けてしまう。安心できる味と心を和《なご》やかにしてくれるパンに初めて出会った。

「……おいしい」

あっという間にあんパンが消えると、手が食パンに伸びた。きめ細かな白い生地を割《さ》いて口に運ぶ。モチモチしてしっかりとした歯ごたえと甘みがある。これまで食べた食パンのどれよりもおいしい。

パンの材料が違うのだろうか? 炊きたてご飯よりも甘くてリッチな味わいが口のなかいっぱいに広がり、味の濃いおかずが恋しくなる。たとえば、ブラウンソースのハンバーグやカツレツ、鶏もも肉の照り焼きでもいい。タルタルソースをたっぷりかけた白身魚のフライでもきっと合う。

聖子がネット注文しているパンは、ホテル食パンといい、このパンとは種類が違うらしい。こちらは流行《はや》りの高級食パンで、バターや生クリームの配合、使用している小麦粉が違うのだと、子供を見守るような笑顔で聖子が話した。いつものホテル食パンよりも甘く、もっちりしっかりとしているのは、そのせいだ。

これまで〈パンののぞえ〉のパンを何気なく食べていたのが悔しい。もっと味わって食べるべきだった。

「カフェオレでも淹《い》れましょうね」

「ああ、牛乳でいいよ。これは、牛乳で食べるパンだ」

ぺろりと食パンを食べて、牛乳を待たずにツナパンを食べ始める。サクッ。じゅわり。ボート型の真ん中にあるツナと玉ねぎを頬張ったとたん、味が暴れ出す。トースターで焼き直してもおいしいだろうが、ちょっと冷めたツナに閉じ込められた旨みがたまらない。きっと、冷めたときのことを考えて作っているのだ。店主の思いやりが胃と心に沁《し》みる。

最後のクリームパンに伸ばそうとした手が止まった。これが最後だ。食べたら終わってしまう。当たり前だ。

「坊ちゃん⁉」

舜太郎はクリームパンを手にして、離れのアトリエに駆け込んだ。冷え冷えとした談話室のローテーブルにクリームパンを置いて、暖房をつけずにスケッチブックを手にした。

写真でもよかったのだろうが、絵画にしたかった。絵を描きたかった。自分の手で残したかった。クリームパンの絵を描くのが、純粋に楽しい。

鉛筆だけで描き上げた、ふっくらとしたつややかなクリームパンは、なんの技巧もなく、計算もない。ただ描いただけ。それなのに心と身体は満ち足りていた。それでいて、頭のなかがスッキリとしている。

舜太郎はふすまを開けて、アトリエの奥にしまい込んだ〈夢望《ゆめみ》シリーズ〉を見返した。幾百のスケッチブックと幾十の彩色画。存在しない夢望《ゆめみ》がそこで息をしているように描いた数々と日々。

絵を描くのが楽しかった。

それは、いつ以来だろう。

すっかり冷たくなったクリームパンをかじる。冷めてもふんわりさっぱりとした生地とバニラビーンズが入ったどっしりとしたカスタードの相性は抜群で、舜太郎の心をふうわりと温かくさせる味だった。

「……ほんとうに、おいしい」

涙の味がプラスされたクリームパンの味は一生忘れないだろう。


それから、舜太郎は髭《ひげ》を剃《そ》ると日課のストレッチを再開した。絵描きと肩凝《かたこ》りは切っても切り離せない。絵を描くための準備運動、といったところか。

絵筆を持ったことに自分でも驚いたが、一番驚いていたのは七瀬だった。

「舜太郎さま。……よかったです」

いつから七瀬は他人行儀な呼び方になったのだろう。二人三脚で走り続けていたのに、大切な相棒の存在を忘れかけて殻に閉じこもっていた。情けない。七瀬に甘えていたのは自分だ。

「七瀬。ビジネスじゃないときは親友で、兄弟だよ」

「え……ああ、はい」

目を細めて、ビジネススーツに身を包んだ兄弟同然に育った男を見やる。フレームレス眼鏡を取った七瀬は目頭を押さえていた。おおげさだなと笑うと、彼も笑う。

「七瀬に見限られなくてよかったよ」

「腐る気持ちはわかるよ。俺も腐ってたから」

「でも、昨日までだ。今日からは少しずつ絵画を描いていく」

「四月の展覧会に穴をあけられるかと心配していた。大丈夫そうだな」

光徳会展の前から決まっていた、六越デパートの画廊での個展だ。十年の節目だから秋にも個展を開く予定だし、再来年は海外でも個展を開く予定がある。デパートの画廊に穴をあけるわけにはいかないし、秋の個展は都内のアートギャラリーを貸し切って、初期作品も多数展示する。待っているファンを落胆させたくない。なにより、自分を諦めたくない。

しかし、新作がないとなると……

「〈旭日〉と〈落陽〉以外なら出展してもいいだろう。個展だし、先生は関係ない」

言い切ると、七瀬が深く頷く。

すぐには水墨画が描けるようにはならないけれど、足掻《あが》いて足掻《あが》く。つもりではなく、足掻《あが》くのだ。

舜太郎の一週間のルーティンに、週二回自転車で商店街に行き〈パンののぞえ〉でパンを買う、ということが追加された。のぞえのパンを食べながら、意識せず気楽に習作を描き、美しいものを見て目の保養をし、想像力を養う。毎日のジョギングと和室での合気道の基礎練習も再開した。合気道の基礎練には七瀬が付き合ってくれる。

こうして浮上すると、人に支えられていたことを再認識した。お礼を言うときっと七瀬は、水臭いと嫌がるだろう。そういう仲だ。だから感謝の意味をこめて、七瀬の愛娘に可愛い絵本を贈る予定だ。

習作は描きたい題材にする。誰かに強要されないで、楽しみ、考えながら描く。画材はなんでもいいから、毎日絵画を積み上げる。

努力していれば、凰綺が『精彩を欠いている』と言った意味がわかるだろう、と。けれども、決して楽な道ではなかった。

正月明け早々、七瀬は展覧会に出す絵画についてアートディレクターと話を詰めていき、再来年までスケジュールを埋めていった。美術系の雑誌やウェブのインタビューやコラム、夏の終わりにある絵画展の審査員にもなった。先のスケジュールはプレッシャーになるが、仕事がないよりはマシだと構える。適度なストレスも必要だ。

のんびりではあるが、真剣に絵画と向き合っていた。実のところ、焦っていたが、焦ってどうなるものではないとおのれが一番わかっている。それだけに苦しい。

見えない壁がある。手を伸ばせばそこに壁が存在しているのを実感する。予備校で、大学で、卒業後に、アメリカで。水墨画家に転身して。いくつもの壁を乗り越えてきたのに、今回ばかりは乗り越え方がわからない。ひたむきに、真摯《しんし》におのれと向き合わねば、乗り越えるヒントを取りこぼしそうだ。

水彩、油彩、アクリル、色鉛筆やクレヨン……。画用紙、マーメイド紙、ケント紙、和紙にキャンバス……。画材を問わずに描く。ときどきデジタルイラストで色彩や明暗を勉強する。

風景画、静物画、博物画。人物画は夢望《ゆめみ》以外苦手なので描かない。トレーニングのためにスケッチはするが、描いては消して、あるいは捨てて終わる日もある。静物デッサンだけでなく、名画やマンガ、アニメの模写もした。とくに昔から好きなロボットものやゲームを中心に楽しんで。自動車やバイク、自転車も描いてみる。模写から入り、自由にアレンジを加えるのもやってみた。

行き詰まると夢望《ゆめみ》を描いた。人物画が苦手なのは、夢望《ゆめみ》の存在が大きい。人物画すべてが夢望《ゆめみ》になる気がするのだ。そんなわけないだろうけれど。

見えない壁に直面してから、絵画のなかの夢望《ゆめみ》に元気がないように感じる。存在感が儚《はかな》げというか、悲しそうな目をしていたのが気にかかる。

絵を描きながら、のぞえのパンでカロリーと糖分を摂取する。それまでエナジードリンクやエネルギーバーばかりだったが、のぞえのパンだと気が休まるから、効率がいい。

そのうち、のぞえの店主と店員とも少しずつ話ができる、馴染みの客の仲間入りをしていた。

レジの店員は福本といい、もう十五年以上もここでパートをしているという。母親が高齢なので介護のために二月の締め日をもって辞めると話していた。パートアルバイト募集のチラシを店頭に貼っているが、応募者はゼロだと店主・野添弘行が笑っていた。

「まあ、今は寒いからねぇ」と弘行は気楽にかまえている。夕方に福本がパートタイムを終えると妻の弓香が手伝いに来るらしいが、時間が合わずに会っていない。

気さくな弘行は、舜太郎を売れない画家だと思っているようだが、訂正はしなかった。今は、本業の水墨画と日本画を描いておらず、商品価値のない絵画ばかり描いているので実質売れない画家だ。

福本の姿が見えなくなると、入れ替わるかのように、レジに二十代半ばから後半くらいに見える女性が立つようになった。

ピンと伸びた背中。凛《りん》とした立ち振る舞い。健康的な美女に見覚えがあった。

——夢望《ゆめみ》だ。

彼女の健康的な肌の色を病的なまでに白くして、儚《はかな》げにすれば、ほとんどそっくり、いや、瓜《うり》ふたつだった。

中学二年生のときに夢のなかで出会ってから、ずっと存在しない夢望《ゆめみ》を愛してきた舜太郎にとって、藍の存在はまさしく奇跡だった。

(彼女が、ここにいる)

夢のなかと妄想、絵画のなかだけにいた、愛し続けている人を前にして、すっかりアガって緊張しきってしまった。初日はひと言も口がきけずに、パンだけ買うと逃げるように家に帰った。

(夢望《ゆめみ》がいた！　実在していた！　僕は、未来で彼女に出会うために夢望《ゆめみ》を描き続けていたんだ！)

アトリエと化した談話室にこもり、スケッチブックにレジに立つ藍を描いた。

それから夢望《ゆめみ》をざっくりと水彩色鉛筆で描いた。これまで夢望《ゆめみ》が持ってなかった息づかいやうぶ毛まで描き込むと、存在感がいっきに増した。絵が生きている。

夢望《ゆめみ》は藍だった。いいや、藍が夢望《ゆめみ》だ。予知夢や予言だったのだと衝撃を受けた。

三月のはじめにようやく藍と話せるようになった。彼女の顔を見て、女性らしい明朗な声を聞くだけで癒《いや》されるのに、他愛ない言葉を交わせるなんてこの上なく嬉しい。そう、日々がきらめいていた。

毎日上機嫌で筆を走らせる舜太郎に七瀬が言い放った。

「恋もいいですけれど、先方が惚れ込んだ〈落陽〉だけでも展示会に出品できませんか？」

「…………こ、い？」

〈落陽〉そっちのけで〈恋〉に食いついてしまい、気まずく口元を押さえる。

長年の付き合いになるが、恋をして浮かれている舜太郎を初めて見た、と七瀬が微かに笑う。

「自覚がなかったのか？〈パンののぞえ〉さんの娘さん——藍さんを好きになったんだろ？　舜太郎があまりにも入れ込んでいるから、調べさせたよ」

「勝手なことを」

水を差された気分になり、舜太郎はムッとして筆を投げ、ソファに深く座った。

七瀬はそんな舜太郎に構わないで、手元のタブレットPCを覗く。目が合うと七瀬がニヤリとしたのが面白くない。自分に付き合えるのはいい性格をしている七瀬くらいだ。

「では。野添藍。昭和二十五年創業〈パンののぞえ〉三代目店主・弘行と妻・弓香の一人娘」

聞きたくないが気になってしまい、不機嫌なポーズで耳を傾ける。

七瀬は得意のポーカーフェイスを貫いている。機嫌を取って〈落陽〉の出品を承諾させる腹積もりなのだろう。安く見られたものだ。

「細かい生い立ちはさておき、現在二十九歳。うお座。根っから身体を動かすことが好きなようで、前年度の女子シティハーフマラソンも完走しています。前職勤務中はフットサルチームにも在籍していました。仕事がない週末は、ボルダリングに通い、終業後にジムや英会話スクールにも通っていたようです」

(へぇ。藍さんの健康的な輝きはスポーツに由来しているのか。素敵だな)

藍が息を切らして走るのを想像する。きらきらと汗を飛ばす姿は健康的であり、セクシーだろう。ひと目でいいから見てみたいものだ。

(中学男子か、僕は)

「続けますよ。大学卒業後、中堅どころの広告代理店・株式会社ワクアリアに就職。当初は営業担当でしたが、企画にも参加するようになり、大きいプロジェクトも果敢に挑戦し完遂しています。FFF化粧品の広告は、野添女史が営業で持ち込んだ企画が選ばれました。また、健康飲料のコンペでは野添女史がプレゼンをして勝ち取っています。若手からは頼れる第二営業部課長補佐であり、古株からは安心して仕事を任せられる人物であったようです。辞職する前年に大手雑貨品メーカー・KEY-KITTYブランドの春のキャンペーン広告を営業でもぎ取り、企画まで参加し、プロジェクトを成功に導きました。そのほかにも大小の実績があり、社内では信頼厚く有能だと高評価でした」

舜太郎は自分のことのように自慢げになる表情を抑えた。だが、次の瞬間、眉をひそめた。

藍が〈パンののぞえ〉のレジに立ち始めたのは、二月の終わりだ。仕事を辞めるには中途半端な時期ではないか？

「退社半年前までの三年ほど、年上の同期にあたる第四営業部課長久豆原敦己《くずはらあつき》と公然の仲だったようです。が、仕事上では上司と部下であり、ライバルでした。公私混同しない節度ある社内恋愛……、刺激し合うカップルというやつでしょうか。しかし、秋に行われた広告コンペで同氏からKEY-KITTYの営業企画に不正があったと糾弾《きゅうだん》されています。話は前後しますが、糾弾《きゅうだん》の半年前に両家の親と食事会をして婚約・結婚まで秒読み段階でしたが、四月の終わりに同棲を解消しています。原因は久豆原の仕事上での嫉妬と浮気の発覚でした」

好きな人の元彼の話など聞きたくないのに、不穏な言葉を耳にした。

「浮気？」

浮気相手は同じ会社の庶務課の新人だったらしい。

婚約者が美しく優れた女性だったから、つまらないプライドを傷つけられた男は、プライドを傷つけない女に走ったのだ。

「どうやら、野添女史が活躍すればするほど、ふたりの仲がギクシャクしていったという話もあるようです」

「元恋人を糾弾《きゅうだん》するほど追い詰められていた、と？」

「その糾弾《きゅうだん》ですが、野添女史が女の武器で契約をもぎとり、社内コンペでは組織票を買ったという内容でした。社員の組織票というのは、野添女史が社員旅行の幹事グループに所属していたことからの指摘で、社員を買収……というのは、いささか誇張だという意見もありました。が、人の成功を妬《ねた》み、足を引っ張りたい輩《やから》はどこにでもいますから、うまくハメられ、プロジェクトから外されました。派閥に属してなかったのもあり、女史を庇う者が少なくなり、年末には影が薄くなり、年明けの一月初旬に突如辞表を提出。上司である部長が受理しています。それでも、後輩たちからは惜しむ声もありました。辞表提出後は有給休暇を消化し、二月の締め日に退職・引っ越しをしています」

元恋人の愚行、そして足を引っ張った周囲に対して胸くそ悪くなる。イライラと足が勝手に小刻みに動く。

反芻《はんすう》すればするほどひどい話だ。辞職するまで針のむしろにいたに違いない。引っかかるのは辞め方だ。

「突如辞表を出した理由は？」

「わかりません。……詳しい調査をさせますか？」

七瀬は乏《とぼ》しい表情を曇らせた。調査はできなくはないがいい話ではないから、藍の名誉が傷つくだけだと考えているのだろう。

「いや、プライバシーだから。もういいよ。僕を心配していたんだな、七瀬。ありがとう」

「……そうですね。ここまで浮かれている舜太郎さまを見るのは何年かぶりでしたから。ビルド・

デッド氏と面会したときよりも浮かれてますよ」

知る人ぞ知る北米映画スターのビルド・デッド。アメコミヒーローの実写版で、幼い頃から大好きなヒーローを演じた俳優だ。彼の目の前で水墨画を描くのはかなり緊張したが、興奮したのも事実だ。ビルド・デッドに会うのも幼い頃からの夢だったのだ。

こほんと咳払いをした舜太郎に七瀬が追い打ちをかける。

「それに、これまで恋愛しても作品は調子づかなかったので」

「調子づくよ。藍さんは……」

藍への賛辞は本人に聞かせるためのものであり、七瀬に聞かせるのはもったいない。親友にも夢望《ゆめみ》の話をしたことがないくらい、舜太郎は独占欲が強い。話さなくても、七瀬は夢望《ゆめみ》の絵画を知っているだろうが、聞かれていないから話す気は毛頭ない。

「ともあれ、野添女史は現在フリーです。うまくいくといいですね」

「マネージャーとして？　親友として？」

「もちろん、両方だよ。ところで、〈落陽〉の出品を前向きに検討してもらってもいいかな？」

抜け目のない男だ。


桜が満開になった頃。近所の城跡——小山のような石垣の上——にある通称・城山公園は花見客で賑わっていた。昼間の花見客は幼稚園児や近くの介護施設のお年寄りがほとんどで、平和そのものである。どんちゃん騒ぎは金曜の夜から日曜日の夜に行われることが多いが、城山公園を利用する人々は良識と地元愛が強いのか、ゴミが放置されていない。

近くの公立中学校からチャイムの音が聞こえるのも、よりいっそうのどかにさせていた。

舜太郎は、スケッチブックと持ち歩き用の水彩画材を普通自転車のカゴに入れて、近道の急勾配を上り、息を切らして——三十代半ばの体力を知る。毎日のジョギングのおかげで呼吸はすぐに整ったが、十代二十代と比べると衰えた。高校入学まで祖母から合気道を叩き込まれ、最近は基礎練習を繰り返しているが、技がすぐに出てくるか怪しい。運動不足だ。絵画と同じで基礎練をしなければ。かといって、ジムやスイミングに通えば絵を描く時間が削られる。悩むところだ。

園児たちがきゃあきゃあはしゃぐ声にまざり、ウグイスやヒバリなどの春告げ鳥たちの恋の歌が蒼穹《そうきゅう》に吸い込まれていく。雲ひとつない澄んだ青空を泳ぐ飛行機が長い白線を描くのも清々《すがすが》しい。

どこで絵を描こうか。どの木がいいだろうか。

花見をするにあたり、聖子は舜太郎が不審者に間違われ職務質問されないよう身だしなみ検査をした。作務衣《さむえ》にエプロンではなく、かといって和服でもない。近所をブラブラするためにだけネットで買ったカジュアルな量産服。人波があればすぐに埋もれてしまう一般的な服装だ。

そもそも、舜太郎は洋服より和服のほうがすごしやすい。着脱も楽だし、夏は涼しく冬は暖かい。着物と羽織、襦袢《じゅばん》と帯だけで組み合わせは無限大だし、着物にダウンジャケットやブーツなど洋服小物を合わせるのも粋《いき》だ。洋服のようにあれこれ買わなくてもいいのも魅力だった。ＴＰＯはあるが、それは洋服も同じだ。

有り体《あていい》に言えば、商談でビジネススーツを着るのが苦痛なのだ。ネクタイをしていると首が締まり窮屈に感じる。これからは七瀬に叱られても和服を貫こう。

つらつら考えながら桜並木を見上げて歩く。

風が吹くたびにさらさらと花びらが降るのも春めいており好ましい。

麗《うらら》かな陽差しと満開の桜。青い空。スケッチ日和《びより》だ。

「――……あ」

正面のベンチに藍がいた。ジョギング中だったのか、スポーティで軽やかな服装だ。しかも似合っている。今にもＣＭに起用されそうな感じなのに、本人はＣＭを作る側にいたのが不思議だ。

藍は、隣に置いた大きめのボディバッグから、スポーツドリンクとパンの紙袋を取り出した。遅めのランチをするところらしい。膝の上にサンドイッチを出して、きちんと手を合わせてからウエットティッシュで手を拭き、パンをおいしそうに頬張る。具はなんだろうか？

舜太郎は彼女の食べる姿に魅入っていた。

にこにこ笑顔で桜を見上げながら咀嚼《そしゃく》している。唇についたであろうマヨネーズをペロリと赤い舌で舐め取り、ウエットティッシュで口元を拭う。ペットボトルを傾けると、細くて瑞々しそうな喉が満足気に上下する。

当たり前の動作の一挙一動が新鮮で、官能的だった。

心を静かに躍《おど》らせた舜太郎はスケッチをやめて、目に焼き付けた藍と桜を忘れないようにしながら帰宅し、アトリエに素早くこもった。

アトリエ奥の作業台で、夢望《ゆめみ》用のスケッチブックを広げて、脳裏にある藍と桜を鉛筆で急いで描きつけた。

それから湧き上がったインスピレーションを元に、スケッチブックを捲《めく》り下描きする。構図は決まっているので、ささっとアタリを取りバランスを調整する。

その前に、さらっと水彩でキャンバスに桜吹雪の城山公園を描いた。その小下図《こしたず》を元に、下描きをキャンバス大の用紙に描いていく。描いては消しを繰り返し、納得いくまで描き込んでから息をつく。脳内の絵を表現できているか、ポーズやバランス、パースはおかしくないか確認のために立ったり、遠くで眺めたりを繰り返す。

下描きには、桜の花吹雪のなかを舞う夢望《ゆめみ》がいた。天女のように薄絹の領布《ひれ》を優雅にひるがえして軽やかに踊っている。下描きだというのに、その目はなんとも官能的だ。

左手が菓子パンを探したが、今日はのぞえの定休日である水曜日だったと思い出した。だから、昼間に藍を見かけた。運命でもなんでもない、ただの偶然だったのだと小さく笑い、談話室隣の小さなキッチンへ行く。買い溜めてあるエナジードリンクとエナジーバーを抱えてアトリエに戻る。さしておいしくないエナジーバーでカロリーと糖分を補給すると、再び脳が働き出すのを感じた。軽く肩を動かし、手首のストレッチをする。

大きなトレーシングペーパーで下描きのトレースをするのは、根を詰める作業だ。もちろん、トレース画を本画に写すのも根気を要する。建築物と同じで土台と設計になる下描きがしっかりできていないと本番の絵で失敗する。油絵やデジタル画のようには描き直せないし、岩絵の具が高価なので、成功を約束するトレース作業は気が抜けない。

没頭していたトレース作業が終わると、うっすら日が昇っているのに気がついた。

窓を開けると冷気がさあっと室内に下りる。澄んだ空気を肺いっぱいに溜め込んで、ゆっくり深く吐く。

(好きだ。絵を描くことが。……藍さんが)

地平線から生まれた朝日は、庭木に遮《さえぎ》られて全貌は見えないが、生まれたての太陽が焼く春の朝焼けが、グラデーションが美しい。天穹に星が残っているのも輝かしい。なんという瑞兆《ずいちょう》か。

(この絵が完成したら告白しよう)

その前に店員と客ではなく、もっと距離を縮めなければ。常連客ではなく、男として見てほしい。しかし、告白などした経験がないから、どうしたものかと考え込んだ。このままではストーカー認定されてしまう。それは困る。

恋愛らしいモーションとはなんだろうか?

(手紙を書いて、読んでもらう?)

連絡先やSNSのアカウントを知らないから、古風な手法しか選択できないのが歯痒《はがゆ》い。

父は国文学者で、姉は作家。従弟《いとこ》はラノベ作家だ。血筋を考えれば、自分にも恋文のひとつくらいは書けるだろう。

軽い気持ちで便箋に向かったが、いざペンを握ると一行も書けない。それならばと、履歴書を書く要領で書いてみると、生い立ちからの略歴の完成だった。

(……なんてつまらない男なんだ)

才能のなさに思いっきりガッカリし、早々に恋文を諦めて、溜め息ひとつ。

完成していく絵画のなかで夢望《ゆめみ》が微笑んでいる。藍に出会ったことで、夢望《ゆめみ》が今にも動き出しそうなほど生気をおびているし、目にも力がある。

これは、夢望《ゆめみ》であり、藍だ。藍に会ったからこそ、生き生きとした夢望《ゆめみ》を描けるようになった。出会う前から藍が夢望《ゆめみ》のモデルだった——と、考えるのはトンデモ理論だとわかっていても。

（藍さんは、僕の運命の人だ。彼女に巡り合うために、僕は今まで絵を描いてきた）

未来で逢う運命の人を今まで描いていたのだ。インスピレーションのまま未来予知をしていた。藍に逢うための運命。

その日から、図書館で恋愛マニュアルを読み、ネットでもスマートな口説き方を何度も読んだ。妻帯者の七瀬には、真面目に相談しているのに笑われてしまった。

それなりに格好がつく口説き文句やデートの誘い方を脳内で幾度となくシミュレーションした。

告白当日は、デートに誘う言葉を考えていた。が、いざ、藍を前にすると、なにもかも消し飛んだ。

「結婚してください」

今どきの幼稚園児でも言わないだろう告白をしてしまって、舜太郎は仏頂面の内側で膝から崩れていた。なにもかも台無しだ。いきなりこんな言葉を言う阿呆がどこにいる？　絶対に嫌われる。もう〈パンののぞえ〉にも通えない。もう藍にも一生会えない。痛恨のミスだ。

藍は綺麗な目をきょとんとさせて、少し考えたあと、

「いいですよ」

と、笑って返してくれた。

浮かれた舜太郎は、止める七瀬を振りほどき、即日婚姻届を取りに行って、贔屓《ひいき》のフラワーショップに電話をし、花束の予約をした。

翌日までに書類を集められるだけ集めて、晴れて入籍したが、これ以上は無理強い（暴挙ともいう）をせずに、藍に好きになってもらいたかった。

恋愛と男に不信感があるだろう藍への配慮でもあり、舜太郎自身を知ってほしい気持ちもあった。好きになってほしかった。ほんの少しでもいいから、好意を向けられたかった。

入籍してから何度かデートを重ね、舜太郎がなぜか落ち着く野添家にも足を運ぶ。そうやって、少しずつ藍と距離をつめるという絵図が頭のなかにあったが、同居当日にキスをしてしまった。

突然のキスだったが、拒絶されなかった。そして、想像以上に藍の唇は心地よく、好みだった。

そのキスが忘れられなかったから、我慢に我慢を重ねて、紳士のフリをしていたのだが、夏の日に化けの皮が剥《は》がれた。

想像よりも藍と相性がよかった。セックスにおいて、攻めるのを好むややS気質な舜太郎と受け身でM気質な藍の相性もそうだが、身体のおうとつもお互いにしつらえたようにピッタリだった。運動が好きな彼女の肌は、弾力とほどよい柔らかさを兼ねていた。それでいて、胸とお尻の大きさが舜太郎の理想そのままだった。

そして、ややコンプレックスであった巨根を痛がらずに受け入れてくれた。藍とのセックスで、真の気持ちよさと快感を初めて得たと言っても過言ではない。

一度勢いで身体を重ねたのち、毎夜誘った。藍は嫌がらず、頬を染めて恥ずかしそうに同意する。期待に満ちた目で。

しばらくすると、生理でセックスがお預けになった。結婚前は自慰をほとんどしていなかったが、結婚してから初めて結ばれるまで毎日自慰をするようになっていた。藍とのセックスのあとも、一回ではおさまらずに風呂で抜いていた。しつこいと嫌われたくなかったからだ。だが、生理期間中はなぜか自慰をしなかった。藍とのセックス以上の快感が自慰では得られないからであり、罪悪感があるからでもあった。まるで中高生男子である。

生理が終わった藍を誘う。ミニバーでスクリュードライバーのリクエストがあった。酔いすぎないようにアルコールを控えめにしてカクテルを作る。舜太郎はよく冷やした大吟醸を知人のガラス作家作品のグラスに注ぐ。甘党の舜太郎は、吟醸・大吟醸などのフルーティーですっきりとしたものを好んでいた。

会話を楽しみながらアルコールが回る頃、舜太郎は藍の腰に手を回す。お揃いの夏用パジャマは生地が薄くて、藍の体温が伝わるのもいい。

ほろ酔いの瞳を見つめて、今夜も抱きたいと、目で語る。手を重ねると、藍が頷いた。柔和な頬の輪郭を指でなぞると、気持ちよさげに目を閉じてカールしたまつ毛を震えさせている。そして、艶《つや》やかな唇が無防備にわずかに開く。

「はい」

生理中でも、朝夜と隙を見つけてはキスをして抱きしめるスキンシップをしていたが、セックスの誘いのキスを待つ藍は、とりわけ色っぽい。普段の健康的な美が、妖艶になっている。そのギャップも舜太郎を虜《とりこ》にしている。

それに、その日の藍には迷いがないように感じた。

一週間ぶりのセックスだから、愛しい彼女の素肌のほとんどに触れて、捏《こ》ねて、くちづけをした。

今日こそは、嫌がっても蜜を啜《すす》るつもりでいたのだが、計画が狂った。

「舜太郎さん……」

藍の手が、ボクサートランクスをグイッと勢いよく押す膨らみをこすこす擦っているではないか。

真っ赤になっている彼女は、上目遣いで舜太郎を覗いた。

「あの……、いい、ですか？　わたしが、しても……」

（これは……破壊力が強い）

思わずクラリとした。

「よろしく、お願いします」

惚れた女に触ってもらうのが嫌な男はいない。舜太郎ももちろん胸をときめきで膨らませる。

舜太郎をベッドに座らせた藍がベッドから降りる。ボクサートランクスの上からやわやわと揉《も》みながら、くっきりとした膨らみをはむはむと軽く食んだ。

もどかしい刺激だが、視覚的にエロい。それに伏せたまつ毛と唇の艶《つや》が美しい。どくどくと腰の先に血が集まっていくのがわかる。

そのうち、藍の手がしっかりテントを張ったボクサートランクスにかかり、下げられた。パンパンに腫《は》れ上がった性器が勢いよく飛び出し、腹直筋に沿うように反り返る。

実のところ、巨根は舜太郎にとってありがたいモノではなかった。これまでは、痛がられて根元まで入れられずに中途半端な快感しか得られず、されたフェラチオもさほど気持ちいいと感じた覚えはない。自慰のほうが何十倍もよかったのだが、藍とのセックスは別だった。

膣が柔らかい体質なのか、彼女は痛がらずに、この巨大な男性器をすっぽりと包み込んでくれる。深く突くたびに淫らに腰をくねらせ、艶《つや》のある喘ぎ声と髪を乱し感じている姿が愛おしい。だから、無理をしてほしくなかった。

藍は両手を使い、血管が稲妻のように走る太い陰茎を上下に擦りながら、舜太郎にキスをねだった。

「……ん、ふぅ……ぅ」

キスの合間に藍が可愛らしい吐息を零す。吐息を零したいのは舜太郎だった。

敏感な亀頭を柔らかな手のひらが先走りを使って優しく撫《な》でて、好ましい強さでくるくると撫《な》でられると「んくっ」と、声が出そうになる。

藍の唇は舜太郎の首筋を通り、張り出した喉仏を舐めて、ちゅっちゅっと鎖骨にキスを繰り返している。

「キスマーク、つかないですね」

藍の肌はキスマークがつきやすく、軽く吸うだけで紅が散る。舜太郎は肌が強いのもあってなかなか鬱血《うっけつ》しない。

けれど、藍の唇が男の乳首をちゅうっと吸ってコリコリと食《は》むと、事情が変わった。思わず腰が動いて「ふ……」と吐息まじりの声が漏れた。恥ずかしくない代わりにやたら昂《たかぶ》っていく。

藍のキスが腹筋におりて、ほどよい隆起のシックスパックの渓谷を舌で舐められる。刺激は足りないが、愛しい人がしてくれているという思いが、ドクンッと陰茎を大きくする。

淫らな手を止め、藍はまじまじと舜太郎の性器を観察してるようだった。あまり、つぶさに見て欲しくない。コンプレックスだったし、やはり恥ずかしい。

藍の指がくっきりと浮き出た裏筋をつつぅとなぞり、カリ首の段差を親指と人差し指の輪で握るが回りきらず、彼女のほっそりとした指二本ほど隙間があく。

「舜太郎さん。……気持ちいいところを教えて、ください、ね？」

茹《ゆ》だった頬。潤《うる》んだ上目遣い。うっすらと汗ばむ艶《つや》やかできめ細かな肌は、張りがあって瑞々しい。アーモンドの形の目に嵌《は》まる琥珀色《こはくいろ》の潤《うる》んだ瞳。ふっくらとした唇。心地よい柔らかな声。見た目だけでなく、思いやり深い性格も真面目な気質もなにもかも、彼女のすべてが愛おしい。その藍にしてもらえるのに、なんの文句があるだろうか。

彼女が目を伏せると、まつ毛の影が落ちる。新たにぷくりと出てきた先走りを、赤い小さな舌がペロリと舐めたせいで、ごくりと喉が鳴ってしまった。

ちゅっちゅっと軽く音を立てて、グロテスクな雄にキスをする藍が愛おしくて、そろりそろりと淡い色の髪を撫《な》でる。扱《しご》きながら怒張をぺろぺろとけなげに舐める姿を見たくて、ガーネットの小ぶりのピアスが光る耳に髪をかける。ちらりと目線が絡むと、藍はあでやかに微笑んだ。

（なんて、色っぽいんだ）

日頃は健康的で元気な笑顔を向けられることが多い。五月晴れのようにカラッとした爽やかさがある。スポーツを愛する彼女らしい、朗らかさと中性的な美。だが、今は——セックスのときにはそれがない。色香を醸《かも》し、優艶に舜太郎を魅せる運命の魔性の女《ファム・ファタール》だ。

「……ん、ふぅ。おっきい……んん」

ぴちゃぴちゃと舐める合間に零れる、彼女の熱い息が付け根にかかるのもいい。同時に、彼女に男の悦ばせ方を教えた男たちが憎らしい。

ぺろりと舌を巧みに使い、一番敏感な亀頭を舐められると、舜太郎から自然に吐息が漏れた。それに気をよくしたのか、藍は亀頭の丸みを舐めては、熱心にちゅくちゅく吸う。唾液でよく濡れた裏筋を指でくすぐられ、片手でやわやわと陰嚢を揉《も》まれ性感帯が刺激されると、勝手に腰が動きそうだった。

「……んふ、しゅんたろぉさん、ひもちいいれすか？」

「ん……。たまらなく、気持ちいい、です」

目を閉じると男性器への刺激に集中できる。が、藍のいやらしい姿も見たい。

「よかった……。あ、また、おっきくなっ……んっ」

彼女はふっくらとした唇を窄《すぼ》め、ちゅぷりと亀頭を咥《くわ》えた。温かな口内に迎えられ、溜め息とともに「うっ」と声が出る。

「藍、さん。無理は……は、ぁ、しないで、ください」

「ん、……、んむぅ」

舜太郎の言葉を無視して、藍は頭を上下に動かして、亀頭とカリ首をちゅぱちゅぱ口内で扱《しご》いては、絶妙な力加減で吸い上げる。口蓋《こうがい》のざらっとしたところに過敏な亀頭が擦れると、藍の頭を掴んでもっと擦りたくなる、が、なんとか衝動を抑える。

(好ましすぎる……っ)

それに、舜太郎は一週間も自慰をしていない。セックスのあとには物足りなくて自慰をするくせに。こうなる未来が見えていたら、しておけばよかった。

「藍、さん。……もう、いいですから……っ」

果てるなら藍の膣内《なか》で果てたい。が、このまま口淫で……というのも捨てがたい。藍を汚したくないが、汚したい。男心がせめぎ合う。

「だめ……れす……ん、んんむ……ちゅ」

口淫がますます激しくなり、舜太郎は藍の柔らかな髪をくしゃくしゃにかきまぜる。たまらない。おのれの内を駆け回る射精感が今にも爆発しそうだ。

「で、射精《で》ます、から。離れ、て」

彼女は首を横に振って拒否した。だから、舜太郎は理性を振り絞って彼女の薄い肩を押した――が、間に合わなかった。

「う……っ、くぅっ」

「あ……っ、ん」

腰の先から全身へ。全身から頭に猛烈な快感と愛しさが突き抜ける。止められない本能が勢いよく迸《ほとばし》った。

怒張から噴き出した濃いめの白濁液が、藍の前髪から鼻先、口元と小さな顎《あご》を汚してしまった。

口内にも精液が入っただろう。

「…………っ、はっ、は……っ」

きょとんとした藍が興奮して狭くなっている視野に入っている。

浅い乱れた息を整えるより先に、慌ててティッシュに手を伸ばそうと腰を捻る。と、まだこぷりこぷりと垂れる青臭い白濁液を藍がちゅるちゅる吸い、舐めとる。

「藍さん、だめですよ」

「したいん、です」

興奮して赤くなっている舜太郎以上に藍は顔を赤くして、情欲を浮かべる瞳を潤《うる》ませていた。

愛しい。藍への愛しさは、どれだけ塗り重ねても濁らない。色の三原色ではなく、光の三原色のように重ねるごとに明度が上がる。明るく朗らかな藍は光だ。落ち込んで、暗い迷宮を手探りで彷徨《さまよ》っていた舜太郎の希望の光。

（藍さんに夢望《ゆめみ》を見せたい。そして、僕の運命の人だったと伝えたい）

6　両想いになりたいんです

藍は、桜吹雪のなかを舞う優美で官能的な天女の作品が忘れられなかった。魅入るほど美しくて、今にも動き出しそうな躍動感に目と心を奪われた。

(――絵に閉じ込めておくくらい、舜太郎さんは天女のモデルを深く愛しているんだ……)

金箔銀箔を惜しげもなく使った本気の絵画だった。そのほかの彼女の絵画も豪華だったが、桜吹雪の天女はとくに麗《うるわ》しく艶《つや》やかで、息づかいが聞こえるようだった。とくに、彼女の目。生き生きと輝いているのにほかの絵画には薄かった官能が伝わってくる。

(わたし、バカみたい)

なにも知らずに結婚して、平和な日々をほのぼのと味わっていたのは、自分だけだった。

そして、傷ついて、気がついた。嫉妬し、独占欲を持つくらいに――

「……こんなにも、好きだったんだ」

ベッドに潜り込んでめそめそするのは嫌いだ。嫉妬と独占欲に狂ってベソをかく、めんどくさい自分が嫌い。でも、感情のコントロールがうまくできない。――恋に気づいたばかりだから。

あの天女の絵画の女性はどんな人物だったのだろう。考えれば考えるだけモヤモヤするし、悶々《もんもん》とする。

（大切に描き続けていたんだ。素人のわたしにだってわかる。枚数がとかじゃなくて、一枚一枚を丁寧に、慈《いつく》しんで、ときに狂おしいほど愛して、描いていた。……一見雑な鉛筆画のラフだって、表情をとらえて、彼女の魅力を引き出そうとしていた……）

過去や心のなかに嫉妬しても仕方がない。わかっていても、悋気《りんき》がおさまらない。あまりにカッカッと血がのぼって頭痛すら感じる。自分らしくない。らしくなくて、またイライラする。こんな自分、大嫌いだ。

でも、舜太郎は好きだと言ってくれた。愛してるとも幾度となくベッドで熱い溜め息とともに告白してくれた。

（誰かの代わりに、抱かれていたのかな。……ベッドの上だけの言葉だったの？）

聞くのが怖い。

「そうだ」と言われたら、一緒に暮らすのがつらい。だって、自分を愛してくれない人を好きになっても傷つくだけだ。そんな虚《むな》しいことはない。

恋人同士なら距離をあけるのも簡単だが……結婚しながら別居するのだろうか？　離れて暮らす？　誰かの代わりに愛されて暮らす？　そんな馬鹿な話はない。

（別れる……そんなの考えたくない）

それよりもなによりも、藍は自分の気持ちを舜太郎に告げていないのに気がついた。

（だって、こんなにも好きだなんて、今知ったもの……）

まだ出会って四か月ほど。その穏やかな日々で、舜太郎の笑顔や悩む顔、驚く顔、喜ぶ顔、表情で変わる声のトーンを知って、愛し合うときの男の色気と情熱を知った。

デートのたびに増えていくふたりだけの記念品と思い出。結婚するまで得られなかったストレスフリーの日々。自然に譲り合い、お礼の言葉が出るのは、舜太郎の人柄のおかげだ。

(舜太郎さんの気持ちに甘えてばかりで、考えるって言ったままだった。……でも)

心の奥底から愛しい人がいる舜太郎は、藍の気持ちを受け取ってくれるだろうか？

拒絶はされないだろう。舜太郎は「好きだ」と何度も言ってくれているのだから。

(……素直に告白して、片思いをすれば……、いいのかなぁ。戸籍上だけ繋がって？　不毛よ。舜太郎さんに……あんなに深く天女のモデルさんを愛している人に、どうやったら振り向いてもらえるの？　無理よ)

ドアが静かにノックされた。返事をしないでいると、小さな音を立てて「入りますよ」という声とともにドアが開いた。

ベッドの上でうつ伏せになっている藍の背中の横あたりに、重いものがのったたわみがあった。

子供みたいに拗《す》ねてみっともない。わかっているけれど、甘えてしまう。こんなトゲトゲとした気持ちで好きな人を見たくないし、見られたくない。でも、そばにいてほしい。

「……藍さん」

舜太郎の少し機嫌のいい艶《つや》やかな低い声《バリトン》。絵の具の匂いがする袂《たもと》が髪に降り、節ばった男らしい手が頭を撫《な》でる。

——怒らないで。話を聞いて。そう言われているよう。

ささくれ立つ心を落ち着かせる安らぎに満ちた手つきが、拗《す》ねている藍を宥《なだ》める。泣いたばかりの情けない顔を見られたくなくて、少しだけ目線を上げる。

舜太郎は機嫌よさそうな笑顔だったので、藍の心は激しく波立った。

「……どうしてニコニコしてるんですか？」

いや、ニコニコまではしていないが、目元を緩ませている。反対に、藍の声は不機嫌で低く、目つきも悪い。いい歳の女が取っていい態度ではないと理解していても、気持ちが追いつかない。

「藍さんが愛しくてたまらないからです」

そっと優しく耳にくちづけられて、ほんの少し機嫌が直る。このまま機嫌が直ったふりをすれば丸く収まると、自分に言い聞かせる。我慢すればいい。だけど、拗《す》ねる子供のように……いや、子供そのものになって我慢できなかった。

（嘘を言わないで。お願い。今は放っておいて。……でも、そばにいて……）

自分が思うよりも感情がコントロールできない。ああ、好きなんだ。と、ますます気がつく。

「あの絵はあとでしっかり話をしますから、まずは僕の顔を見てください」

「……いやです。絵画の話も、舜太郎さんの顔も見たくありません」

「ほんとうに？」

藍はこくこく頷きながら、シーツで目を拭いた。

あの絵画の説明を受けたら、感情的になってしまう。怒りで醜《みにく》く紅潮した顔を見られたくないし、嫉妬に狂って怒鳴り散らすのもいやだった。温厚で優しい大人の舜太郎の前で取り乱したくない。

「それなら、否応なく見てもらいますから」

舜太郎は優しいのに我《が》が強い。譲らないところは絶対に譲らない。言い変えれば芯があるとも言えるが、今発揮しなくてもいい。ほとぼりが冷めるまで待ってほしい。そうしたら、我慢できるから。舜太郎の隣で笑えるから。そう努力するから。

(だれかに、譲りたくない。……こんなに、もう、……好きなの)

藍の背に舜太郎がのしかかる。突っ張った彼の腕が藍に負担をかけすぎない程度に抑えてくれている。肩に乗せられたのがシャープな顎《あご》だとわかる。

首筋にちゅっとキスが降りた。なにごと⁉　と思っていると、彼の手が藍の腰をまさぐり、くすぐる。

「ひゃん」と言いかけた口をシーツで押さえた。なにをしようというのだ？

スカートを捲《めく》られ、あらわになった太腿をソフトタッチで撫《な》でられる。優しく淡く色をつけるような手つきがいやらしく感じる。

怒っているから。拗《す》ねているから。彼に対して抱いたことがない感情ばかり前面に出ているのに、怒れない。

「や……。舜太郎さん」

いやと言っているのに、声が甘えているし、彼に色をつけられた肌がほの熱くなる。

身体を触られていると愛されている気になる。

(それでいいの？　舜太郎さんは、別の人を想っているのに？)

つと、ヒップラインを頼りなく撫《な》でられたかと思うと、彼がブラウス越しに肩口に噛みついた。

ぞくんっと、熱が下腹部へ駆け下りる。かろうじて声を出さずにすんだが、次にやられたら……たったこれだけで悋気《りんき》が小さくなっていく。簡単な女だと思うが、実際嬉しいのだから仕方がない。

(好きなの……。だって、好きになってたんだもの)

「まだ顔を上げてくれませんか?」

セックスで有耶無耶《うやむや》にされたくない。だけど、藍の身体の奥で欲望の色が鮮やかになった。

「んっ、ふ、ぁ……っ」

藍のお尻を、上に乗っている舜太郎が掴み、機嫌のよさが伝わる手つきで、女の熱を引き出すように揉みしだく。淫らなくすぐったさに負けた藍が少し腰を捻った瞬間に、お気に入りの赤いショーツが、まろやかなお尻からするりと下げられてしまった。

愛撫らしい愛撫を受けていなくても、正直な秘所はだくだくと蜜を滴《したた》らせて、差し込まれた太く大きな陰茎を迎えようとしている。ぬるぬる行き交うだけだったそれが、まだ閉ざしている蜜口にあてがわれる。期待してぶるりと腰が震えた。

「あッ!」

ぐぷっ。音を立てて蜜を溢《あふ》れさせながら、狭い蜜洞をぐにぐにと大きな熱塊が進んでくる。足を閉ざしているからか、いつもより質量を感じる。

「……くっ。さすがに、キツいな」

「ん――っ。んん――ぅっ！」

枕で声を押さえ、はーはー息をする。藍をダメにするように小刻みに入っては戻るを繰り返す甘く重たい快感。どうにか受け流そうとするが、触られていない胸の先がピリピリしてもどかしくて身をよじる。だが、腰から下を舜太郎の足が固定しているから、うまく動けない。

（あ……っ。ぜんぶ、入っちゃうぅぅっ）

こつんと奥に当たる熱が、藍の体温を一気に上げた。いつもと当たる場所が違うから、よけいにジンジン感じてしまう。

ずっしりと背中にのしかかった体重と、耳にかかる熱い息。もうしばらく重みを感じていたい。

「動きますよ」

「……は、ぁんっ。ま、だぁ、だ、めっ」

耳たぶを甘く噛まれて、ぞくぞくと身体中を快感が走り回る。ゆるゆると抽挿される。ぱちぱち柔肉を叩かれるのがいい。そう思っていると知られたらどうしようかと、恥じらいも高まる。

「あっ、あふっ、」

舜太郎が上体を起こしたのか、重みが少なくなった。こもった熱が消えてしまって、寂しくなったが、ようやく動かせるようになった腰を捻る。

舜太郎は目元に朱をさして、色っぽく微笑む。

「ようやくキスができますね」

顎《あご》を引かれて、苦しい体勢でキスをする。舌を伸ばして彼を求めた。腰を打ち付けられるたびに大ぶりの乳房がブラジャーのなかでゆさゆさ揺れて窮屈だ。気づかれたのか、舜太郎の手が乳房に伸びた。リネンシャツを捲《めく》られて、赤色のブラジャーを外されると、引力に負けた乳房がまろび出る。

「いま、は、だめ……ぇっ！　ひうぅっんっ」

荒々しく捏《こ》ねられて、乳首をきつく扱《しご》かれ、藍は簡単に達してしまう。かつてない荒っぽさだが、雑ではない。渇望されているように感じて、自惚《うぬぼ》れる。

「……ん、締まるっ」

「あ、ああ……ぁん」

絶頂の余韻に浸る暇なく、うねる蜜洞からずるんっと離れた彼に片足を持ち上げられた。ぐずぐずの秘所が彼をまだ欲しているのをすっかり見られて、藍は顔を隠した。

あられもなく大きく開いた足。閉じようと思うのに甘く痺れたままだから、藍の身体の支配権は艶《つや》やかに微笑む彼にある。閉じようとする場所に膨らんだ亀頭をねじ込まれ、容赦なく最奥まで貫かれた。

「やぁっ！　ふか、いぃっ！　だめっ、こんなのっ。あぁっ」

「卑怯だな。こんなときに恥ずかしがって、なにがだめなんですか？」

「ふっ、あ、ッ――――アッ！」

誰も触れたことがない最奥に力強く挿《い》入れられ、目の前がチカチカ明滅した。一瞬、呼吸を忘れてしまって、声を出さなければ息もままならない。蜜洞を引っかけて行き交う熱の塊《かたまり》が限界まで拡がった蜜口をぐちゃぐちゃにし、ふたりの動きに合わせてぱちゅんぱちゅん愛蜜が飛び散る。

「あ、あはっ。ぁ、だぁめ……っ。また、イっちゃうっ！」

「藍さんのなかはまだまだって、僕をギュンギュン締めつけてますよ。いやらしいな。そんなところも、好きですよ」

ぐちょぐちょ奥をかきまぜられ、熟《う》れた秘粒を扱《しご》かれると、頭のなかが真っ白になった。

「ひぃ、うぅんっ」

強烈な尿意に似たなにかがやってくる。粗相をしてしまうのではないか？　止めたいのに、気持ちよすぎてなにもかも制御できない。

「あ、ああっ。でちゃ、うっ。やめて、しゅんたろ、さんっ」

呂律が不確かな懇願を無視して、舜太郎は極上の笑みを浮かべ、汗を飛ばした。パタパタ背中に落ちてくるのすら、快感に変わってしまう。

大きく膨れ上がった感情も、感覚も、すべて弾けてしまう。

ぷしゅっ。しゅっ。それを飛び散らせながら、藍は絶頂の渦《うず》に呑み込まれる。

「……ッツ、あぁ――――！」

大きな嬌声を上げて、シーツにしがみついていた。浮遊感が強くて上下感覚がなくなる。こんな恐ろしいほどの快感は初めてだ。

顔を埋めていた場所のシーツが、涙と涎《よだれ》でぐちゃぐちゃになっている。

「僕も、一度……はぁ、果てていいですか？」

彼はなにをたずねているのだろう。藍は痴態をさらけ出して絶頂を繰り返しているのに。

「しゅ、ん……ふ、ぁ、ぁ――――～～!!」

蜜洞のなかのもっとも敏感な場所で舜太郎の欲望が吐き出された。いつの間にかつけられていた薄いスキン越しに彼の絶頂の飛沫《しぶき》を感じて、蜜洞が誘い搾るようにうごめく。

ようやく片足が下ろされ、萎《な》えきらない陰茎がずるんと名残り惜しげに抜かれて、また軽く達してしまう。

セックスがこんなに激しい求愛だとも、心地よい甘美な男女の語らいだとも知らなかった。感情と身体をぶつけ合うのがこんなにも、満ち足りるとは。

隅々まで彼の愛を行き渡らせた恍惚《こうこつ》のなかで、弛緩した身体をころりと仰向けにする。肺いっぱいに空気を吸い込んでも、まだ息が整わない。

事後処理をした舜太郎が隣に寝そべった。ひとりで寝るには広いセミダブルのベッドだが、ふたり並ぶと狭くて肌の隙間がないほど寄り添わなければ落ちてしまいそう。

「藍さん。好きです」

舜太郎が藍の額にくっついた髪を丁寧に払ってくれるから、藍も舜太郎の額に張り付いた柔らかな黒髪を払う。丁寧に払ってあげたいが、指先にまだ力がうまく入らない。

ぺったりくっつくシャツやスカートが邪魔になって、舜太郎の体温をじかに感じられないのが残念だ。

キスをし合いながら、ようやく息を整えると、怒って拗《す》ねて悋気《りんき》を燃やしていたのを思い出した。

「……信じていいんですよね？」

さっきとは打って変わって悲しみで泣きそうになっている。舜太郎の欲が燻《くすぶ》る目は、真剣だった。

「信じてください。あなたから信じてもらえなかったら、僕は死んでしまう」

「おおげさですよ」

恋人同士の挨拶のようなキスを繰り返し交わしているうちに、舜太郎が藍の残りの服をするすると脱がせた。

素肌で密着するように抱き合いながら、舌を絡ませ合う。喉がからからのはずなのに、舜太郎とキスを続けているとじゅわじゅわ唾液が湧いてくる。

「ん……、んふ、ぅ……」

舜太郎が藍の存在を確かめるように身体のラインをなぞる。指先で、指の腹で、手のひらで。筋肉の弾力を。脂肪の柔らかさを。触らない箇所がないほど触れられていると、新たに淫らな愛蜜が溢《あふ》れ始める。つい、太腿を擦り合わせてしまう。

汗が引いていない腹筋の縦筋を彼の指がつうっと滑り、さっきのセックスで濡れている和毛《にこげ》をかきまぜる。くすぐったく思っているあいだに、足に引っかかっていた赤色のショーツを脱がされた。

キスは首筋を下りて、胸元へ。豊満な乳房の丸みをペロリと舐めた舌が、ツンと尖《とが》り舜太郎を待っている色づいた輪を搦《から》めとった。ちゅくちゅく吸われ、舌で硬くなった乳首を転がされる。絶妙な力加減に虜《とりこ》になった。

「あ……はぁ……ぁ」

「肌が薄桃色で、綺麗だ。きめ細かな肌でずっと触っていたくなる」

舜太郎がうっとりと口にするから、藍はのぼせ上がる。いや、もうとっくにのぼせている。濡れた和毛《にこげ》をかきまぜてくすぐっていた指が、意地悪にも触ってほしい場所を通り越して、太腿をくすぐる。

「……しゅんたろう、さん」

腰を捻り彼に触ってほしいことを小さくアピールしているのに、彼は知らん顔で胸を愛でている。乳首を咥《くわ》えたままの彼と目が合った。指は、とろとろと愛蜜を滴《したた》らせる秘所の近く。藍はこくりと唾を呑み込んだ。

「言って。藍さん。どうしてほしいかを」

「さ……さわ……って」

「なにを？」

舜太郎の手がそこから離れたので、内心で慌ててしまった。言えなかったばかりに、彼の手が――藍の手を掴んだ。「え？」と思ったが、掴まれた手が隆起した腹筋に導かれた。そして、ちょんっと、丸く膨れあがり、ぬらりとした丸い亀頭に触れた。

「え、ええ？」

「藍さんが可愛いから」

舜太郎は恥じらわずに素で言う。片手で髪をかきあげて、色っぽい視線を送ってよこすから、藍のほうが照れる。

「あなたを初めて抱くまで、一回でおさまらなかったんです。藍さんとしたあとは、実はいつも風呂で抜いていました。しつこいと思われたら嫌だったからなんです」

今度は彼も照れている。何度か身体を重ねているのに、そんな表情は少年みたいだ。

「いえ、その、え？　えっと。そんな理由では、嫌いになりませんよ」

「よかった」

硬く脈打つ嵩高で太い陰茎を手で上下に扱《しご》く。舜太郎が「ん……。はぁ……」と、熱い息を零すのが嬉しくなる。すると、身体が燃えるように熱くなる。秘所がひくひくしているのが自分でもわかってしまう。

愛しい。彼が。後戻りできないほどに。

「藍さん」

彼の手がもう一度秘所に伸びる。愛蜜でべたべたになりふっくらとした肉びらを丁寧にほぐされ、もどかしくて藍も「ふ……、ぅ」と、溜め息を零す。

「どうしてほしい？」

藍の唇が動こうとする。そのてらりと光っているであろう唇を舜太郎が注視している。

恥ずかしい。言えない。でも、ほしい。彼の。

「舜太郎さん、この……お、おきい、ので、気持ちよくなって、ください」

あまりの羞恥で言葉尻が消えていた。彼は少し目を見張る。それから笑う。艶《つや》やかに。男の色香が藍をくらくらさせた。

「気持ちよくして、ではなく？」

「わたしは、舜太郎さんに、気持ちよくなってほしくって。……その、好きなので」

勇気を出して言うと、頭を抱きしめられて髪をくしゃくしゃにかきまぜられた。その手つきが嬉しそうなのは気のせいじゃない。

「藍さん。もう一度言ってください」

手のなかにある硬くて巨大な陰茎がぐんっと逞《たくま》しくなった気がした。

握りながらの告白なんて史上最低では？　でも、伝えたい。伝えなきゃ。

「好きです。……こんなときじゃなくて、また改めて、ちゃんと告白します。……好き。舜太郎さんが、好きです。もう、戻れないくらいに、好きなの」

額に額をこつんと当てられ、極上の笑顔を向けられる。

「ああ、もう。あなたときたら」

手のなかにあった巨大な陰茎がするりと抜けると、抱き合ったままお腹に熱く硬いそれがくっついた。彼は匂いをつけるようにお腹に何回か緩慢《かんまん》に擦り付ける。雄のマーキングをされて、うっとりする。

藍の頭の先に伸ばした手が、スキンのパッケージを取っていた。

(いつの間に？)

ぴりっと口でパッケージを開けると、片手で器用にスキンを装着したようだ。

足のあわいに脈打つ淫靡な熱塊を差し込まれ、腰が揺れる。激しく抱き合ったばかりなのに、なんて貪欲なのだろう。

「腰が揺れてますよ。いけない奥さんだ」

「ん、だって……ぇ」

ごりごりと敏感な秘粒が押しつぶされるのも、ぐしょぐしょの秘裂を熱すぎる陰茎が行き交うのも心の底から悦んでしまう。告白したからか、解放された気分で、胸の内がふわふわする。

「ふ……ぅう。は……ぁ、あん……ん」

乳房を絶妙な力加減で吸われながら、窄《すぼ》まり戻った蜜口に亀頭を押しつけられる。また激しく求められるのだと、期待が膨らんでしまう。先っちょだけ挿入《い》れて、出してを繰り返され、もどかしさに身が焦《こ》げそうになる。

恨めしい目を向けると、彼は意地悪げに笑う。

「僕はこれで気持ちがいいと言ったら？」

「舜太郎、さん」

「やぁっ。いじわる」

「僕は意地が悪いんですよ。あなたが絵に嫉妬したのが嬉しい、浅ましい男なんです」

バレていたとは。ヤキモチを焼いて拗《す》ねていたのが恥ずかしい。

「さっきは嬉しくて、ついやりすぎてしまいました。でも、藍さんはとっても気持ちよさそうでしたね。いじめられるのが好みなんですか？」

「ち、ちがいます」

「そうですか？　ほら、腰が揺れてるし、蜜口がぎゅうぎゅう締まって、離そうとしませんよ。いやらしいな、僕の奥さんは」

「そ、それは……ぁっ、んん」

くっちゅくっちゅと浅い場所を抽挿するそこが音を立てる。それでいて、舜太郎は乳首を嬲《なぶ》るのをやめない。

「乳首、噛まれるのを好んでますよね」

「ン、ぅ」

否定できない。でもそれは。

「しゅんたろうさん、だから――ひぁっ！」

乳首を強く噛まれたタイミングで、濡れた媚肉を巨大な屹立《きつりつ》がずぷんと満たす。

「ああ、なんて、あなたは。僕を喜ばせてばかりだ」

「あっあぁ……、はぁっ、あふっ、いっしょ、はぁ、だっ、めぇっ」

舜太郎が上になり、密着したまま交合する。いたわってくれるような抽挿も、隙間なく抱き合う多幸感も、キスをしながら穿《うが》たれるのも、藍を夢見心地にさせた。

穏やかな絶頂を繰り返すたびに、舜太郎の愛で心身が満たされていく。

(好き。好きです。舜太郎さん。わたしを、見て)

嬉しくて涙がぽろぽろ落ちていく。

「藍さん。好きです。愛しています。ああ……」

「あ……ふぅっ、イっちゃぁぁぅ、……ぁはぁっ、しゅんた、ろ、さぁぁ――……！」

呪文のように好きだと、愛していると囁かれ、藍はなにもかも忘れて、舜太郎の想いに浸りながら、ふたり同時に長い絶頂を体験した。手足のこわばりがとけるまで時間がかかったように思える。

愛し合った者同士のセックスが絆《きずな》を深くしてくれている。

――だから、大丈夫。あの絵画のモデルさんは、舜太郎さんの一部だと思えばいい。

いつか、そう思えるから。


主寝室の隣にある風呂で汗を流し、ふたりはそのままその大きなベッドで抱き合って幸せな気持ちのままで眠った。

――麗《うら》らかなバラ園のなかに舜太郎といて、手をつなぎ微笑み合いながら散歩を楽しんでいた。

目覚めた途端、夢の内容が消えていく。幸せで素敵だった夢を思い出そうとした藍の腰を、寝ぼけ眼《まなこ》の舜太郎が縋《すが》るように抱いてきた。きゅうぅんっと胸がときめいて、母性本能をくすぐられる。

（寝顔、可愛い。……いつも大人で、夜は別人かと思うほど情熱的なのに）

ふふっと笑みを零し、愛しい人の寝顔をじっくり眺めながら指先でつつく。規則正しい呼吸に合わせて呼吸を繰り返しているうちに――二度寝してしまった。

初めて舜太郎に起こされて、ちょっと恥ずかしくて鼻の下を手の甲でこする。これからもこんな日が来るのだろうと思うと、胸の内が温かくなって、面映《おもは》ゆい。

「藍さんは寝顔も可愛い」

可愛い。舜太郎はよく口にする。これまで可愛げがないと言われ続けた身には過ぎた賛辞で、年甲斐もなく照れてしまう。

のんびりと簡単なブランチを隣り合って座り、食べる。のぞえのホテル食パンで作ったホットサンド、サッと焼いたクリームチーズ入りとろとろスクランブルエッグ。舜太郎が摘んだリーフレタスのサラダ、手を抜いたカップスープのクラムチャウダー。コーヒーと甘いカフェオレを食卓にのせる。簡単な朝食でも愛している人と陽差しのなかで食べるのはとっても素敵だ。

舜太郎は見ていて胸がすく食べっぷりだが、ガツガツしていない。食べ方が上品だからずっと見ていたくなるし、頬が緩んでしまう。

「ん。とろりと蕩《とろ》けた濃厚なチーズとコンソメのパンチがきいたツナの相性がすごくいいですね。玉ねぎに歯ごたえがあってたいへん好みです。スクランブルエッグもトロトロでおいしかったです。藍さんは天性のシェフですよね」

舜太郎の口からザクザクと咀嚼《そしゃく》する音がするのも気持ちいい。

「いつもおおげさに褒めすぎですよ。でも。ありがとうございます。ツナコンソメチーズは実家の定番の具なんです」

「お義父さんのパンだといくらでも食べてしまいますね。悪魔的にうまい。藍さんの味つけも最高です」

「ふふっ。至極光栄です。聖子さんが冷蔵庫をいっぱいにしてくれているおかげですね」

聖子が足りないものをこまめにネット注文してくれるから、有り合わせだけど豪華になっている。

ふたりで食卓を囲めるのは、こんなにも幸せなんだと、藍は微笑んだ。

食後の片付けを後回しにして、手を繋いだふたりはアトリエに向かった。梅雨《つゆ》の晴れ間の蒸し暑い午前を、ピンクと青、紫の色をつけている紫陽花《あじさい》が、涼やかにしてくれる。木漏れ日の合間をヒラヒラと舞うアゲハ蝶たちが夏の訪れを教えている。のどかな風景が、昨日よりも美しく色鮮やかに見えるのは、恋に気づいたからか。

しかし、藍は緊張していた。これから、舜太郎の一部であり、生涯の恋敵になるであろう、あの絵画と対峙するのだ。

空調で湿度管理されているアトリエに入ると、舜太郎は、作業台の下に保管していた大きな包みを、日陰に置いてあるイーゼルに大切そうに置いた。

桜吹雪のなかを生き生きと舞う天女が描かれていた。息を呑み、言葉を失うほど完成された美だ。なんと、色は天然石の粉をふんだんに使って塗られているという。桜は高価な珊瑚《さんご》、天女が纏《まと》う衣装の青は藍銅鉱《らんどうこう》といい、髪の黒は黒曜石だという。藍にも高級感と躍動感、愛しさが伝わる。金色や銀色は実際の金、銀を粉にして塗っている。京都にある老舗《しにせ》の専門店でしか買えない代物を惜しげもなく使った高価な絵画だ。

だが、それ以上の価値がこの絵画にあるのは、舜太郎の凝《こ》らした技巧と深い愛情があるから。

恋敵である天女に藍は魅了されて、溜め息を零した。

この絵には言葉では言い尽くせない美女がいる。絵画に閉じ込められた、官能的な芸術。

「合成の岩絵具もあるのですが、夢望《ゆめみ》は使いたい色が天然岩石であることが多くて。それで、これだと思った色を薄く薄く、気がすむまで重ねたくなるんです。より本物に近くなるように」

夢望《ゆめみ》という天女を語る舜太郎は、穏やかで、自信に溢《あふ》れていた。夢を語る少年の面影がある。

「夢望《ゆめみ》さん、ですか」

やはり、嫉妬で胸がちくちくモヤモヤする。悟られないように取り繕《つくろ》うが、指がモジモジしてしまう。

いつ、夢望《ゆめみ》のモデルと出会い、愛し合ったのか。破局が訪れたのはいつで、まだ愛しているのか。いいや、聞くまでもない。舜太郎は今でも夢望《ゆめみ》のモデルを深く愛している。

「夢望《ゆめみ》は藍さんなんです」

「……はい？」

藍は首を捻る。その言葉を理解できなかった。惚れ惚れしてしまう完璧な美女と自分は雲泥《うんでい》の差だ。どこをどう見れば、そうなるのか。それとも恋愛フィルターを幾重にも重ねているのだろうか？

しばらくなにも言えず、舜太郎と絵画のなかにいる天女を見比べていた。

「長くなる話ですが、聞いてくれますか？」

藍は真実を知る覚悟で頷いた。そして、舜太郎が話す。

〈夢望《ゆめみ》シリーズ〉を描くようになったのは、中学二年生のときに彼女が夢に出てきたから。見た夢を忘れないように夢中でスケッチをして、母方の祖父が教えてくれた日本画に残したこと。それが

〈夢望《ゆめみ》シリーズ〉を描くきっかけで、日本画家になった理由でもあること。夢望《ゆめみ》のおかげでほかの人物画が描けないこと。宝物で誰にも、親友の君島にも見せていないこと。夢望《ゆめみ》への想いは、本物の恋だと臆面もなく断言した。

「〈パンののぞえ〉さんで藍さんを初めて見たときは、夢望《ゆめみ》が存在していたのだと、驚きました。幻じゃない、現実にいたのだと、衝撃が走ったんです」

いやいや、だから、絶世の美女がどうして平凡な自分になるのか。でも、舜太郎は事実を口にしている。藍は彼を信じている。

「僕は、未来で出会う運命の人を……藍さんを描いていたんです。出会う前から、ずっと。ずっと以前から」

未来で出会う運命？　凡庸な自分を美化しすぎでは？　大きく驚いたが、話の腰を折りそうで、藍は疑問を口にするのをこらえた。

「あるとき藍さんが城山公園で桜を眺めていたのを偶然見かけて、急いで家に帰りスケッチをしたんです」

捲《めく》ったスケッチブックには、鉛筆の濃淡で桜の下のベンチに座ってサンドイッチを元気よく頬張る藍が描かれていた。

高名な画家に——大好きな舜太郎にスケッチされていたのは嬉しくて舞い上がる。このスケッチブックに描かれた桜の下に座っている人物は、鏡や写真で見かける藍に似ている……とはいえ、美化されているが。

そのときに別に描いた下絵の晴天と桜吹雪が舞う水彩画は、藍の部屋に飾ってあるものだと言った。

「気に入ってもらえるとは、まさか思わなくて、飛び上がりたいほど嬉しかったんです」

そう、はにかむ彼は続ける。

「僕は藍さんと出会う未来のために、夢望《ゆめみ》を描いていたんですよ。だから、夢望《ゆめみ》は藍さんなんです。いえ、藍さんが夢望《ゆめみ》なんです」

力説されて、喜んでいいやら戸惑っていいやら。未来で会う、というのが理解の範疇《はんちゅう》を超える。

結婚を決めたのは直感だと何度となく聞いたが、真実、直感だったのだ。

「その、差し出がましいようですが……、絵画の夢望《ゆめみ》さんは完璧な美女です。とてもわたしだとは思えません」

「いいえ。僕には、藍さんは花や宝石、この世のありとあらゆる美しい物や人よりも、優美で、可憐で、完璧な理想を具現化した美しい人なんですよ」

真剣で熱い眼差しを向けられ、藍は自信をなくしかけて目を背けた。

似ても似つかない。自分だと言われてもとうてい信じられない。ひしひしと伝わる熱意からお世辞や嘘を言っていないのはわかるし、たとえ嘘だとしても舜太郎にメリットがない。未来で出会う。ロマンチックだが支離滅裂すぎて、発言者が舜太郎でもにわかには受け入れがたい話だ。

(だめよ。舜太郎さんを信じるって決めたんだもの)

藍はすぅはぁと深呼吸をして、舜太郎の世界の空気を取り込む。

「舜太郎さんの目を通すと、世界はとても美しいんですね。透明な空気や目に見えない雰囲気も澄んだ鮮やかな色になって、ときに明暗があって。動物の絵画は躍動感や迫力が、でも犬や猫は愛嬌があって。色を塗られたキャンバスはもちろん、白と黒だけの世界であっても、美の刹那《せつな》が閉じ込められていて、色彩に溢《あふ》れていて……。うまく言えませんが、わたしは、舜太郎さんの絵画が素敵だと思うし、好きです」

「褒めてくださってありがとうございます」

「……一度でいいから舜太郎さんの目で、世界を見てみたいです」

すると、舜太郎は照れて口元を押さえた。

「それは、少し、困りますね。……藍さんの乱れる姿を眺める僕は相当スケベですから」

瞬間、藍は顔をボッと赤くした。舜太郎がこんな真昼間にあけすけにそんなことを言うとは思わなかった。

「……夢望《ゆめみ》に嫉妬しますか？」

「やっぱり、ちょっとは……まだ……」

かすかに笑うと、彼は嬉しそうに白い歯を零した。

「〈夢望《ゆめみ》シリーズ〉を見せるのは、藍さんだけです。誰にも見せない宝物なんですよ。つまり、藍さんは僕の一番の宝物なんです」

彼の大きな愛は、ふたりを自然に引き合わせた。抱きしめ合い、舜太郎の胸に顔を埋める。とくとくとくと、速い鼓動が聞こえて幸せになる。

両の頬を大きな手で包まれて、彼と目をゆっくりと合わせる。自然に瞼《まぶた》を閉じて近づき、キスを交わした。

「愛しています。過去現在未来——その先も。藍さんだけを」

「……はい。わたしも舜太郎さんを、愛しています。……これからも、どうか、もっと、もっと仲良くしてください」

舜太郎の世界であるアトリエで交わしたキスは、教会で交わす誓いのキスのように神聖だった。

7　深い傷を癒《いや》してくれる愛しい人

毎日言葉と身体で愛を深めているうちに、梅雨《つゆ》が明け、あっという間に本格的な夏がやってきた。

舜太郎から秋の個展用の作品に集中すると打ち明けられた。〈旭日〉と〈落陽〉をゼロから描き直してから、別の新作を描くと。そのどれも持っている実力を出し切って描くと宣言された。

「藍さんには迷惑をかけるかと思いますが、僕自身とあなたとの未来のために個展を成功させたいんです」

すっと伸びた背筋と真剣な眼差しに、藍は答える。

「わたしがお手伝いできることなら喜んでします！」

そう意気込んで、房総半島にある湖月家のコテージへ朝日と夕日を見るための取材旅行に出かけた。――のだが、ストイックとは無縁の甘やかな連泊となった。

舜太郎は目標に向かって今までよりもひたむきに、おのれの限界に向き合っている。そんな背中が素敵だ。

藍にできるのは、舜太郎の健康サポート。最近紹介してもらった君島の妻・彩葉《いろは》に「どうやって支えればいいの？」とアドバイスを求めると「毎日好きって伝えること」と返された。それが創作意欲につながるのか謎だが、なんでもしてあげたいので実践している。

絵画を描くということは準備期間が長いのだと藍は知った。インスピレーションのままにキャンバスに向かい、サラサラと描いてすぐできるのだと思っていた。

思い返せば、広告代理店も同じだ。草案をまとめて何度も練り上げ、クライアントにしっかり説明をし、ゴーサインをもらう。その後、正式に草案を詰めて、クライアントの希望どおりのタレントや写真家、イラストレーターなどをピックアップし、再び企画とクライアントがイメージを詰め、形にしてスケジュールを決める。チームで行われるのと、画家のように独りで抱え込むのとで違いはあるが。

「もっと早くから準備をするのが普通なんですよ」

換気を兼ねて窓を開けたアトリエで、夜食のおにぎりをぱくっと口にした舜太郎が話した。今夜も蒸し暑く、エアコンが効いていた室内にしっとりとした熱気が入り込む。

「絵というのは積み重ねですから。……なんでもそうですよね。経験を積まないと。スポーツも同じですよね」

なにごとも努力の積み重ね。結果はついてこないときがあるが、それでも〈仕上がる〉のは、努力と根気の賜物《たまもの》だ。だからって、がむしゃらに続ければいいというものではない。疲れたら休んで、しっかり英気を養う。

「そうですね。マラソンも日々体力をつけないと完走が難しいですし。継続するのが一番しんどいんですよね」

藍はこの秋に行われるシティマラソンに出場する予定で、本格的に体力作りを始めている。今年こそはいいタイムでゴールしたい。学生時代の自己ベストには及ばなくていいから。

他者ではなく、自分に打ち勝つことを目指す点で、絵画とマラソンはよく似ていると思う。

「きっかけはなんでもいいし、始めるのだっていつでもいいんですよね。続けるのが一番困難ですから、僕はお義父さんも尊敬しています」

身内を褒められ、藍は照れ笑いをした。弘行が作るパンは過去の修業があって、日々休まずに作り、おいしいを探求し続けた結果。ネットでクチコミが広まるようになったのは、父のたゆまぬ努力と弓香との連携があってこそ。

褒めるのも、お礼を言うのも、謝るのも、彼を前にすると素直にできる。心が楽なのだ。

「ふふっ。ありがとうございます。父に伝えますね」

「……推しを前にすると語彙《ごい》がなくなるというのを、この歳で経験しました」

「推し、ですか」

藍のなかで、推しのイメージはアイドルやアニメやゲームなどのキラキラとしたもの。やや太り気味の弘行は普通のおじさんだから、推しのイメージに当てはまらなくて、首を傾げた。

お盆シーズンになると、畠山夫妻と君島は十日間の夏季休暇になる。そのあいだ、藍たちは舜太郎の父親が住む静岡へ向かった。

伊豆にある富士山が綺麗に見えるラグジュアリーホテルのスイートルームは、著名人が利用する人気の一室。その著名人に舜太郎も入るのだが、一緒にいると夫が有名人だと忘れてしまう。短い付き合いだが濃厚な日々のおかげで、舜太郎の存在が藍の当たり前になっていた。

部屋から夏の富士が見えるのも素敵だ。夏富士の力強く悠然とした青が夕日で燃えていき、やがて群青から夜空より濃い色になるのが美しい。だが、そうそう富士山にばかり見とれていられない。だって、舜太郎も富士山に負けないほど美しいのだから。それにあんまり富士山ばかり見ているとヤキモチを焼くだろうし、藍だって舜太郎にかまってほしい。お喋りを楽しみたい。

ホテル内にあるフレンチレストランは、刻々と姿を変える富士を一望できる贅沢な個室だった。

「気楽に箸で食べたいんですよね。個室なら、作法を気にしなくていいですからね」

ありがたい配慮に藍は笑って同意する。

新鮮な海の幸中心の美味しいフレンチを箸で食べながら、舜太郎の少年時代の話を聞き、藍は少女時代の話をし、ゆっくり食事を楽しんだ。

サッパリとした桃のシャーベットを食べ終わり、藍は化粧直しのために、席を立った。

(このあと話があるって、なにかしら？　明日のこと？)

明日は舜太郎の父——義父・岑生に初めて会う。今から軽く緊張をしている。舜太郎の父親なのだから絶対にいい人だと信じ、肩をほぐして緊張をゆるめる。

明るい鏡の前でささっとファンデーションと口紅、髪を直して、パウダールームを出たときだった。

「——藍！」

覚えのある嫌な声が聞こえ、楽しい気持ちが急速に萎《しぼ》んでいくのがわかった。振り返りたくなかったから、足を速めると、手首を乱暴に掴まれた。

（……どうして、こんなところにいるのよ⁉）

男はスーツを着た元恋人・久豆原敦己だった。とたんに藍の目がキッと厳しくなる。

藍を、会社を辞めざるを得ない窮地《きゅうち》に立たせた相手だった——ゲスな元恋人など、二度と見たくなかったので目つきが険しくなる。

久豆原はうっすらと笑う。神経を逆撫《さかな》でする笑顔だ。

「偶然だな。おいおい、怖い顔をするなよ」

なにが偶然なものか。ここは伊豆で、ハイクラスのホテルだ。あとをつけてきたのがバレバレだと思わないのか？

「おれたち、やり直さないか？」

唖然《あぜん》とする言葉。信じられない。

藍は身構えた。

いつからか尾行されて、待ち伏せされていたのだ。そして、藍が人気《ひとけ》のないところに行くのをじっと待っていた。卑怯で卑劣なこの男ならやりかねない。深海魚が暗がりでじっと餌を待つように、機会を待っていたのだ。

「あなたとお話しすることはなにもありません」

強く出て手を払おうとしたが、久豆原は藍の服の裾を強く掴んだ。逃がさない、と言いたげに口の端を上げて気味悪く嗤《わら》う。

「なぁ、藍」

悲劇の主人公みたいな表情をおおげさに作る。下手な役者みたいで滑稽《こっけい》だ。付き合って熱を上げていた頃なら、これで許していたかもしれない。が、今の藍は一ミリの情すら持っていない。

「おいおい、おいおい、冷てェな。愛し合った仲だろう？」

むかむかと込み上げる怒りのままに、薄気味悪くニヤついている久豆原を睨みつける。なにが愛し合った仲だ。それは藍の人生で最大の汚点であり、消したい過去だ。舜太郎との穏やかな日々で癒《い》えていたはずの心の傷が疼《うず》く。

「離してください」

「男に向かって女が偉そうな口を叩くなよ」

男尊女卑的なところがあったが、付き合っているときは男らしさと履《は》き違えていた。そんな頃があったのだと思い出すだけで、腸《はらわた》が煮えくり返る――かと思ったが、藍は冷静になった。

こんな男に感情を向ける価値はない。

「男のおれからよりを戻してやるって言ってるんだ。ありがたいと思わないのか？」

やり直す。よりを戻す。自分勝手な言い分は、浮気相手から愛想をつかされたのと、もうひとつ理由があるのだとわかる。藍を再び利用したいという悪意が透けて見える。職場で追い詰められているのだろうが、知ったことではない。

元の職場にも、久豆原にもまったく未練はない。あんな会社、潰れてしまえばいい。

「大きな声を上げるわよ」

「おまえにそんなことができるのか？　金目当てで結婚した相手に聞かれるぞ。不倫しようとしてることをな！」

久豆原が手を振り上げる。藍はいつ叩かれてもいいように身体を硬くした。いつからか久豆原はDV男になっていた。付き合いはじめの頃にもその兆候はあったのに、ずっと気がつかなかった。愚かだった自分を呪う。

「きみ。僕の妻になにか用ですか？」

声と同時に、舜太郎がその貧弱な腕を掴んで捻り上げた。唸《うな》り声を上げた久豆原を、なにをどうやったのか、スパンッと軽く投げる。合気道だ——と藍の頭に言葉が浮かんだ瞬間、久豆原は背中を大理石の床にしたたかぶつけていた。

「ぼ、暴力だ！　訴えてやる！」

「きみが勝手に転んだんじゃないかな？　それに、僕の妻を脅迫したのはそちらだから、逮捕されるのはきみだ」

「脅迫だぁ⁉　ざっけんなよ！　こんなの、ただの話し合いだろうがッ！」

「しかも、自宅近辺のみならず伊豆までついてくるなんて、立派な犯罪行為ですよ」

舜太郎は、久豆原が日々藍を付け回していたと暗に言っている。図星だったのだろう。久豆原の顔がみるみるうちに卑しく赤くなっていく。

前に聖子が言っていた不審者は、久豆原だったのか？　だから、舜太郎は『伊豆までついてくるなんて』と言っていたのだろう。

（……こんなクズ男のどこがよかったのかしら）

久豆原が怒りをあらわにすればするほど、藍の怒りは冷めていく。背中で庇ってくれている舜太郎には申し訳ないが、こんな男の相手をしてほしくない。舜太郎が穢《けが》れてしまう。

「もうあなたの存在に煩《わずら》わされるのはまっぴらなんです。警察を呼ばれたくなかったら、帰ってください」

「ははぁん。金だな。金に目が眩《くら》んだんだろ！　新進気鋭の画家で実家が太いからなぁ！　気取ってんじゃねェぞ！」

「僕はもう新進気鋭ではないけれど、妬《ねた》んでくれてどうもありがとう。藍さんを一生困らせないほど金持ちで、実家は室町時代から家系図がありますよ。それが、どうかしましたか？」

煽《あお》られた久豆原は、舜太郎に掴みかかった——が、さっきと同じ要領で床にズデンとカエルのように転がされる。

「やめてください。舜太郎さんが相手をする価値はありません」

「藍……！　おまえ……ぇ」

藍はスマホを取り出して素早く緊急通報をした。これ以上舜太郎が相手をすれば、こちらが悪くなるかもしれない。舜太郎だけは、守りたい。

——僕の妻。と言って、守ってくれたから。

◇
◆
◇

騒ぎを聞きつけたホテルの警備員たちに囲まれているところに、警察官が駆けつけた。久豆原は逃げようとして髪を振り乱し、唾を飛ばし暴れていたが、なんと警察官を軽く殴ってしまい、公務執行妨害罪で現行犯逮捕された。

あんな男のどこがよかったのか。過去の自分を叱ってやりたい。人生最大の汚点は、久豆原と結婚まで考えていたことだ。結婚までに本性を知ることができてよかった。

舜太郎はスマホを取り出して溜め息をひとつ。

「録音もしてあるんですよ」

藍は目をしばたたかせたあと、重々しく息を吐いた。

——すべて話さなければ。

優しい繭玉《まゆだま》で包まれた、穏やかな世界。そんなものは実在しない理想郷だと気づいている。それに、舜太郎との暮らしは現実なのだから、理想郷は不必要だ。だが、失うと思うとやるせない。

警察官が通報者の藍に事情が聞きたいと話しかけてきたが、舜太郎が割って入った。

「すみません。妻が怯えているので、少々……ほんの三分程度お時間をいただけますか。妻も怖かったと思うので、落ち着かせたいんです。警察のみなさんがお忙しいのは理解しています」

警察官の前で抱きしめられ、藍は硬くなっている身をビクッと怯え竦《すく》ませた。耳元に舜太郎の落ち着いた低い声が落とされ、ほんのわずかだけ緊張が解れる。

「せっかくの旅行先に悪いイメージを持ってもらいたくありません。だから、僕に任せてくれませんか？」

「わたしは、舜太郎さんを、守りたくて……」

「公務執行妨害罪で現行犯逮捕されたので、あなたに侮辱的な態度を取った行為は今の時点で明らかになっていません。あなたは、不審者から僕を守ろうとして通報した。これでいいんです。彼は僕にも侮辱的な対応を取り、暴行を加えようとしましたよね。そのとき、彼は転んでしまった。彼が僕が転ばせた、と言うかもしれません。でも、録音とホテル内の防犯カメラが彼の過《あやま》ちを証明してくれます。だから、ここは、耐えてください」

「……はい」

それから藍が警察官と話をしているあいだに、舜太郎は弁護士に連絡を取った。いつかこうなることを予測していたのだろう。

ホテルの豪奢な部屋に戻ると、藍は深々と頭を下げた。舜太郎も疲れているから休んでほしかったが、今話をしなければ、自分は逃げてしまう。

逃げたくない。あんな男から。過去から。逃げなくてもいい。舜太郎がいてくれるのだから。

「長い時間、そばにいてくれて、ありがとうございました。とても心強かったです。それから、こんな事態に巻き込んでしまってごめんなさい」

いい夏季休暇にしたかったのに、久豆原のせいでなにもかもめちゃくちゃだ。明日は、義父に初めて会う大切な日だというのに。

深い溜め息を吐いて、悔しくてツンとした鼻の奥を誤魔化す。

熱い紅茶を淹《い》れてくれている舜太郎に、窓際のソファに座るように言われた。これ以上彼を煩《わずら》わせたくなくて、藍は身を縮めさせてソファに腰を下ろす。

窓際の大きなひとりがけソファは座ると優しくフィットするから、なにかに包まれているよう。安心には遠いが。

ふうわりとした紅茶の香りが、ささくれだった気持ちをわずかに和らげてくれた。ひと口飲むように言われて口をつけると、喉がカラカラだったと気がついた。紅茶が喉を潤《うるお》して、内部からあたためてくれる。くたびれて冷えた心がほんのり温かくなる。

隣のソファに座っている舜太郎が手をずっと握ってくれている。心の傷を手当してくれるようだと思ったら、じわりと涙が浮かんでしまった。すぐに拭うが、涙と感情が追いつかない。

(怖かった……。嫌なことを思い出して……めげそう)

久豆原に手を掴まれたのも、怒鳴られたのも、過去の傷に塩を塗られたのも。

警察に事情を話しているときは気を張っていただけで、ほんとうは恐ろしかった。今頃になって怯えと震えがやってきた。ホッとしたから。舜太郎の存在が緊張の糸をゆるめてくれたから。

「……ありがとう、舜太郎、さん」

泣くまいと思っているのに、次から次へと涙が溢《あふ》れ出てくる。悔しい。怖い。気味が悪かった。

負の気持ちが止められない。

「気にしないでください。僕たちは夫婦なんだから。ね？」

優しい声音がさらに涙を誘う。

言わなければ。久豆原の話を。できれば、一生思い出したくなかった。言いたくなかった。心の奥底に沈めてそのまま墓まで持っていくつもりだった。

藍は涙を拭いた真っ赤な目で舜太郎に向き直った。逃げていても始まらない。あんな男から逃げたくない。心に影を作っていた過去を、ただの過去にするには、今決別するしかない。

弱音を吐いても大丈夫な存在がいる。舜太郎なら、受け止めてくれる。

「聞いてくれますか、舜太郎さん。あの久豆原っていう男と、わたし……、付き合っていたんです。正式に別れたのは、昨年末だったんですが、その年の春前にはとっくに冷えきって終わっていたんです」

舜太郎が静かに頷く。結婚前に藍の素性を調べたのであろう。わかっているが、聞いてほしかった。

話すことで怖さを和らげたかった。過去にしてしまいたかった。

舜太郎の冷静で美しい目を見て、藍は大きく深呼吸をし、意を決する。

「以前に広告業界……中堅どころの会社で働いていたって話しましたよね。そこの営業部の課長補佐まで上り詰めたんです。わたしにはデザインのことはわかりません。でも、企画部のみんなは仲良くしてくれました。コンペで勝ち、クライアントから広告をもぎ取るのが、わたしの主な仕事でした。競争社会をひた走る感じですね。リサーチにリサーチを重ね、クライアントの向こうにいる広告を受け取る人たちを一番に考えているうちに、いつの間にか肩書きがついたんです。わたしひとりの力じゃありません」

舜太郎が頷く。

広告代理店というと華やかな職種だと思われがちだが、実際は泥臭いモノづくりの現場だ。営業が持ち込んだ案件をデザイナーやオペレーター、ディレクター、アシスタントたちが、クライアントの望む形に作り上げてくれる。

ライバル社やライバルチームの前でプレゼンをするのも、所属していた会社では営業の担当だった。

「久豆原は年上の同期でした。はじめはライバルのような相手だったんです。いつから意識したのかははっきりしませんが、切磋琢磨《せっさたくま》して合同で仕事をする頃には付き合っていました」

働くのが楽しい時期だった。いいことばかりではなかったし、むしろ逆のことが多かったが、日々のストレスはフットサルやボルダリングジムで発散して、再び前を向く。愛車で通勤したのも今になってはいい思い出だ。

付き合った当初の久豆原は、仕事でいい刺激を与えてくれる相手だった。社内では公然の仲になり、結婚する予定で両家の顔合わせもすませたので、婚約したも同然だった。が、正式な結納をいつするか、弘行が気を揉《も》んでいたのも覚えている。

その直後だった。久豆原の裏切りが発覚したのは。

彼の女遊びの癖は知っていた。藍と久豆原はその半年前からセックスレスだったし、元から頻度が少なかった。セックスに痛みと嫌悪を感じていた藍は、半ば黙認していた。遊びなら、と。

久豆原は、なんと、わざわざ藍のマンションに若い女を連れ込んでベッドを使っていた。そのときは、ショックで怒鳴り散らして久豆原と女を追い出した――までは記憶している。

浮気相手の女は、庶務課の新人の今道睦美《いまみちむつみ》だった。藍が持っていない、少女みたいなふわふわとした可愛らしい雰囲気を持った、強《したた》かな女だった。

別の日に喫茶店で話し合った。「浮気じゃなくって、本気なのよ」と鼻息を荒くしている今道の隣で、久豆原は他人事のような顔をしていたし、謝罪も言い訳もしなかった。

そのことを責めると、久豆原はこれみよがしに舌打ちをして「おまえが可愛げのない女なのが悪いんだろぉが！」と怒鳴り、同時に頬を平手打ちされた。

正式な婚約目前だったから事を荒立てたくなかったが、平手打ちをされてプチンと糸が切れ、心が冷えた。

この男のなにが、どこがよかったのだろうか、と。

後日、藍は両親に相談をして、弁護士を立て、婚約の解消と慰謝料を請求した。

プライベートはガタガタだったが、仕事はきちんとこなしていた。今道があることないこと吹聴したせいで、藍を取り巻く雰囲気は決してよくなかったが。それでも、後輩たちは藍を信じてくれていた。

久豆原の両親は藍に頭を下げてどうにか和解しようとしたが、藍はもう久豆原に愛情の欠片《かけら》も持っていなかった。さっさと気色悪いマンションから引っ越しして、ベッドを再購入した。

もちろん、結婚は白紙。ブライダル雑誌を買う程度の準備だったのが不幸中の幸いだった。久豆原は別れないと喚《わめ》いた。大声で嘘を貫き通せば真実になると思っているのか。慰謝料を払いたくないのが透けて見える演技に辟易《へきえき》して、藍は転職を考えていた。

秋に、久豆原が社内コンペで不正があったと騒ぎ出し、プロジェクトを簡単に降ろされていたから、会社にはなんの未練もなかった。なにより、久豆原と今道の存在に心を乱されたくない。

外聞を気にする久豆原の両親がバカ息子を説得して、婚約解消になったのは、年末近くだった。虚《むな》しい気分でジングルベルを耳にしていた。弁護士がまとめた書類を受け取ったのは年明けだった。追い詰められていた精神の負担が少し軽くなったのが救いだった。

正月休暇が明けた、連休前。職場にいると久豆原から会社のスマホに電話がかかってきた。

『外出先でトラブってさぁ。藍の手を借りたいんだ。頼むよ～。おれの顔を立ててると思ってさ～』

腹が立つ声でいけしゃあしゃあと言ってきた。

別チームだし、手を貸す理由も義理もない。はっきりと断り、後輩に話をした。久豆原が仕事でトラブったらしいから、代わりに誰か手助けしてくれないかと。日頃の後輩ウケの悪さがたたり、誰も話を受け取らない。

「外出先ってどこでしょうね」

「NKシティホテルみたいよ」

「あー、あれじゃないですか？　いつもの接待」

久豆原は趣味と実益をかねて、プレゼン前のクライアントやコンペ前の上司たちをガールズバーの出張サービスを使い接待をしていた。

いつの時代よ、と藍は呆れて軽蔑した。なんでこんなクズに惚れていたのか。自分に呆れるばかりだ。

数分おきにかかってくる電話に根負けして、藍はＮＫシティホテルの上階へ向かった。

ほんとうにトラブルなのか。上司やチームではなく、なぜ自分なのか。疑問だらけだったが、社外トラブルなら丸く収めねばならない。

指定された部屋に向かうと、久豆原ではなく、父親よりも年上の副社長が出てきた。社内接待なんてもので経費を圧迫するなよ、と内心で舌打ちしたが、なんだか様子が違う。

部屋の奥に通されると、社長と社長派の上司たちがいて――。思い出すだけでも気味が悪くて怖《おぞ》気《け》が走る。初老前後の男たちが、藍に服を脱げとニタニタしながら命じた。

久豆原に売られたのだとわかり、鞄を振り回して脱兎《だっと》のごとく逃げ出し、震えながらマンションへ帰った。鍛えた足と胆力があって命拾いをした。

二日ほど原因不明――たぶんストレス性の高熱が続き、それからしばらく仕事を休んだ。

おぞましい男たちが経営する職場で働きたくない。当然の考えが泣きながら浮かんだ。

弓香にだけ、ざっくりと説明をした。ひどいセクハラを受けたから転職する、と。

『一度帰ってきなさいな。お正月にも帰ってこなかったでしょう？　お父さんとお母さんは、いつまでも、いつでも藍の味方なんだからね』

安心する声音で言われて、スマホを握りしめて子供のように泣きじゃくった。辞表を提出してから有給を使って休んでいるあいだに、疲れ果てて実家に戻った。

二月の寒さは、やつれた身に染みて痛いくらいだった。


舜太郎にすべてを打ち明けたが、さほど詳しく話せなかった。結婚前のトラブルの詳細など聞きたくもないだろうし、口にするにはまだ生々しい傷だ。

それに、これ以上心配させたくなかった。不安だった。舜太郎はすべてを受け入れてくれると信じているけれど、それは藍の願望だから。

「……たいへんでしたね」

舜太郎が落ち着いていたから、藍も感情的になりすぎずに話せた。

「つらい話を打ち明けてくれてありがとうございました。……今日はもう疲れたでしょうから、休みましょう」

藍は立ち上がった舜太郎の袖を引っ張った。

表面上なんとか平静を保てているだけで、頭のなかと感情はぐちゃぐちゃだ。

「舜太郎さん……」

「そんな顔をすると、庇護欲が出ますよ」

(そんなに頼りない顔をしてるの?)

いい歳をした大人が子供みたいになるのは不甲斐ない。だけど、舜太郎の前では、頼りなくて参っているのを隠したくない。

彼は苦難に立ち向かっていることを語ってくれたし、日々悩みながらキャンバスに向かっているのを知っているから。

「藍さん。雑多な感情が打ち寄せているんですから、無理しないでくださいね。寝るのも必要ですよ」

ソファに座ったままの藍の前で、舜太郎が膝をついて、包み込むように抱きしめてくれた。

望んでいた体温と心地よい腕に守られて、藍は安心して嗚咽《おえつ》を零した。このまま忘れてしまいたい。感情も思考もぐちゃぐちゃのままでは寝られないし、今は久豆原の顔を思い出してしまう。消したいのに、消えない。

「舜太郎さん……忘れさせてください。一時しのぎに、舜太郎さんを利用したくないのは、ほんとうです。けれども……、離れたくないの……。安心できる体温を感じたいの……」

ボロボロと涙を流してこいねがう。

「今は……舜太郎さんのことで頭をいっぱいにしたいんです……。今夜だけだから。もう、困らせませんから」

舜太郎の首に手を回して抱きついた。

ひとりにしないで。今だけでいいから。守って。今夜だけでいいから。

「今夜だけとは言わずに、毎朝毎晩、常日頃、僕のことを考えて、僕のことで頭をいっぱいにしてください。この条件を呑んでくれるのなら、今、抱きます」

優しい声は、耳にいたわりのキスをするようだった。

「ごめんなさい。舜太郎さんの優しさに甘えてばかりで」

「もっと甘えてください。あなたに頼られ、甘えられたいんですよ、僕は。だから、安心して身も心も委《ゆだ》ねてください」

ちゅっと濡れた頬にキスをされ、藍は舜太郎の頬を両手で包む。

（これ以上甘えたら……。わたし……）

会社を辞めて、のぞえの手伝いにも行かなくなった。社会と離れてしまって妙な焦りがある。それなのに、舜太郎にもたれるように甘えて生きていいのか？　自立した女でありたい。強くて、凛《りん》として、前を向いて。

甘え続けていたら、ひとりで立てなくなりそうで、怖い。

（でも、今は……。今だけは、甘えたい。舜太郎さんに溺《おぼ》れてなにもかも忘れてしまいたい。……ごめんなさい。甘えさせて）


すべてを委《ゆだ》ねた藍は、ソファの上で半裸になって、大きく開いた膝を抱えていた。

「そう。上手ですよ、藍さん」

足のあいだに舜太郎がいる。そして、観察するように視線を向けながら、ぐずついた秘所を指で嬲《なぶ》っている。

なにもかも忘れるように抱いてほしかったが、せめてお風呂には入りたかった。昼間に観光したせいで汗をたくさんかいていたから。

キスをして、愛撫を受けて、そのまま。丸まったショーツが片足に下がっているのも恥ずかしい。

つぷっと指が抽挿を始める。くちゃくちゃと掻き出された愛蜜がソファを濡らし始めた。

「いいですか、なにがあっても、口にしていいのは僕の名前だけですよ？」

「……は、い」

そろりと膝を閉じようとすると、ぐいっと太腿の付け根を押される。

「んっ」

「広げていてください。舐められないでしょう？」

「だめ、だめっ。お風呂に入ってないんですよっ」

「それが？　あなたの恥ずかしい味が濃くていいじゃないですか」

「汚いですよ、だって……」

困っているのに、舜太郎は舌を大きく出して、今にも秘所を食べようとしている。健啖家《けんたんか》でグルメな彼に汗や皮脂汚れを……汚いところを口にしてほしくない。

「僕の名前だけですよ、口にしていいのは。ダメもイヤ、も禁止」

その目が強引だったので、藍は素直に文句を引っ込めた。

気化熱で冷えた場所にぴちゃりと温かい舌が乗った。

「ひ……ぁ」

これからどうなるか、どうされるのか、知っている藍の腰が粟立《あわだ》つ。

「舐めやすくなるように、これからは僕がアンダーをカットしますね」

淫らな提案をされても、熟《う》れた秘裂をぺろぺろと舐め上げられているせいで、イエスもノーも言えない。支配者のように舜太郎の肩に足を乗せているが、イニシアチブは舜太郎が握っている。

「んんんっ、は……ぁ、ぁ」

小さな蜜口に尖《とが》った舌がぬるり、と侵入してきた。そのすぐ近くに藍がひどく感じるスポットがある。舌では届かないのではないかと思っていたが――

ぬるりとしたそれは、別の生き物のようにいやらしく蜜洞を舐めて、吸い上げる。じゅ、じゅる、じゅるる。耳を塞ぎたくなる音を立て吸われるのは初めてで、腰から溶けそうな感覚がして興奮と恥ずかしさで茹《ゆ》だった顔を手でおおう。

「あ――っ。あぁ――っ！　しゅ、んたろうさんっ！　も、吸わない、でぇ」

彼のツンとした鼻の先が過敏な秘粒をくりくり刺激する。そして、吸うのをやめた彼の舌が、そこに届いてしまった。

（うそでしょう？）

「ああっ、は……ぁっ。そこ……はぁっ、いや……、だめ……ぇ」

指とは違う動きと硬さ、滑らかさが、藍を夢中にさせる。激しく絶頂するまでには至らないが、全身が蕩《とろ》けそうだ。

「く……ふっぅっ。はぁ、すご……あっ。んん」

初めての体験だった。膣内《なか》の浅く好むところを舐め回され、柔らかくザラリとした舌で擦られると、力が抜けてしまう。急《せ》いて喘ぐ声ではなく、甘えた子犬のように啼《な》いてしまう。

しっかり触られていない秘粒がぴりぴりとして、むず痒い。そのうちお腹の奥がキュンキュンしてもっと強い刺激を欲する。

それがどうして知られてしまったのか。舜太郎は蜜洞を舐めるのをやめて、興奮してぴんぴんに腫れている秘粒をぱくりと咥《くわ》えた。

「あ……あつ、い、ふ、ぁ、あっ」

つるんと包皮を剥《む》かれた果実を優しく舐め転がされる。ぐちゅっぐちゅっと指で蜜洞の好むところを執拗《しつよう》にいじめられて、天頂へ押し上げられる。

「あふ……ぅうっ。んん……くぅ。いっちゃ……、うぅ」

達《イ》きなさい――そう言わんばかりに、過敏な秘粒を強く吸われ、指の抽挿が激しくなる。目の前がチカチカ明滅して、身体のあちこちがぱちぱち爆《は》ぜ、藍は背を丸めて、足をピンとさせ絶頂に達した。

「あぁぁ、いっ――――~~ッッ」

舜太郎は口の周りの愛蜜を手で拭うと、立ち上がって着物の前を寛がせ、いきり立った雄をぐったりとしている藍に見せつけた。

これからその逞《たくま》しい肉棒でこれ以上にめちゃくちゃにされると思うだけで、とろとろと愛蜜が溢《あふ》れてくる。

「……舜太郎、さん」

彼が手にしているスキンを藍は痺れた指先でやんわりと押す。

「このまま、めちゃくちゃにして。身体の奥から、舜太郎さんに、染めて、ほしいの」

「そんなことを言うと……本気で抱き潰しますよ？」

「本気を、くださ……──あぅっ、あ……ついぃ」

とぷとぷ愛蜜を零すそこになにも隔てない、大きく硬い熱塊が潜り込んできた。初めてつながった夜以来の直《じか》の体温は、身体を悶《もだ》えさせるほどの灼熱だ。それは、出て、入ってを浅く繰り返す。

「あ、んん、だめ、そこばっかり……ふ、ぅぅ」

「めちゃくちゃにするんですから、藍さんのリクエストは聞きません」

ぬぐっと奥に当てられ、藍はソファから落ちないように肘置きに掴まる。ゆるゆる揺すられるたびにふるふる揺れる乳房を鷲掴《わしづか》みにされて揉《も》みくちゃにされると、毛穴という毛穴から熱と汗が噴き出す。

「あぁ──、ア、くっ、んん」

ばちゅんばちゅんと音を立てて太腿と舜太郎の腹筋に叩かれながら、激しく打ちつけられる。髪を乱している舜太郎が歓喜の涙の向こうにいる。藍は手を伸ばして舜太郎の半分脱げている着物の袂《たもと》を掴む。そうしていないと快感の波に呑まれて自分を見失ってしまう。

降りてきている子宮付近をぐりぐりと捏《こ》ねられると、呼吸もままならない。限界が近くて、苦しいのにこの上なく嬉しい。

(舜太郎さん。舜太郎さん。あなたが、好きです。好き。優しくて、甘えさせてくれる、あなたが、好き)

「すき。……すきです、しゅんたろ、さん」

「僕も、好きですよ。藍さん。一緒に……」

「一緒に……あ、あああ――っ」

初めて体内の奥底に雄を撒《ま》かれて、舜太郎の強い匂いに深く酩酊《めいてい》する。愛している男にすべてを染められ、歓喜で全身と心がわななく。

藍は、心地いい疲労に支配された身体で愛しい人を抱きしめようとした。だけど、舜太郎は萎《な》えない雄肉をずるんと抜き、艶然《えんぜん》と微笑む。少し意地悪に。

「ああ、僕の精液をこんなに零して。いけない奥さんだな」

「それは……。え？」

舜太郎は藍を立ち上がらせて、ソファの肘かけに手をつかせた。お尻を突き出させるように。白濁液と愛蜜が混ざりあった熱いところを彼の指がにゅぷにゅぷ出入りする。掻き出しているのは舜太郎で、わざと零しているわけではない。

しかも、こんな恥ずかしい体勢で。羞恥心が足をガクガクさせる。

「ま……って。はずか、しぃ、です」

それに、達したばかりで力が入らない。

「藍さん」

呼ばれて振り向くと、彼は混ざりあった体液がたっぷり付着した指を舐めていた。舐め方がセクシーで、目と心を奪われる。

「舐めてください」

舜太郎が濡れた指を差し出し、藍はおずおずと舐める。雄と雌のいやらしい匂いが鼻と口いっぱいになる。こんなにも淫らでなにもかもを忘れるセックスは初めてだ。

「ふふ、可愛い」

背中に感じる重みと体温。耳にかかる熱い息。そして、お尻にピッタリとついた、芯を失っていない舜太郎の強い雄。つい、ひくんとした場所から、こぷこぷと体液が零れ、太腿をしとどに濡らす。

これまで、さまざまな体位を結婚後に初体験した。ガッツリ攻めるのが好きな舜太郎にセックスのよさを教わった、というのが正しい。抱きしめ合い肌のぬくもりも感じられる正常位も好きだが、こうして舜太郎が自由奔放に動いて身体の奥底にある欲を満たしてくれる体位も過激で好きだ。言葉にしていないけれど、きっと、知られている。

「ん……あぁ、あ、こんな……」

ぬぷぬぷとふたり分の体液を溢《あふ》れさせながら、凶暴な雄が藍を蹂躙《じゅうりん》しようとする。それを悦んで受け入れる雌になってしまうなんて。

ベッドでする後背位とは違い、ソファの肘かけに手をついているせいか当たる場所が違っていて、過敏になっている身体が素直に反応する。

「は――、は、ぁ、ぁ……」

(はいって、くる。すごく、太ぉ……い。知らないところに、当たって、きもち、よすぎるっ。だめ、これ。いや。こわい。感じすぎて、こわい)

激しく穿《うが》たれて、足どころか身体中ガクガクする。快楽にやられて沈んでしまいそうだ。

「は……、ぁぁんん。いっしょ、は、だ……めぇ」

ぶるんぶるん自由に揺れる乳房を揉《も》まれ、乳首を弄《いじ》られると、がくんっと肘が折れてしまった。

それでも舜太郎はやめずに、腰を打ちつけるものだから、藍はナカイキを繰り返す。

頭がおかしくなるのではないかと思ったときに、ふと舜太郎の動きが止まった。ソファには藍の汗が溜まっている。

「足が疲れましたか？」

「え、ええ」

足どころではない。いくら身体を鍛えていても、セックスはいつもと別の筋肉を使うのか、疲れやすい。

「それなら」

「え……、きゃ、あ……っ」

ぐいっと後ろに引かれ——、舜太郎は後ろにあったソファに腰を下ろした。もちろん、つながったままの藍はその膝の上だ。

「あ、いや……ぁっ！　ふかぁ……あぃぃっ」

とんでもなく深い場所に凶悪な雄が当たる。それでいて、不埒《ふらち》な指が過敏になった秘粒を弄《もてあそ》ぶ。

その片手は乳房を離さない。

「あっ……。だめ、だめぇっ」

三か所一度に攻められるのは初めてだ。全身がおかしくなってしまう。その証拠に、噴き出した潮が舜太郎の手と膝を汚している。粗相をしたと思って本気で泣くが、舜太郎は喜色ある声で耳元をくすぐる。

「これも初めて？」

藍はコクコク頷きながら喘ぐ。初めて尽くしだから。恥ずかしいからやめて。でも、とんでもなく気持ちがいい。全身を愛されているのがたまらない。

「あ、あ、あ――〜〜!!」

ソファの肘かけに腕を突っ張らせて、背をしならせて深く、深く絶頂に達する。汗と涙をぱたぱた飛ばしながら。もう、壊れてしまってもいい。壊されたい。

「ああ、なんて……美しいんだ」

その感嘆も聞こえない。ビクンビクン舜太郎の上で跳ねて、もたれる。これ以上したら、ほんとうに壊れてしまう。でも、一度吐精した舜太郎の二度目が長いのも知っている。

自分がなにを言っているのかわからないし、気持ちいいこと以外なにもわからない。舜太郎のことしか考えられない。すべてを忘れて、舜太郎の愛に溺《おぼ》れる。

「しゅんたろうさん……もぉ、こわれるぅ、あぁあ、おく、ぐりぐり、きも、ち、い」

抱きしめられ、絶頂に絶頂を繰り返して、藍はもうなにもかも忘れて彼が寄越す甘い責め苦を充分に味わった。

長く深いセックスが終わったあとも、ベッドで足を絡め合い、キスをする。世界中の幸せをここに集めたくらいの幸せなひとときだ。

絡めた指の、薬指に舜太郎が大切そうにキスを繰り返す。まだ色香を残す彼の目と視線を絡ませた。

「ペアリングを……結婚指輪を買いに行きませんか？　藍さんは、そういうのが苦手なのかなと思っていて、今まで口にしませんでしたが。お守りだと思って、我慢してくれませんか？」

藍はアクセサリー類が苦手だ。普段は極力つけないし、運動するときは小さなピアスも外す。だけど、舜太郎とのペアリングなら話は別だ。心がふわふわとするくらい、嬉しい。

ううんと首を横に振り、きらきらとした目で彼を見つめる。

「我慢なんて！　舜太郎さんと同じリングは、嬉しいです」

入籍だけのナシ婚で、ふたりの時間は始まったばかり。彼とのつながりが可視化できていないから、不安に陥《おちい》るときもあった。

「ボルダリングやジムでトレーニングするときは外してくださいね。危険ですから」

細やかな心遣いが嬉しくて、込み上げる幸福感が笑顔を取り戻させてくれる。

「どんなデザインが好きですか？　ああ、そうだ、何個か作りましょう。目的や気分で変えられるように。それから、ネックレスチェーンも何点か」

「はい」

見返りを求めることなく愛してくれる人。自分の過去も、短所もなにもかもひっくるめて愛して慈《いつく》しんでくれる舜太郎のことを、もっともっと愛したい。

◇◆◇

翌日の昼近く。義父・湖月岑生が住む豪邸を訪れた。自然に囲まれた素敵な洋館は、古めかしく見えるようにエイジング加工された快適で現代的なお屋敷だった。

木々が夏の陽射しを遮《さえぎ》ってくれる広く大きな窓。その繊細なレースのカーテンの前には、大きな白い犬と、三毛猫と、グレーのぶち猫が快適な夏をのんびりすごしている。

自然の多い町だが、近くに心臓の名医がいる大きな病院があるという。

初めて会った岑生は、舜太郎がそのまま歳を重ねたようなイケおじだったので、藍は別の意味で緊張してしまった。

（未来の舜太郎さんに会ってるみたい）

レトロな天井のリビングで、挨拶をする。お土産のお菓子の箱を大きな犬が物珍しそうにくんくんしている。岑生は穏やかな笑顔を犬に向ける。

「こちらが僕の妻の藍です」

「藍です。挨拶が遅くなって失礼しました」

お辞儀をすると、岑生は舜太郎を軽く睨んでから優しく破顔する。笑うとほんとうに舜太郎とよく似ているので、キュンとしてしまう。

「わがままな舜太郎が悪いんですから、藍さんが負い目を感じる必要はなにひとつありませんよ。今日は私だけなので、たいしたもてなしはできませんがゆっくりしていってください」

バリトンボイスは落ち着いていて、聞き心地がいい。そんなところも舜太郎によく似ている。

普段はハウスキーパーや秘書たちがいるそうなのだが、こちらも夏季休暇になっている。とはいえ、近くに住んでいるので、なにかの際には駆けつけてくれるらしい。今の時代はスマホもあるし、ネットでなんでも取り寄せられるから、生活に困らないという。

丁寧に淹《い》れてくれた澄んだアイスティーをもらい、手土産にした水ようかんを一緒に食べる。

「亜里沙さん……妻は今、リバプールにいましてね。今の欧州ツアーが終われば、一旦日本に戻ると思うのですが。……渡り鳥みたいなところがあるので、そのときにならなければ私にもわかりません」

「お寂しくありませんか？」

「毎日電話やチャットはしてますよ。それに、こういう夫婦も世の中にいていいと思っているんです。私は飛行機に乗って長時間の旅はできませんし。こうして小さな家族に囲まれている隠遁《いんとん》生活が向いているんですよ。根っからの引きこもりというやつですね」

岑生は穏やかに笑う。心の底から妻の亜里沙を信じて愛しているのが伝わる。離れていても信じ合える夫婦。なんて素敵なんだろうか。そんな夫婦になりたいが、舜太郎と長く離れて暮らすのは、今の藍にはとても難しい。両想いになったばかりなのだから。

「失礼なことを聞いてしまって、すみませんでした」

「知らないのですから、謝らないでくださいね。……距離が離れると気持ちも離れると言いますが、私と妻に限っては当てはまりません」

「母さんが父さんを口説き落としたのは語りぐさになっているんです。歳も離れているのに、早々に降参したのは父さんなんですよ」

「お見合い結婚なんですよね？」

「私を講演会で見かけた亜里沙さんが、……恋に落ちてくれたらしくてね。それからお見合いという形で、出会いました。SNSで私から反応がないと電話をしてくるんですよ。時差があるのを忘れているんです。可愛いでしょう？」

岑生がはにかむ。歳を重ねるごとにロマンスグレーの魅力も重ねているのだ。

「朝《とも》が生まれて一年で私が病気を患《わずら》ったので、子供たちには寂しい思いをさせると思っていたのですが、母が……舜太郎の祖母ですね……子供たちの親代わりになってくれたんですが、まあ、とにかくパワフルな人でして」

朝というのは、舜太郎の二歳年下の妹で、アメリカで活躍するデザイナーだ。何度かビデオチャットをしている。華やかな顔立ちで人懐っこい。

「父さんには会いに来れるし、朝が中学に上がるまで母さんも年に数回は戻ってくれたので、寂しくなかったんですよ。ほんとうに。祖母がパワフルだったのもあったし、七瀬もいたし、日本中引っ越したのも今ではいい思い出です」

息子と孫にパワフルと言われる祖母・湖月花蓮。彼女の油絵作品を作品集で知ったし、舜太郎が持っている花蓮直筆B３サイズボードの油絵作品は、カラフルで構図も大胆だ。極彩色の魔女というふたつ名のとおり、極彩色の油彩を描く。

スケジュールが合わなくてまだ顔合わせをしていないのだが、舜太郎を育てた祖父母にも会えるのを楽しみにしている。

「祖母は日本中引っ越しを繰り返しているくせに、この家には引っ越さない。なんというか、気分屋でツンデレをこじらせすぎたところがあるんですよ。常識に囚われない変わった人なんです」

孫にそこまで言われる花蓮とは、一体どんな人物なのだろうか。ますます興味が湧く。

「父の流《ながれ》は、そんな母を今でも溺愛しているんです。何日か離れたらしおしおになってしまうくらいに」

「まあ、素敵ですね！」

歳をとってなお、愛し合えるのは理想だ。

「僕たち孫は振り回されっぱなしでした。だから、いつか結婚するなら祖母と逆で、根を張った穏やかで芯のある女性がいいな、と考えていました。なので、藍さんは最高の奥さんなんです」

「期待に添えるように努力しますね」

「そのままでいてください。そのままの藍さんが好きなんです」

見つめる舜太郎が、手をそっと握って目元を染めている。藍も頬を染めて「はい」と頷く。と、テーブルの向こうの御仁が咳払いをした。

「ラブラブなのはいいが、当てられる身にもなってくれよな」

慌てて身を縮めそうになると、舜太郎が少年のように笑う。

「いいでしょう?」と。


家に戻ったふたりは、リビングで岑生からのお祝いの品を開けた。

薄い箱には温泉宿泊券。長方形の箱には柔らかな紫色の現代的な曲線のオブジェ。藍はなんだろうと手にする。舜太郎はそれがなんだかわかったようで「とんでもない親だ」と呆れていた。

「とんでもない?」

「それ、ラブグッズですよ」

すぐに呑み込めなかった。が、理解すると、慌ててテーブルにそれを置いた。オブジェではなかったのか! と。

「らぶ、ぐっず? って、え?」

あのロマンスグレーのおじさまが? プレゼントに? そんなものを?

「冗談にしてはやりすぎなので、あとで抗議しておきます」

「は、はあ」

「でも、藍さんが使っているところを見てみたい、気もします」

熱い瞳に見つめられる。使えと言われたら使ってしまうだろう。少し興味もあるし、形的にラブグッズだとわかりにくいのもあって、恐ろしくはないが。実際に使ったこともなければ、実物を見るのも初めてである。

どういうリアクションを取っていいのかわからなくて、藍は赤い顔を俯《うつむ》かせた。

「舜太郎さんが、どうしても、と言うのなら……」

ちらっと見ると、舜太郎が目を大きくしてキラキラさせていた。

しまった、言うんじゃなかった！　と、心のなかで慌てると、舜太郎がにんまりと笑う。

「じゃあ、いつか使ってみましょうか」

「……そ、そうですね？」

できれば忘れてほしい。

最後に両手にのるくらいの大きさのブルーベルベットの箱を開ける。海外セレブがつけていそうなくらい派手なルビーの指輪が入っていた。ものすごい存在感を放っている。

流麗な文字で『悪いものを寄せつけないお守りです。新婚旅行のときに巡ったキーウの宝石商から買いました。妻と子供たちや将来のお嫁さんにと揃えました。娘たちと彩葉さんはリメイクして使ってくれているので、藍さんのお好きなようにデザインして使ってくれたら幸いです』とあった。

手紙を読んだ舜太郎は明らかにムッとしていた。面白くない、と顔に書いてある。

「父さんに先を越されました。ムカッとしていますが、僕の行動が遅かっただけでしたね」

藍は左手を取られ、「ごめんなさい」と薬指に軽くキスをされた。

「いいえ。わたしも受け身だったので。……結婚指輪があったら、嫉妬しちゃうのも少なくなって助かります」

舜太郎が外で誰かと会う。男女問わず舜太郎に惹かれる人は多いだろう。若くて可愛い女の子だって舜太郎の絵画に魅せられて、そのうえ本人の美貌を見たら、ファンになってしまうのもわかるから。

指輪を見て既婚者だとわかって、なんのアクションも取らずに諦めてくれる人が増えれば、心の負担が少なくなる。

「嫉妬、ですか？　僕のセリフです。ジムのイケメンコーチや利用客に毎回嫉妬しているんですよ。シリコン素材のペアリングと医療用チタンとプラチナの四種類は絶対に作りましょうね」

この言い方からすると、舜太郎は前々から悩んでいてくれたらしい。藍は自然に笑顔を咲かせる。

「チェーンやキーホルダー、指輪をしまえる携帯ケースも一緒に選びましょう」

藍は約束だと舜太郎の小指に小指を絡ませる。ふふっと微笑んだ舜太郎の提案は、藍の頬を赤くさせる。

「僕たちの指輪ができるまで、父さんからの指輪のリメイクを待ってもらってもいいですか？」

少し不満げ、というより、拗ねているのは――

(わたしを想うプライドをお義父さんに傷つけられたから？　思い上がっちゃいますよ？　……こんなに好きになってもらえて幸せ、です)

「指切りに、キスをしませんか？」

「は、はい」

見つめ合ったまま互いの絡んだ小指にキスをする。ゆっくりとまばたきをするうちに、舜太郎の瞳が熱を孕《はら》んでいるのに気がついた。藍もまた、同じだから。

――愛し合いたい。

その夜は、お互いの身も心も優しくいたわる愛し方だった。時間をかけただけ悶絶したが、激しいセックスでは得られない快感をふたりして味わい、貪《むさぼ》った。

SIDE　君島七瀬

夏季休暇明けの君島七瀬は、忙しくしていた。湖月藍に迷惑行為を繰り返して暴挙に出た挙げ句、公務執行妨害で逮捕された男・久豆原敦己を追い詰める素材や証拠を集めていたからだ。

今日は渋谷にある事務所でひとり、デスクに向かって、興信所からの報告書に目を通している。こちらに圧倒的に有利で、かつ円満な決着が望ましいと舜太郎が話していた。スピーディーに事を決着させるための報告書の作成を君島は任された。

藍へのつきまといが立件できるのか、現時点ではわからない。それに、藍が訴訟を起こす気にならなければ、久豆原の罪をすべては白日の下にさらせない。舜太郎の話によれば、藍は久豆原とこれ以上関わりたくないのが本音のようなので、訴訟は起こさないだろう、とのこと。

久豆原が舜太郎に対して悪意を持っていたのは明白だった。差出人のない三通の手紙が舜太郎に悪意を持っていた証拠だ。

六月のはじめの頃に届いた一通目は、藍がどんな女だったのか、でっち上げた作り話だった。

『野添藍は平然と不正を働くあくどい女だ。男をとっかえひっかえして弄《もてあそ》び、派手な遊びを繰り返していた。週刊誌やSNSで発表されたくなければ離婚しろ』と。

どこの誰かわからないが、舜太郎のアンチからの手紙にしては、内容が最近結婚したばかりの妻に焦点がある。相手が絞れずに保留にしていた。いたずらにしても、悪趣味だ。

六月の中頃に届いた二通目は、舜太郎に対する悪辣《あくらつ》なクレーム。金で妻を買っただの、妻の実家のパン屋を盾にとっただのと妄想逞《たくま》しく書いてあった。藍への固執が明白な二通目により、差出人は藍の元恋人ではないかと君島と舜太郎は考えた。なんにせよ、向こうからのアクションがなければ動けない。

六月の終わりに届いた三通目は、秋に行われる舜太郎の個展を爆破してやるという明らかな脅迫が書かれていた。これは、警察に被害届を出した。ほんとうに爆破事件になれば、足を運んでくれた客を危険に巻き込んでしまう。

三通いずれもパソコンでよく見かけるフォントとコピー用紙。消印は三通とも都内であるものの、別々の場所から投函してある。愚かだが、こういうところには頭が回る卑怯な小心者だ。

手紙が渋谷にある舜太郎の事務所に宛てられたのは、当時の久豆原が藍の実家の住所を知らなかったからだろう。

だが、七月の中頃には、〈パンののぞえ〉がある商店街をうろつき、薄汚く嗅ぎ回る久豆原の姿が目撃されている。彼の嘘に騙《だま》された気のいい酒屋の主人が、湖月家の住所を教えてしまった。主人は申し訳なさそうにしていたが、騙《だま》したほうが悪いので気に病まないでほしい、と伝え、君島は高級吟醸酒を一本購入した。君島は下戸《げこ》だが、舜太郎はうわばみだから、そのうち飲むだろう。

この時期に、藍が〈パンののぞえ〉の手伝いをしていなかったのが幸運であり、久豆原にとって不運だった。

七月の終わりになると、湖月家の防犯カメラに久豆原らしき男が映るようになった。畠山もその姿を休日の夜に目撃しており、舜太郎に相談する前に君島の独断で湖月本家から警備員を数名呼び寄せた。君島は手紙の件をふまえて、カメラに映っているのは久豆原だろうと舜太郎に報告した。

手紙の件は舜太郎の指示で藍に伏せているから、事を荒立てないよう夜間のパトロール強化と、藍と聖子をひとりにしないこと、野添家もそれとなく警備することで話がついた。舜太郎は些細《ささい》な危険からも藍を遠ざけたかったのだ。

君島としては、次のアクションを取られる前に久豆原を警察に突き出したかったが、確固たる証拠がないうちにこちらから警察を呼べば、久豆原に有利に働くかもしれないと、舜太郎が苦い顔をしていた。

そして、久豆原の夏季休暇と重なっていた時期に、伊豆まであとをつけられ、たくさんの目撃者がいるホテルで事を起こし、公務執行妨害罪で現行犯逮捕された。

旅行先から戻った舜太郎は、すぐに残りの手紙を所轄警察署へ提出した。藍への明確な暴力を目《ま》の当たりにして怒り心頭だったのだ。釈放された久豆原が東京へ戻るや、彼は任意出頭を命じられた。逮捕されたときに押収された指紋と脅迫状から採取された指紋が一致したのだ。脅迫罪はほぼ確定になった。これで久豆原を訴えることができる。

君島は刑事から聞いたボイスメモをテキスト化していく。通常、警察関係者は守秘義務があるので、興信所には細かく供述内容を漏らさない。たまたま警視正の友人がいたから彼を介して話が聞けた。

取り調べ室で、久豆原は悄然《しょうぜん》として項垂《うなだ》れていたらしい。

『おれには藍が必要で、藍にもおれが必要なんですよ、刑事さん』

久豆原敦己は、会社で窮地《きゅうち》に立たされていた。冬までは藍が残した仕事を上書きするように久豆原が指揮を執《と》っていたし、退職した藍が残したファイルをもとに営業をかけ、藍が仕事を引き継がせた後輩から営業先を掠《かす》め取っていた。その卑怯なやり方が後輩や部下に強い不信を抱かせた。が、上司たちは仕事が入ればそれでよかった。

春にあった、化粧品メーカー・FFFの来季の春のキャンペーン広告の案件では、顧客から提案の却下が続き、最終的にFFFは違約金を払って別の大手広告代理店を選んだ。藍がボツにした企画を提出し続けたって、通るはずがない。久豆原が特別接待を重ねた大手雑貨メーカーでは、パッとしない広告が一度採用されて以降、仕事を任されず、今では大手広告代理店と手を結んでインフルエンサーマーケティングを起用している。健康飲料のコンペでは、久豆原が藍の猿真似でプレゼンをし、他社に負けた。

巻き返しをはかりたかった久豆原は、次々に営業をかけては、キャバクラやガールズバー、その他風俗店で接待を繰り返したが、あまりにも出費が多かったため、経費として認めないと経理部が領収書を突き返している。

自らの立場を守るために久豆原は、交際中の今道睦美を常務に差し出した――興信所スタッフが今道から話を聞き出している。

久豆原は社内接待にもガールズバーなどの出張サービスをよく使っていた。先方のリクエストに応えるのもしばしばあった。そのリクエストに応える金がなくて窮《きゅう》した久豆原の奥の手が今道だった。

『あたし、売られたのよ、あの人に』

ボイスメモから今道の声が流れる。鼻にかかった高めの聞きとりにくい声だった。

『だからね、乗り換えてやったの。今じゃ、なぁんの苦労もなく暮らせてるわ。ありがたい話じゃなぁい？』

常務に差し出された今道は、久豆原を見限り常務の愛人になっていた。恐るべき女だ。

『あの人の前の女。課長補佐。あの人もね、売られたのよ。男ってね、ああいう仕事がデキますっていうコーマンチキな顔の女を踏みつけたいのよね。社長とその派閥のお偉いさんたち複数が相手だったみたい。かわいそぉよねぇえ』

今道がいつどこでどんなふうに話したのかわからないが、話し方に藍に対する侮蔑《ぶべつ》がまざっていた。女の敵は女とよく耳にする。

その藍が社長たち複数に――という話も、興信所が話をきちんと拾ってきた。こちらは書面だけの報告だが。

久豆原がそういう接待によく使うシティホテルがある。経費でごまかせるくらいの値段で広い部屋があり、ビジネスホテルよりは見た目がよくて壁が厚く、ホテルマンたちもそこそこの教育を受けている。中の上クラスのシティホテルだ。

今道もこのホテルで常務に売られたし、たびたび久豆原が利用していると今道も話していた。ホテルマンの話によると、部屋に向かった藍はすぐにホテルから逃げ出すようにタクシーをつかまえて帰ったらしい。未遂に終わったのだろうが、恐ろしい体験になったのは間違いない。痛ましいし、胸くそが悪くなると君島は息を大きく吐いた。

藍はその翌日から一週間近く仕事を休み、休み明けに辞表を提出しているし、上司はなにも言わずに受理した。

『あ～。マジでざまぁみろだわぁ。アハハハ』

女のキャラキャラ笑う声が耳障りで、君島はボイスメモを閉じた。

濃いめのコーヒーに口をつけてから、キーボードを叩いていく。

なにもかもなくした久豆原は、課長の肩書きにしがみついて、畑違いの企画に口出しをするようになった。企画部からも、後輩・部下からも鬱陶《うっとう》しがられた久豆原は、新築の高級マンションのコンペで勝てばみんなが見直すと思ったのだろう。が、これも藍がボツにしたファイルを流用して失敗に終わり、上層部からは見限られて、セクションの隅に追いやられた。

五月の終わりには、別人のようにおとなしくなり、支援部に転属し、部長の肩書きを得た。コネ入社だった久豆原を解雇するわけにはいかなかったらしい。彼のパワハラ、セクハラ、特別接待がまかり通っていたのは、歪んだ人脈のせいだった。

地下一階の倉庫が支援部の職場だった。部長の久豆原と定年間際の男がふたり。仕事はないし、パソコンがあっても外界に繋がっていないおもちゃだった。

見下していた支援部に配属されて、久豆原は不当だと腹を立てた。

そして、藍の頭脳さえあれば自分は社内で返り咲けると妄想をした。

藍が結婚したらしいと後輩から聞き、相手が画家の湖月舜日だと知ると、怒りが湧いた。自分は閑職で辛酸を舐めているのに、辞めた藍は著名人と結婚してぬくぬくとセレブ生活を日々楽しんでいるのだ。

湖月舜日の事務所を調べるのは簡単だった。ネットで検索すればヒットするのだから。会社のパソコンとプリンターを使用し、湖月舜日を通して藍への恨みつらみを並べた手紙を書いた。もちろん、足が付きにくいように生活圏外から投函した、清々したと、取り調べ室で零したという。そのほかにも舜日についてあることないことをネット掲示板やSNSに書いて日々流していたようだ。情熱を燃やす方向を間違えている。

湖月舜日の事務所に送った脅迫状やネットに流した根拠のない誹謗中傷《ひぼうちゅうしょう》を、本人は大きな問題だと思っていなかった。が、立派な犯罪である。

藍が住んでいたマンションの管理会社から藍の実家を調べ、週末になると商店街に通ったが、どの時間帯でも藍はいない。近くの店で聞き込みをして知った湖月舜日の自宅を目《ま》の当たりにすると激しい怒りと恨みが心を支配したと供述したという。

自分は落ちぶれてしまったのに、会社を辞めた藍が玉の輿《こし》に乗り、幸せになって遊んで暮らしているのが許せない。行き場のない妄想とストレスが憎しみに変わるのに時間はかからず、典型的などす黒い悪意の塊《かたまり》になった。

それから久豆原が湖月家周辺をうろつくようになった。

藍とよりを戻し、仕事を手伝わせれば、万事丸く収まると身勝手な妄想に囚われ、伊豆まで追いかけて藍に罵声をあびせて屈服させようとした。しかし、舜太郎が駆けつけて、通報された。警備員・警察官に囲まれてパニック状態に陥《おちい》った久豆原は公務執行妨害罪で現行犯逮捕された。

逮捕後すぐに久豆原は株式会社ワクアリアに辞表を出している。おそらく、警察沙汰になったことを会社の人間に知られたくなかったのだろう。

あとは前述のとおりだ。

数日のあいだ、藍は情緒不安定だったと舜太郎が話していた。

だけど、久豆原のせいで藍の心が掻き乱されるのは、舜太郎の本意ではない。舜太郎は、藍をあらゆる悪意や波風を立たせる存在から守りたいのだ。

準備だけは君島が抜かりなくやっておく。まるで検事にでもなったような気分で、やれやれとフレームレス眼鏡を外し、目薬をさして休憩する。愛妻に「甘いものが食べたい」とメッセージを送る。

妻と娘と一緒に、アイスか冷たい果実がのったかき氷を食べたかった。間をおかずに既読マークがつき「かしこまりかしこ！　ななくんの好きなアイス買っておくね」とネタ系スタンプの返信がきて、君島は眉根に寄ったシワを伸ばした。

君島の妻は、フリーランスの在宅プログラマであり、この事務所のウェブ管理をしている。だから、オンライン会議で顔を合わせてもよかったのだが、妻のひとりの時間を優先した。

甘えるのは、帰宅してからにしよう。

SIDE　舜太郎

舜太郎は、すべてを弁護士に任せた。同時に雑事で負担をかけてしまった七瀬に謝罪して、休暇を取ってもらおうとしたが、断られてしまった。「秋の個展まで時間がないから」と。

舜太郎の心配は藍にある。

夜食用のパンの仕込みが終わった藍がリビングにやってきて、熱いお茶を淹《い》れてくれた。静岡で買ったペアの湯のみからは、爽やかな煎茶の香りがする。

荒事があった次の日に父と会い帰宅すると、さすがの藍もすぐに寝てしまった。精神的に疲れていたのだろう。フィジカルは鍛えてあっても、メンタルは違う。

藍が久豆原に対して抱えているのは憎しみではなく、蔑視《べっし》である。舜太郎が提案した『すべて弁護士に任せる』という方針を呑んだので、関わりたくないのが本心だろう。脅迫状の件を伏せていたことを藍は怒ったのち、自分をいたずらに心配させまいとした舜太郎の真意を汲んでくれた。

久豆原が取り調べ中だと打ち明け、向こうの弁護士から示談を申し込まれたと、藍に心労を与えない範囲で話している。

「僕は、示談交渉に応じようと思っています。こちらの条件は、〈僕と彼と雇用契約を結び、長期海外出向してもらう〉ことです。彼が呑むかわかりませんが、不起訴で終わりたいのであれば、呑むでしょうね」

脅迫のなかでも爆破予告は罪が重いと聞く。

「……はい？」

「アメリカの知人が日本語ができる人を探しているんですよ。自動翻訳がある便利な世の中ですが、細やかなニュアンスまでは伝わらないでしょう？」

その知人を探している途中なのだが、伏せた。小さな嘘で藍を守れるなら、それでいい。

「……年棒で契約して、仕事内容は知人から指示してもらう、という形になりますが」

「雇うんですか、舜太郎さんが？」

「ええ。そうでなければ、雇用関係が発生しませんからね」

「あの人は、あなたを脅迫したんですよ!?」

大きな声。藍が久豆原のことをほんのわずかでも考えるのが舜太郎は許しがたい。使えるものをすべて使って久豆原に関するあらゆることを排除し、忘れさせて、藍の心を独占したい。それが本音だ。

この世の悪意と邪《よこしま》なことから藍を守ると、藍が笑って暮らせるように努めると誓ったのだから。

「藍さんを守るために、国外に出張してもらいたいだけです、合法的に。長期的な目で見れば、それがいいんです。優しさや情けなどではなく、危険人物を国内に置いておきたくない。僕は狭量なんですよ」

心の内をわずかに打ち明けると、藍は形のいい眉を寄せる。

「……それは、そうですけど。目の届かない場所に置いたらそれこそ悪意の塊《かたまり》になって、あなたを攻撃するんじゃないですか？」

「大丈夫です。知人は牧師さんですから」

たぶん。

「だとしても」

「藍さんに心配してもらえるのは役得ですが、僕たちが彼のせいで空気を険悪にするのは、不本意です」

「……そうですね。それは、ほんとうに」

藍が頷く。

今だって藍が久豆原のことを考えているから、舜太郎は悋気《りんき》で苛立っている。決して表には出さないが。

ふたりのあいだにわだかまりを作らないようにするには、話し合い、折り合いをつけて落としどころを探すしかない。

「……気分転換に出かけませんか？　できれば、銀座に。知人のジュエリーショップで、ペアリングの相談をしたいんです。乗り気でなければ、ジュエリーショップじゃなくて、甘くておいしいものでも食べませんか？」

「いいですね。実は、ペアリングの候補を絞れなくて困っていたんです。でも……携帯用のケースにつけるスマートトラッカーは、ショップ店員の友人にもう頼んじゃいました。順番が逆ですよね」

藍が笑う。いつもの元気がない。藍が毎夜セックスをせがむのも、不安だからだ。

舜太郎は、藍の手を取り、大切に両手で包み込む。

「僕の前でだけは無理しないでください。ペアリングはネットを見ながら形や素材の候補をふたりでいつでも選べますから」

久豆原に会った日以降、藍は舜太郎の前で悲しみや悔しさの涙を流していない。もっともっと遠慮なくぶつけてほしい。正の感情も負の感情も。

「ひとりで抱え込まないで。僕にも、藍さんの苦痛を分けてください。僕が参っているときに藍さんを頼りにしますから。だから……」

藍の瞳が潤《うる》み、ぽろぽろと大きな涙を零した。舜太郎は藍をすべての悪意から守るように抱きしめ、包み込む。

「……甘えてばかりで、ごめんなさい」

「夫婦ですから、支え合っているだけです。謝らないで」

甘やかして甘やかして、とことん甘やかして、藍をひとりで立てなくしてしまいたい。閉じ込めてしまいたい。歪《いびつ》ともいえる独占欲を見せないようにしつつ。

「舜太郎さん。……舜太郎さん」

藍がボロボロと涙を零す。顔をくしゃくしゃにさせて。そんな藍も愛おしい。

「ここ数日、落ち着きませんでしたよね。不安にさせてすみません」

「謝らないで。舜太郎さんのせいじゃありません、から」

「僕の前でたくさん泣いてください。安心できるようになっても、僕があなたを守ります。守らせてください」

泣き腫《は》らした顔では出かけられないと、藍は舜太郎の膝枕で目を濡れタオルで冷やす。

「舜太郎さん。明日はお時間がありますか？」

「ええ。自由業ですから、なんとでもなります」

「気が変わってなかったら、明日、ジュエリーショップに一緒に、行ってくれませんか？」

他人行儀な言い方。まだ日が浅いのだから、仕方がない。

充分時間をかけて自分なしでは生きられないようにしよう。そして、自分の極悪さを内心で嗤《わら》う。

藍には決して知られぬように。

「約束、します」

舜太郎は藍と指切りをして、その小指にキスをした。

8　嵐――愛情表現が斜め上では？

残暑厳しい秋が訪れ、夕焼けをアキアカネが泳ぐようになった。昼間は蝉《せみ》が盛大な合唱をしていても、夜になれば秋の虫たちが涼やかな恋の曲を奏でる。

結局、久豆原の件は示談で終わった。久豆原は弁護士を通じて舜太郎個人と雇用契約を結び、年棒を受け取ったらしいが、示談金を支払えば微々たるものになったという。

そして、現在はアメリカの農業が盛んな州の、田舎の町の教会にいるらしい。すべて、舜太郎と弁護士から聞いた話だ。

藍は舜太郎に頼んで、両親にこの件を伏せてもらっていた。会社を辞めるときにも両親は心を痛めていたから、この件を耳にしたら心配で寝込んでしまうかもしれない。とくに弘行が。

久豆原の件が終わってようやく恋人兼新婚の元の生活に戻れると思っていたが、舜太郎は十一月の十周年の個展に向けてアトリエにこもる時間が増えていた。

藍も十月初旬に行われるシティマラソン女子の部の参加に合わせて、フィジカルトレーニングに精を出している。同時に英会話スクールにも通い始めた。いつか、舜太郎とともにアメリカに行くために。過去と決別した今は、前を向いて歩ける。

（わたし……こんなに舜太郎さんに惹かれてる……）

藍の左の薬指には、チタン製の結婚指輪が輝いている。内側にダイヤモンドがはまっている、シンプルなデザインのリング。舜太郎の友人が営むジュエリー工房のセミオーダー品で、夫が超短期納品にこだわってくれた。

チタン製のリングができたその日、ふたりで取りに行き、自宅に着くや否や互いの指にはめ合った。初秋の夕陽が射す、オレンジ色で美しく染まったリビングは一生忘れない。

（一生忘れたくないことが、こんなに短い期間にたくさんある。……舜太郎さんが愛してくれるから）

薬指の指輪に微笑みかける。わたしも愛しています、と。

午前中に聖子とともに掃除を終えて、アトリエにいる舜太郎とサルスベリの花びらが舞う庭を眺めながらふたり仲良くお弁当を食べる。穏やかで優しい日々が戻ってきて、心の底から嬉しかった。

「舜太郎！」

聞き慣れない老女の声が藍をひゃっと驚かせ、舜太郎がおもむろに顔を上げた。

リビングの掃《は》き出し窓からこちらにやってくる小さなお婆さんがいる。しかも、着ているのはハイブランドのサイケデリックな配色の服だ。その背後で聖子が困った顔をしていた。

「お祖母さま。いついらしたんですか？」

「見てのとおり、たった今だよ。あんた、結婚したのにアタシに挨拶に来ないってのはどういう了見だい？」

「ちゃんとメールを送りましたよ。長いあいだ放置していたのはお祖母さまじゃないですか。それに、本宅を留守にして北海道を転々としていたのは誰ですか？」

「ん？　もの忘れが激しくてね」

元気なお婆さんである。しかも声が大きい。

舜太郎は渋々お弁当を置いて、藍に手のひらを向ける。

「……結婚しました。こちらが妻の藍です。藍さん、あれが祖母の湖月花蓮です」

舜太郎らしくない、言い方だった。つっけんどんというか、雑というか。

「はじめまして、お祖母さま。藍です。よろしくお願いします」

花蓮は皺《しわ》で重たそうな目をカッと見開いて、藍をじっくりと眺める。そして、ふんっと鼻を鳴らした。

「まだ子供がいないんだから、嫁じゃあないよ」

藍はショックを受けた。嫁じゃない。

「お祖母さま、リビングで待っていてくださいね。お弁当を食べたら行きますから」

「愛妻弁当かい？　ふん。よく味わうこったね」

花蓮はくるりと小さな背中を向けて、リビングに戻っていった。

「気にしないでください。ツンデレを拗《こじ》らせすぎた天邪鬼《あまのじゃく》ですから」

「はあ……」

舜太郎が気にせず、お弁当をゆっくり食べていたので、藍はハラハラした。その後、舜太郎は大好物であるのぞえのこしあんパンと自家製はちみつレモンで、舜太郎なりに祖母をもてなしていた。

（もっといいお茶請けがあったと思ったんだけど）

嫁失格の烙印《らくいん》を押された藍は気が気ではない。花蓮はこしあんパンをペロリと平らげてから、残暑を払うはちみつレモンをごくごくと気《き》っ風《ぷ》よく飲んだ。

そして言った。

「フン。客に出すものじゃないね」

さすがに、藍はカチンときた。顔には出さないが。

のぞえ名物こしあんパンは、初代である曾祖母時代からの人気メニューで、使用するこしあんは国産あずきを一〇〇パーセント使った老舗《しにせ》製餡所の厳選こしあんだ。そのこしあんに合ったもっちりさっぱりとしたパンは、こしあんパン専用に配合したパン生地を使っている。今のこしあんパンを完成させたのは祖父で、受け継ぎ守り抜いているのは父だ。三代続いた味をけなされて、黙っていられない。が、先に口を開いたのは舜太郎だった。

「お祖母さまはお客さまではありませんからね。お客さまこそが神様なんですよ？」

「黙りゃ。当分天に召される予定はないよ」

飲み干したグラスに残ったミントの葉と氷を花蓮は物足りなそうにカラカラと鳴らす。

「お祖父さまはどうなさったんですか？　いつも磁石みたいにくっついているのに」

舜太郎に聞かれ、花蓮はしわくちゃの顔を難しそうにしてから、ぷいっと横を向いた。

「どうでもいいじゃないか。それより、アタシはしばらくここに泊まるからね」

「はぁ？　東京の本宅に戻ればいいでしょう」

舜太郎は珍しく露骨に嫌そうな顔をした。育ての親とも言える祖母をそんなに邪険にしなくてもいいのに。


夜、二階のミニバーで夫婦の時間をすごしていると、花蓮が入ってきて、ちょこんと藍の隣に座る。ハイブランドの香水の華やかな香りが藍に届いた。パジャマも派手であるもののおしゃれなので、相当着るものに気を使っているのだろう。

「舜太郎。いつもの」

「お祖母さまの『いつもの』なんて知りませんよ。気分屋なんだから」

「そんじゃあ、藍さんと同じものがいい」

本日の藍のお酒はマティーニだ。お年寄りが飲むにはアルコールが強すぎないか、心配になった。

「お祖母さまにはアルコール度が高いですから、却下します。血圧が上がって倒れますよ？　ああ、果実酒の水割りにしますか？　藍さんが旬《しゅん》のフルーツを漬けてくれたやつがたくさんあるんですよ。白桃が漬かった頃合で、甘くておいしかったんです。それとも低アルコールカクテルにしますか？」

なんとも意地悪な言い方だ。身内だから？　それとも、祖母に合わせているのだろうか？　いや、舜太郎は少し意地悪なところがあるのを、藍は身をもって知っている。普段ではなく、抱き合うとき限定だが。

「じゃあ、その白桃の水割りで。水三対酒七だよ」

「小さなグラスで水七対酒三にしましょうね」

睨む花蓮をにっこりと舜太郎がかわす。

彼はカウンターに布巾を置き、そこに大きな保存容器を置いた。ホワイトリカーは皮ごと漬けた白桃から染み出した色で濁りのある薄黄金色《うすこがね》になっている。先日ふたりで味見をして、仕上がりはわかっているので藍も安心だ。

小ぶりのウイスキーグラスのなかに丸い氷をカロンッと入れ、ふうわり甘く香る桃の果実酒がとろりと注がれた。ミニ冷蔵庫から取り出したペットボトルの天然水を足してマドラーでよく混ぜると、薄黄金がさらに薄い色になる。

「もっと漬かっていたら桃の濁《にご》り色になっていたでしょうね」

「桃の、濁《にご》り色？」

ふたりの画家に注目された藍は首を捻る。おかしなことは言っていないはずだ。

「えーと……、桃ジュースみたいな色、ですけど？」

「アイボリーよりも赤みがかった色ですよね。ピーチで合っていると思いますよ」

「ピーチって桃色ですよね？　ピンクの薄い色じゃないんですか？」

そんな若夫婦を見ていた花蓮が吹き出してカラカラ笑う。

「桃の濁《にご》り色でいいんじゃないかね。色は見た人の色になるんだ」

「難しい言葉にすると、メアリーの部屋や逆転のクオリアですね。『私が見ているリンゴの赤は、他者から見ると赤とは限らない』、みたいな話です」

「ああ、聞いたことがあります。そう思うと、やっぱり、お祖母さまや舜太郎さんの絵画には万人を納得させる説得力がありますよね。やはりプロだからというか、色彩感覚のセンスがよくて魅了されちゃいますもん。……素人のわたしが簡単な言葉で語るのは恐縮ですが」

桃の水割りに口をつけた花蓮は、顔の皺《しわ》をくしゃっとさせて呵呵《かか》と笑う。

「面白い子だよ」

それが気に入られたのか、なにがきっかけだったのか。朝早くから藍がいるところには常に花蓮がいて、夜は遅くまで花蓮が夫婦のあいだに入っている。

三日もすると、舜太郎は露骨に嫌がるようになった。スキンシップ不足は藍も感じる。なにしろ、ベッドのなかでしか抱き合えないし、キスも花蓮の目を盗んでしている始末だ。昨夜は花蓮をミニバーから客間まで連れ帰った舜太郎が戻るより先に、酔った藍が寝てしまった。

花蓮がやってきて一週間がすぎると、舜太郎の態度が変わった。花蓮を遠ざけて、藍とスキンシップを取ろうとする。

小さな独占欲は嬉しいが、花蓮に見つかるのではないかとヒヤヒヤしてしまい、落ち着かない。

（声が気になるから、できないし……）

毎朝、花蓮が藍を起こしに来るのには、参った。そのうえアトリエでそういう雰囲気になったときに花蓮が現れるのも二度三度。狙ってやってる、と孫は悔しそうに言う。

その日の夜、藍は主寝室の隣の風呂を使った。風呂掃除のついで、である。一階の檜《ひのき》風呂とは違い、ほうろうのバスタブの現代的なお風呂は、やっぱり馴染み深いせいか疲れが取れやすい。

晩ご飯のときに藍が漬けた蜂蜜梅酒を飲みすぎた花蓮は、早々に客間で寝ている。時間ができたのでほうろうのバスタブを掃除して入浴した。

入浴剤と石鹸の香りをまとう藍が寝室に戻ると、風呂上がりの舜太郎がベッドに座っていた。一階の風呂を使ったのだろう。けれども、パジャマの着方がやや雑で、髪も濡れている。

「手早くシャワーを浴びてきました」

まだ湯気を残すパジャマの藍を抱きしめた舜太郎の髪からぽたぽた水が滴《したた》る。待っていてくれたのが嬉しくて、藍は笑顔で舜太郎の髪をタオルで拭く。

「藍さん。抱きたい」

背中と腰をいやらしくまさぐられ、十日ぶりの夫の手を喜んでしまう。でも、一階の客間には花蓮がいる。防音がしっかりしているから大丈夫だと思うが、やっぱり心配だ。

「……舜太郎さん。でも……」

顔を上げた途端、唇を噛むような性急なキスをされて、藍の体温がぶわりと急上昇する。

これまで長期間のお預けは生理のあいだだけ。予定では明日か明後日から生理だから、よけいに身体が疼《うず》いてしまう。

「ん……、……ふ、ぅ」

藍も舜太郎の体温を求めて首に腕を回し、求め応じて舌を絡ませる。じゅんわり湧く唾液を飲み干すのを後回しにして。

キスを続けたままベッドに静かに腰を下ろして、お揃いのパジャマを脱がし合い、肌を触り合う。

「藍さん。今日は声を我慢してくださいね」

「は、はい……。頑張ります」

なにを頑張るというのか、と心のなかでツッコミを入れる。舜太郎の程よく発達した大胸筋をやんわりと押し、拒みたくないけど距離をあけようとする。

「やっぱり……今日は、やめません？」

だけど、気がつけばブラトップとショーツだけになっていた。そのブラトップだって、花蓮が早朝起こしに来るから着けるようになったものだ。

舜太郎は藍の背中を抱いて、ブラトップの上から胸の先をくすぐり、その片手を足のあわいに滑り込ませる。

「……ん、ん……ぅ」

わずかに抵抗しようとして腰をよじらせる。だが、まるで誘ったように舜太郎の指がショーツのクロッチに届いてしまった。薄い絹のそこが潤《うる》み始めているのを藍も知っている。

「やめませんよ。夫婦なんですから」

クロッチの中心をカリカリと引っかかれて、藍の太腿が自然に開いていく。

「だぁ……め、ですって」

頬も耳も赤くして湯上がりの素肌をさらけ出しているのだから、説得力などない。ブラトップを脱がされて、舜太郎の手を待つ乳房が速い鼓動に合わせてふるふる動く。

「すっかり僕を待っているのに？」

両手で乳房を持ち上げられ、柔らかさと弾力を確かめるように揉《も》まれる。敏感になっていく乳暈《にゅううん》とその先をぴちぴち何度も爪弾《つまび》かれ、指の腹で潰されると自然に吐息が零れる。熱が胸から下腹部にぐるぐる巡り、ジンジン痺れる。

硬くなった乳首をきゅっきゅっと指の腹で扱《しご》かれる。乳搾りされているみたいで恥ずかしい。それに、電気がつけっぱなしだ。丸見えではないか。

「……電気を、消して……くだ、さい」

スマートスピーカーに言えばすむ。が、耳元にかかる舜太郎の息が心地よくて、彼に決定権を与えてしまう。

「今日はだめです。間接照明では物足りません。藍さんをすべて見せてください」

熱くなっているバリトンボイスが鼓膜を響かせ、腰をぞくぞくとさせる。藍のまろやかな腰に、完全に勃《た》った硬く大きなものがスリスリと甘えていて、昂《たかぶ》りが増す。

藍が手を伸ばして、ボクサートランクス越しにそれをもにもにと揉《も》むと、舜太郎が耳元にはぁっと息を吹きかけた。

「もう、こんなに？」

「藍さんだって」

ショーツの隙間から入ってきた指が、豊潤な愛蜜をすくう。狭窄《きょうさく》な蜜口を掻いて、ピンと立っている秘粒を見つけるや、ぬるつく指でいじめる。

「……んっ、ぁ、ぁ……っ、ふ」

藍は片手で口を押さえた。一番感じやすい性感帯を嬲《なぶ》られて声が出ないはずがない。なんとなく、負けた気がして悔しくなり、ボクサートランクスを引き下げ、勢いよく飛び出した巨大な肉竿を扱《しご》く。張り詰めた肉茎に稲妻のような血管が浮き出ているのが触れていてわかる。鈴口から出ている液を指でその先に塗りつけていく。

(こんなにも求められてる)

「ん。もう、こんなに……。嬉しい」

「……、藍さんっ、おいたがすぎますよ？」

敏感な亀頭を手のひらでくるくると触ったのが、舜太郎の負けず嫌いに火をつけた。

藍をベッドに倒し、舜太郎が足を高く掲げる。するりとショーツを剥《は》ぎ取り、膝を割る。足がM字に大きく開くと、とろとろと愛液がお尻のほうへ垂れていく。

「や、見ない、でっ」

抑えた声で抗議しながら秘所を手で隠そうとする。寝起きの朝や昼間にも抱き合ったことがあるが、明るいなかでおおっぴらに見られてしまうのは初めてだ。

「舐められるのが好きでしょう？」

たっぷり潤《うる》んではいるが、刺激をもっと欲する秘所に、はぁっと、熱い息がかかる。舜太郎の端整な顔が、そんなところにくっつくのを目の当《ま》たりにした藍は、慌てふためく。

舐められることは多々ある。が、こんな明るいなかではない。

「すごく綺麗に色づいている。……見られているだけで感じるんですね、藍さんは。ヒクヒクさせて蜜を零すのがはっきりと見えてますよ。いやらしいな」

「ちが……」

舜太郎に見られているから。美をキャンバスに表現する夫にさらけ出しているから。とてつもなく恥ずかしい。でも結婚して、身も心も愛される法悦を知ってしまったから、こんなに感じる体質になってしまったのだ。

節ばった指で、ふっくらとしつつある肉びらを開かれ、蜜の源泉をべろりと肉厚な舌で舐め上げられた。「あ」と大きな声が出そうになって、慌てて口を押さえる。敏感な場所をぬるぬると舌が這い回る感覚が、藍を心地よく翻弄《ほんろう》する。

（やだっ。舐められるの、感じ、すぎちゃうぅっ）

「……ん、んーっ。んぅっ。……は、ぁぁ――ッ」

「おいしい。藍さんのえっちな味がする」

（どんな味ですかー⁉）

「ぁっ、ふ……、ふぅぅっ」

舜太郎が大きく口を開けてそこをむしゃぶる。瑞々しい果実の果汁を啜《すす》るように、じゅるるるっと愛液と腫《は》れた薄い肌を激しく啜《すす》った。

「んん～～――っ」

開きっぱなしの太腿がぶるぶる震え、彼を待っている膣奥がひくついた。手で口を押さえていなければ、大きな嬌声が上がっていた。

十日ぶりの絶頂にふるふる震える藍は、音だけが心配だった。

「も……舜太郎さん。いれて、ください」

早く強い刺激がほしいのもあるし、彼に気持ちよくなってもらいたい。もったいないが、早く終わらせたい。目を覚ました花蓮が来ないとは限らなくて、ハラハラする。

「リクエストは嬉しいんですけれど、まだ足りないので、もうしばらく我慢してくださいね。僕も我慢してるんですよ」

「だめ。そこで、しゃべら、ないでぇっ」

目がちらりと合って、ますます羞恥心が煽《あお》られる。角度的に舜太郎の目付きが鋭く見えて、ときめいたのもあり、さらに感度が上がる。

尖《とが》らせた舌が、包皮に守られた過敏な秘粒にたどり着いた。期待が膨らみ、藍は口を押さえる手に力を入れる。

ちょんちょんと啄《ついば》まれただけで、ビリビリと淫らな快感が全身を巡る。

「んくっ」

「もっとしてほしいんですね？　ふふっ」

(だめだめだめ！　イっちゃうっ！)

器用に舌が包皮をつるんっと捲《めく》る。秘粒が空気にさらされたのは、ほんのわずかな時間だけ。舜太郎が口にして、大好物のキャンディーを舐めるように秘粒を舌で転がす。

「ぁっ。ふっ、……ぁんんん。ぃ……っ、ぃいっ」

ひくひくした蜜口を硬い男の指がくすぐり、埋めていく。二本の指は浅い場所にある好きなところを執拗《しつよう》に擦る。同時に秘粒をねぶられる甘い苦悶が、藍を溶かしていく。

「ぁぁあっ。ぁ、ぁ、きも、ち、ぃいっ」

「藍さん、声が大きいですよ」

「ごめ……なさ、いっ」

注意する舜太郎が強く秘粒を吸ったから、たまらず絶頂の高波にさらわれた。

「ア、ぁ〜〜〜〜――んんん」

強い快感が身体のあちこちで暴れる。長いクンニに耐え、解放されると、藍は新鮮な空気を大きく吸って吐く。強ばりが解れていくなか、肌にシーツが当たるだけで感じてしまう。

「可愛い。感度がいいところも可愛い」

「もうっ」

ちょっと怒ろうとしたのに、舜太郎が濡れた口を雑に拭う姿が藍の胸を撃ち抜いた。

(かっこいい……。わたしの旦那さま、かっこよすぎる。……いつもより色気マシマシ)

スキンを装着する前に、舜太郎は藍のむちっとした太腿を掴んで、ぬるぬるとした秘所の感覚をそのままの肉棒で味わっている。ぬちぬちと行き交うたび、いじめぬかれた秘粒を押されて、藍は慌てて枕を抱き寄せ口を押さえる。

「少し、枕を下げてください」

手早くスキンを装着しているときに、はぁ、と溜め息まじりで言われて、藍は困った。

「でも、声が……」

「大丈夫」

そうだろうか？　でも、近づく蠱惑的《こわくてき》な表情が藍に枕を下げさせる。大きくて熱い屹立《きつりつ》の先が、愛蜜だらけの蜜口にぷちゅっとくっついた。

（あ、来る。ゆっくり入って、くる。すご……。きもち、いい。声が、がまん……っ、でき、ないっ）

熱く蕩《とろ》けた場所に、膨らみきった太い亀頭がみちみちとやってくる。わっと身体が悦んで彼を迎える。

「あ……ふ、ぁぁんんん」

途中から慌てて枕で口を押さえる。

（声が、出せないぶん、敏感になってるの？　……すごく、感じちゃう～っ）

膨潤な蜜が溢《あふ》れる肉襞を、ぐちゅぐちゅ捲《めく》りながら愛を囁くように緩やかに突き進まれる。子宮口近い最奥をこつんと押されると臨界点まで体温が上がった。

「んんん――――～～～っっ」

舜太郎の付け根でぐちゅんと秘粒を潰された藍は枕を涙と涎《よだれ》で濡らす。

「ああ、そうやって締めつけて。おねだりが上手ですね」

「ま……っ、て、しゅ、た……」

激しすぎない抽挿で入り口と奥をぐりぐりかきまぜられて、声を殺そうと枕に押しつける。

「ふ――っ。ふ――っ。ん、く……。んぅ……。ふ、ぅ、ぁ、んんん」

「こんなもの取りましょうね」

枕を取り上げられてしまった。大きな乳房が空気でひんやりとする。ふるふると波立つ乳房を舜太郎が見たいだけなのだ。前に躍動感がどうのと言っていた。

「ゃ、ぁっ、しゅんたろう、さん」

枕がないので、唇を噛んで声を殺すしかない。

ぱちゅんぱちゅん肉をぶつける音を立て荒々しく追い詰められると、呼吸すらままならない。乳房が大きく揺すられてちぎれてしまいそう。でも、気持ちがいい。

大きな音を立てていたら、花蓮が起きるかもしれないのに。

「あ――。あ。ひ、ぅ……。ああッ。だめ、だぁ……めぇ、こ、え、れちゃぁぁうう」

「防音対策してあるから、大丈夫、ですっ」

奥をガツガツぱちゅぱちゅ穿《うが》たれ、お腹の奥がきゅんきゅんする。早々に深イキがやってくる。

「ふぁ、あ、きもち、いいっ。ふぁ、あ――～～」

「そのままイっててください。僕も、イきますから」

はっはっと短い息をして、長めの髪を乱している舜太郎の姿が涙で滲《にじ》んでいる。

「あ。ふっ。ん、んっ。んぅ、ん―――」

キスで口を塞がれた。シーツを掴んでいた手を舜太郎の首に回す。腰が浮き、ぐいーっと折り畳まれるように圧迫され、じゅっぽぐっぽと卑猥な音を立てるそこから蜜がお腹にも垂れてくるし、飛沫《しぶき》も上がっている。

(今日も、激し……。すき……。心が飛び出しそうなくらい、すき)

「すきぃ。しゅんたろさん、すき、すき」

「僕も、好きですよ。大好き、です――ッ」

頭から足先まで快感が突き抜けていく。最奥にがつっと当てられ、目をチカチカさせながら、藍はビクンビクンと真っ白な世界に堕ちていく。

存分に蜜洞を味わった肉杭が先から白濁を噴き出しながら、スキン越しにのたうつ。それが最高に気持ちいい。

余韻に浸っているあいだに、キスをたくさんしてくれる舜太郎も好きだ。藍もできる限りキスを返し、言葉でも好きだと伝える。

「……声、いっぱい出しちゃいました」

花蓮に聞かれていたら？　そう思うと恥ずかしさで消えてしまいたくなる。ふしだらな嫁だと軽蔑されたら？

「防音してあるって何度も言いましたよ。そうじゃなきゃ、家族が増えたときに困るでしょう？」

「え？　は？　……そ、そうですね」

家族が増える。『まだ子供がいないんだから、嫁じゃあないよ』――花蓮の声が脳裏に蘇《よみがえ》る。幸せだった気分が萎《しぼ》みそうになるのを堪えた。

「藍さん？」

「いえ、なんでもないですっ。その、お風呂に行こうかなと……」

「一緒にシャワー、浴びましょうか」

「それは」

舜太郎は、物足りないと汗が引いた乳房にキスを繰り返す。

（生理が始まったら、またしばらくできなくなるし……。わたしも、好きだから、もう一回だけ……いいいか）

そして、シャワーを浴びながらの二回目になった。くたくたになるまで愛されて、愛して。

◇◆◇

翌朝、元気な花蓮に叩き起こされた。よかった、ブラトップもパジャマも着ていて。ベッドメイキングもし直していて。でも、身体が重だるい。朝が弱い舜太郎は、まだ夢のなかだ。

「今日の朝ご飯はアタシが作ってあげてもいいんだよ」

「それじゃあ、お手伝いします」

ふくらはぎが筋肉痛になっていた。いくら鍛えている藍でも、二回目の立位がきいたのだ。舜太郎とのセックスになると、普段使わない筋肉や腰が痛くなる。知らないあいだに痛みが引いているから、一過性のものだろうとわかっているが。昨晩は激しく長く求められたから、今朝はとくに気だるかった。花蓮が朝食を作ってくれるのは素直に助かる。

主婦業も長い花蓮は、おふくろの味系の料理が得意で、しかも上品な味つけがおいしい。盛りつけ方も美しくて、料理本から飛び出したみたいだ。今朝はふっくらふるふるのネギ入りだし巻き玉子とこんがりとした鰺《あじ》の開き、秋の具だくさんお味噌汁。秋茄子の浅漬け。

このネギ入りの甘いだし巻き玉子は舜太郎の好物らしく、食べ盛りの年頃は二本も食べていたと花蓮が懐かしそうに話す。藍は作り方を教わってスマホにメモをする。

よく水を切った大根おろしは辛味が減るから、玉子焼きや旬《しゅん》の秋刀魚《さんま》に添えるといいと教わったので、今日の晩のメインは秋刀魚《さんま》にしようと決めた。

スマホアプリでネットスーパーを開いて秋刀魚《さんま》やほかのものを選んでいるのを花蓮が覗き込む。

「あんた、藍さん。買い物に行かないのかね？」

「たまに行きますよ。でも、今はお祖母さまがいらっしゃるので、家を空けるわけには」

「変な遠慮をする子だね。……よし、アタシが買い物を教えてやろうかね。鮮魚はとくにちゃあんと目で見なきゃあいけないよ。外商さんが持ってくる物に間違いはないけどね、百貨店には実物がたくさんあるんだから目の保養にもなる」

花蓮は自分のスマホのバーチャルアシスタントに「畠山に電話しとくれ」と命令をする。最新ガジェットを使いこなすお年寄りを見たのは初めてで、藍は目を丸くしかけた。が、昨今、高齢者のほうが使いこなしているのかもしれないと感心した。

そして、あれよあれよと、百貨店の開店時間に合わせて家を出ることになった。舜太郎を育てた祖母に断る言葉は出てこない。

まだ寝ている舜太郎には、スマホへメッセージを送った。『お祖母さまと買い物に行ってきます』と。

花蓮お気に入りのハイブランド店で、花蓮があれこれ自分の物を買う。藍が買うには高額すぎるし、自分にはハイブランド品を持てる品格がないと思っているので、特段買うものはない。それでも、目が舜太郎に似合いそうなものを探してしまう。

現在働いてない専業主婦の身なので、貯金はあまり使いたくない。でもあのネクタイが似合いそうだ。でも、あれ？　当初の目的は晩ご飯の材料の買い物ではなかったか？

「藍さんは、あれかい。ワンピースやドレスは着ないのかい？　パーチーでもパンツルックかね？」

「パーチー、ですか？」

「そうさ、舜太郎の仕事でパーチーに同行したり、記念日にパーチー開いたりするだろ」

(ああ、パーティのことね)

スランプ真っ只なかの舜太郎は、表に出るのを控えていた。今は、代理で君島が表に立ってくれている。

「お呼ばれワンピースで、ふたりでレストランに行くくらいです」

藍の交友関係はほとんど都心の人たちで、地元での付き合いはあまりない。舜太郎の交友関係もまだよく知らない。お互いまだ知らないところだらけ。夫を知るのは、この先の楽しみでもある。

だけど、なにかのときのために友人名簿くらいは交換しておいたほうがいいだろうと考える――そばで、花蓮が皺《しわ》くちゃの顔をカッ！　とさせて驚いている。ちょっと怖い。

「ありさっちはパーチーばっかりだったし、ほかの嫁や婿も孫たちも年に何回かはパーチーを開いているぞ」

（それは、生まれ育ちが違うからでは？　生まれも育ちも庶民のわたしには無理です～）

「急なお呼ばれがあってもいいように、ドレス買ったる。別に藍さんのためじゃなくて、舜太郎のためなんだからね！」

「え、ええ？　ご厚意だけで大丈夫です。ほんとうに」

腕をぐいぐい引っ張られ、デパート内にあるドレスやお呼ばれワンピース専門のショップに連れていかれた。ブライダル系サイトで名前をよく見かける有名店だ。花嫁のカラードレスやブライダルメイトのドレス、音楽発表会用の華やかなドレスからシックなドレスまで揃う、らしい。

「ありさっちは日本に帰るとよくここを使っているんだよ」

ありさっちが亜里沙で、舜太郎の母親だとようやく気がついた。嫁と買い物をするくらい仲がいいのだろう。藍はまだ亜里沙と直接会っていないのだが、オンラインでは何度か会っている。

「いらっしゃいませ」

洗練された店員に案内される。白いウェディングドレスに囲まれた商談スペースには、すでに相談中のふたり組の女性がいた。奥にあるＶＩＰルームに案内されて、藍は腰が引けそうになる。

「野暮天の孫の代わりにアタシが揃えるからね」

「落ち着いてください、お祖母さま」

「なんだい？　いつあの世に行くかわからないばーさんの頼みだよ。聞くのがスジだろが」

（そのスジ、めちゃくちゃですけどっ）

「店員さんや。この子に既製品のドレスでいいから、いくつか見繕《みつくろ》っちゃくれないかね。頭から足先まで。……ああ、あとジュエリーはアタシが選ぶから外商さんを呼んでおくれ」

「お祖母さま、ほんとうに、落ち着いてください。まずは、お茶をいただきましょう」

藍の懇願が通るはずもなく、着せ替え人形になって数時間。ヘトヘトになってしまった。が、三名のショップ店員にも同じくらい疲労が見えていた。

藍が気に入ったものを、と言いながら、しっかり花蓮の好みが入っている。エレガント、フェミニン、シック、セクシーの四タイプ四着。よくここまで絞れたものだ。

花蓮はすこぶる上機嫌で元気だ。

デパートを出ると、とっくに夜になっていた。

スマホには舜太郎からメッセージが何件も入っていた。『返信できなくてごめんなさい。今から帰ります』――そう送信して、ご機嫌な花蓮に気づかれないよう、そっと溜め息を吐いた。

パワフル、エネルギッシュ、ハイテンション、ツンデレなどと評される花蓮と付き合うには、同じくらいテンションを高めなければいけないのかもしれない。

「舜太郎はほんとうにボンクラだよ」

高価なアクセサリーまで買おうとしたから、アクセサリーをつけるのは苦手だとやんわり断った。

「わたしには結婚指輪が……舜太郎さんと一緒に選んだペアリングが最高のジュエリーなんです。

惚気《のろけ》てしまって、すみません」

花蓮の視線の先は、藍の左薬指で光るチタンの結婚指輪だ。

チタン製のリングと同時にプラチナのリングも舜太郎の友人の工房で作ってもらっている。プラチナリングは、打ち合わせを繰り返してデザインと刻印を決めた世界でたったひとつのフルオーダー品だ。エンゲージという意味を強く意識した舜太郎があまりにも熱心だったので、友人の職人魂に火がついた。その結果、プラチナのリングの工期は通常より長くなってしまい、仕上がりの予定は春頃だ。が、出会った季節にできあがるのは楽しみでもある。ほかにもチェーンやシリコンのリングも藍の宝物。藍よりも舜太郎のほうが悩んでこだわっていたのも含めて藍の自慢だ。

「はん！　藍さんはいい嫁だね」

言葉とは裏腹に花蓮の態度は怒っていたので、藍は目をしばたたかせた。

「……な、なんでもないよ！　ちょっと心の声が漏れただけだよ」

「は、はぁ」

（ツンデレを拗《こじ》らせてるって、こういうこと？）

車外の流れる景色に目を向けた花蓮は、少し元気がなさそうだった。そういえば、お祖父さまはどうしているのだろう？

「都心ってのは、来るたびに姿を変えていくね。アタシは戦争で焼け野原になったのを子供の時分に目《ま》の当たりにしてるからさ、成長と停滞、衰退と再開発で目まぐるしく変わる景色が苦手なんだよ。歴史ある建造物は姿を変えないけれど、友達の家、好きだった店、おいしかったレストラン……そういった個人の歴史が消えていくのが悲しいんだねぇ」

ああ、と藍も同意する。仕事を辞めたこの半年で好きだった店が閉店して、ファストファッション店になっていたのは、切なくなった。

世の流れは諸行無常《しょぎょうむじょう》。古くからある寺社仏閣ですら最新のコンピューターや技術を取り入れているのだから、変わらないものはなにひとつない。

「国内の美しい景色をこの目で見て、その歴史を絵に残したかったのかねぇ」

独りごちるようなそれ。小柄なお婆さんの背中がとても小さく見える。「でもねぇ」と続ける。

「美しいものを実際に見て描くのがアタシの流儀だ。たとえ空想でも、しっかりと捏《こ》ねれば造形に足り、本物になる。それでもね、目を養う必要はあるんだ。芸術は目と心を養うことなんだよ。……画家や作家ってのは、想像や空想を捏《こ》ねて捏《こ》ねてからリアリティを足すために取材をするものさ」

「それで日本中を引っ越ししているんですね」

「そういう意味もあるけど、それだけじゃない。一か所に留まりすぎるとアタシが止まっちまう気がするんだ。新鮮な気持ちってのは、鮮度が高いうちにしか味わえないからね」

待つのを嫌う花蓮らしい言い分だ。

それなら、藍はどうだろう?

(考えたこともなかった。毎日が新鮮で、発見が多いから?)

新鮮味がなくなると、どうなるのだろうか。毎日がつまらなくなって、不満を感じたり、嫌になったりする？　舜太郎に対して、あれこれ文句をつけて、自分が思うように動いてくれなければ、腹を立てるのだろうか？　言葉やコミュニケーションが減って、互いを厭《いと》うようになってしまうのだろうか？

（舜太郎さんに嫌な思いをさせないように、心がけなくっちゃ。言い方や態度もそうよね。気をつけよう。関係が崩れかけてからじゃ、直すのが大変なんだもの）

ちょっとしたことでもお礼を言う。クッション言葉を上手に使って、お互い心地よくすごす。舜太郎、君島、畠山夫妻、両親、友人をよく観察して、相手を思いやる。どんな気持ちになってほしいのかを。

お互い思いやり合えばいつまでも新鮮さを保てるのかもしれない。新鮮と刺激は違うのだ。そうして成熟していけば、息がぴったりな夫婦になれるだろう。両親や畠山夫妻、君島夫妻のように。

（これまで想像や空想って、あまりしなかったな。結婚するまで人間関係で悩んだりしていたけれど……。舜太郎さん、君島さん、聖子さんたちといい関係を築けていられるのは、みんながわたしのことを想像……想って、言葉にしてくれて行動してくれているからよね）

家に着き、リビングに入ると、しっかりとした感じのお爺さんがいた。かなり高齢のように見えるが、白髪をふんわりとしたオールバックに整えていて上品だ。彼も舜太郎と同じで和服を着こなしている。落ち着いた柿色の着物に苔色《こけいろ》の帯が素敵だ。

「な、な、流さまぁっ」

花蓮が素っ頓狂な声を上げて、バッグや紙袋を落とす。まるで、推し芸能人に会ったかのように、花蓮は〈はわわ状態〉だ。しっかりメイクした皺《しわ》のある頬を赤く染めている。血圧は大丈夫だろうか？

「花蓮ちゃん。迎えに来たよ。帰ろう？」

お爺さんの後ろで立っている舜太郎の口がパクパク動く。『僕の祖父です』と。

なるほど。夫が迎えに来てくれたのか。それなら、なんらかの理由があって花蓮が家を飛び出したのだ。激情型で行動力と体力のある花蓮らしい。

「ア、アタシは、流さまが謝ってくれなきゃ帰らないいんだからねっ」

花蓮はニヤつく顔をぷいっと横にする。しかし、目は最愛の夫に向いている。

流は「そんなに怒らないで」と微笑みながら、花蓮の皺《しわ》くちゃの手を取った。

「ごめんよ、花蓮ちゃん。ぼくを看取りたい気持ちはわかるけれど、ぼくは花蓮ちゃんをひとりきりにしたくないんだよ。……家出してみて、気持ちは変わったかな？」

終活生らしいケンカだ。ツンデレを拗《こじ》らせている花蓮はなかなか素直になれなくて、口をもごもごさせている。

「ひ、ひとりじゃなかったし？　息子と娘、婿と嫁、孫たちがいるし？　寂しくなかったし？　別になんでもないし？」

中高生かな？　と、心のなかでツッコんだが、花蓮がパワフルなのは、心が若いからだろう。そう思うとあらゆる点で納得できる。

「じゃあ、ぼくといなくても寂しくないね？　ぼくは残り少ない余生を花蓮ちゃんと過ごしたいよ？　それでも、花蓮ちゃんはひとりを選ぶの？」

「ンンッ！　そんな言い方、卑怯だよ。……そ、そんなに言うなら、帰ってあげてもいいんだから」

心《ハート》にクリティカルヒットしているなら素直になればいいのに。

「花蓮ちゃん。帰ってきてよ。ぼくは花蓮ちゃんがいなくて寂しいよ」

流が腕を広げる。花蓮はぶわっと涙をためて、ひしっと抱きつく。

「流さまのばかばか！」

「うん。うん。ごめんね？　花蓮ちゃんが大好きだからね。来世でもそのまた来世でも。愛してるよ」

老夫婦になっても、花蓮の夫は気持ちを言葉にしている。驚きよりも、羨《うらや》ましさのほうが大きい。

舜太郎が歩いてきて、藍の肩を抱く。そして、そっと耳のそばで話す。

「しばらくふたりきりにしてあげましょう」

バリトンに耳をくすぐられ、体温が高くなる。まだまだ新婚の藍は、舜太郎を好きになるいっぽうだ。

「はい」


アトリエで舜太郎がインスタントコーヒーを淹《い》れてくれたので、藍は今日配達されたのぞえの菓子パンをトレイに並べる。

舜太郎は「はい」と、大好物のこしあんパンを半分にして渡してくれた。ぱくりと口にすると、食べ慣れたこしあんパンの甘さが疲れた身体においしい。

「どっちが先に逝《い》くかで喧嘩になったそうです。それでお祖母さまが尾道《おのみち》の家を出て、姫路、大阪、神奈川、茨城と息子や娘の家を渡り歩いて、東京の本宅に一旦戻ったようなんです。そこからここに来て一週間。正和さんがお祖父さまに逐一報告をしていたみたいです。僕が三日前に電話したときすでに、お祖父さまは細かく知っていたんですよ」

正和さんは、運転手の畠山だ。

「お祖母さま、ご健脚ですね」

「精神も若いんですが、内臓年齢は六十代後半らしいです」

舜太郎は苦笑いをし、「まだまだ元気でいてもらいたいです」と言い添えた。

「お祖父さまに迎えに来てくださいと、お願いしたんですよ。でも、最後の大喧嘩だから水を差すなって返されたんです。……お祖母さまに猛省してもらいたかったのでしょうが……。僕としては長引くと藍さんとの時間が減るので、サクッと仲直りして帰ってもらいたかったです」

気持ちは嬉しいし、わからなくもないが、そこまで邪険にしなくてもいいのではないだろうか？

「藍さん、こっち」

舜太郎が膝をぽんぽんと叩いて座れ、と言っている。藍はおずおずとその膝の上にお尻を乗せた。ぎゅっと抱きしめられ、うなじに顔を埋められると、かあっと熱が急上昇する。

「藍さん不足です。このところ、筆も進まない。個展まであとわずかなのに」

藍は腰を捻り、舜太郎の整った顔を見下ろす。シャープなラインの頬を両手で包み、ちゅっとキスをする。

舜太郎がふわりとはにかむのが心地いい。

「エネルギーチャージ、です。わたしも来月頭にシティマラソンに参加するので。舜太郎さん不足だと完走は難しいかも」

ふふっと笑うと、舜太郎が藍の柔和な頬を大きな手で包む。軽くキスをされて、目を合わせてくすくす笑いながら、小鳥のようなキスをし合う。唇をくっつけて、離れて、啄《ついば》んで、戯《たわむ》れる。すると、どちらからともなく唇同士をくっつける時間が長くなった。

ぺろりと唇の薄い皮膚を舐められて、唇と口内の際をさぐられ、くすぐったくて自然と腰がくねる。

これ以上深いキスになると……

離れた母屋のリビングに花蓮と流がいる。いつ彼らがこちらに来るのかわからないから、藍はやんわりと舜太郎の胸を押す。

「舜太郎さん。もう、おしまいにしましょう？」

「いいんですよ。見せつけてやれば」

「舜太郎さんは、よくても、わたしが……困ります」

話しながらお互いの口内を舌でまさぐり合う。

「……藍さん、少し悩んでいましたよね？」

「え、まあ、はい」

「夫の僕にも言えませんか？」

「あの……。悩み、というか。舜太郎さんは……苦手、ですか？　その、子供、というか……」

遠回しな言い方になればなるほど、妙に気恥ずかしい。

「子供？　普通ですよ。姉や妹、いとこたちの子供が屋敷中を走り回っていると、子供の頃を思い出しますし、小学校中学校の講演会でもキラキラとした子供たちと交流するとエネルギーをもらえます」

「え、意外」

聞いておいて驚く。舜太郎が子供たちに囲まれているのがうまく想像できない。それでも、うんと考えると、元気な子供たちと優しく微笑《わら》う舜太郎が頭に浮かぶ。人付き合いにも想像力は不可欠だ。さっき教わったばかり。

藍は深呼吸をひとつしてから、重たい口を動かした。

「……お祖母さまがおっしゃっていました。子供がいないうちは嫁ではないと」

「あ、ああ、あれですか」

舜太郎が笑ったから、藍は目を丸くする。

「あれは、まだ恋人みたいな間柄でいなさいっていう意味なんですよ。お祖母さまはツンデレを拗《こじ》らせていると言いましたよね。天邪鬼《あまのじゃく》なんですよ。妖怪じみていますし」

「それはひどい言いようでは？」

「一緒に育った従弟《いとこ》は、妖怪クソババァって呼んでますから大丈夫です」

「はあ」

花蓮に育てられた孫たちは容赦ない。

「まだ結婚して半年ですから、僕も恋人みたいな甘い関係でもいいかなと思っているんです。家族計画について、話し合ったことはありませんでしたね」

「家族計画……」

ボッと赤くなる。今更のような気もするが、夫婦なのだから、ライフプランを話し合うべきなのだ。なにひとつやましくないはず。だが、イコールセックスだから、赤くもなろう。

「そうですね。神さまの授かりものなので……、妊娠しやすい日以外はナシでもいいですか？」

「え、そんな。そのほかの日はしないんですか？」

とっても残念だ。たしかに毎晩しなくてもじゃれ合って寝る日があってもいいと思う。でも、排卵日前後にだけというのは極端ではないか？　子作りに応えてくれるのは嬉しいのだけれども。身体で愛し合うのも好きになっていたのに気づいた藍は、心中複雑だ。

くすくす笑う舜太郎が藍の頬にキスをする。

「行き違いがあったみたいですね。妊娠しやすい期間以外は、藍さんにこれ以上ない情熱を注ぎたい、という意味です」

「……は、はい？」

「つまり、排卵期以外は」

彼の目の奥がぎらりと光った気がした。

「藍さんのなかにたっぷり愛も欲も注ぎます」

どきんっと跳ねた心臓が、きゅううんっと鳴く。間近にある顔にときめく。よく響くバリトンも藍を簡単に篭絡《ろうらく》させる。

「いいですよね？」

「……そんな、聞き方、ずるいです」

くすっと笑った色香が藍をうっとりさせる。

キスを再開しようとしたとき、アトリエの扉が開いた。……お約束だ。

舜太郎が思い切りがっかりしたのが可愛らしくって、ふふっと笑った。


「悪かったね、藍さん。明日、埋め合わせするからね」

「埋め合わせって。お祖母さま、言葉が違いますよ」

「黙りゃ、舜太郎。アタシにはね、藍さんを連れてかなきゃならない場所があるんだよ。明日の朝八時に迎えに来るからね。用意して待ってなさいよ」

（朝八時って、また早い時間。舜太郎さんと朝ご飯を食べられない……。でも、お祖母さまと出かけるのも楽しい、かな？）

晩ご飯を花蓮と流と四人で食べる。年を重ねた分だけ強く太くなった絆《きずな》がある花蓮と流は、言葉を交わさなくてもやり取りできていて羨《うらや》ましい。お茶やごちそうさまでしたのタイミングもぴったりだ。流が花蓮のイスを自然に引くのも素敵だ。超熟年カップルだけど、太い絆《きずな》と深い愛情があるのが空気感で伝わる。

待ちわびたふたりきりの夜。だけど、生理が来てしまった。予定どおりだし、体調がいい証拠なのだろうが、今日じゃなくてもいいのに、と藍は残念がった。

舜太郎は普段どおりだったが、内心では残念だと思っているだろう。そうだといいな、と思う藍だった。

9　恋人以上、夫婦以上です

花蓮と流がラブラブで帰宅した——翌日。

きっちり朝八時に迎えに来た花蓮に連れられて、向かったのは、凰綺日涛の屋敷だった。

まさか、舜太郎の師匠の家に連れてこられるとは思っていなかったので、藍は焦った。

（心の準備がっ。……よかった、カジュアルすぎない服で。手土産は……？　手ぶらだ！　せめて挨拶の言葉を考えなきゃ）

凰綺のプロフィールや来歴、代表作をネットで調べて暗記していたはずなのに、真っ白になっている。ガチガチに緊張していると、隣の花蓮がフフンと笑う。

「そうかしこまらなくていいんだよ。ニットーちゃんは、アタシの友達なんだからさ」

（でも、舜太郎さんの先生ですよぅ）

そう、舜太郎を奈落の底に叩き落とした、恐怖の師匠だ。気難しい人物ではないと聞いているが、藍は舜太郎びいきだから身構えてしまう。

閑静な高級住宅地の一角で、畠山が運転する高級国産セダンが静かに止まる。

見上げたお屋敷は、打放しコンクリートのインダストリアル風で道路に面する壁には窓がない。

竹で囲われた奥まった玄関へ花蓮が向かう。現代的でスタイリッシュであるものの、無機質で工業的。日本画と結びつきにくい。ここが有名な日本画家の本宅なのだろうか？　と、藍は戸惑っていた。

大きな玄関扉が自動で開くと、玄武岩で作られた広々とした玄関へ足を踏み入れる。するとそこには、作務衣《さむえ》を着て、頭を丸めた貫禄のある六十代くらいの気難しげな男性がいた。まるで大寺院の住職のような佇《たたず》まいだ。

花蓮が破顔し、大きく腕を広げてハグをする。

「ニットーちゃん、久しぶりだね」

ニットー？　凰綺日涛？　舜太郎の師匠の？　――まさか本人がじきじきに出迎えてくれるとは思ってもいなかったので、不躾《ぶしつけ》にじろじろ見てしまった。

「花蓮先生。本日もお麗《うるわ》しい。流先生がいつまでも手放さない永遠の牡丹《ぼたん》だ。そのお嬢さんが舜日くんの奥さん？」

渋く太い声は張りがあり、凰綺が自信に満ちているのだと知らしめる。まさに貫録！　という雰囲気に圧倒されそうになる。

藍は姿勢を正して、深々とお辞儀をする。

「はじめまして。春に結婚しました、湖月藍と申します。ご挨拶が遅れて申し訳ありません」

「はじめまして。よろしくね、藍さん。気に病まないでいいよ。舜日くんの手前、新妻が独断で動けないのはわかってるから」

差し出されたグローブのような手と握手をする。目元が緩むと、凰綺の気難しさが少し和らぐ。

な存在。
が、藍の緊張の糸はピンと張ったままだ。彼は、舜太郎を傷つけた張本人で、藍にとって敵のよう
凰綺に案内されて、内庭に面した開放的な廊下を歩き、墨色の畳が敷かれた客間にお邪魔する。
モダンな客間は、茶室も兼ねており、凰綺が丁寧に立ててくれた抹茶をご馳走になった。
「藍さんにだけは、ニットーちゃんの心の内を知っといてもらいたかったんだよ」
花蓮の視線が促《うなが》す先には凰綺がいる。凰綺は微笑むのをやめて居住まいを正し、藍に向き直る。
「舜太郎くんが一年ほどスランプだと花蓮先生から聞きました。ぼくの言葉に傷ついていましたか
ら、それがきっかけのようですね」
舜太郎の作品の〈旭日〉と〈落陽〉を見た凰綺は『鼻につく。ぼくは嫌いだね』と、舜太郎本人
の目の前で斬り捨てた。
「あのままの作風では、コンピュータで描いた絵に負けてしまう。肉筆にしか出せない、たったひ
とつの、やり直せない刹那《せつな》の美しさを描いてほしい。そういう親心から舜太郎くんを突き放したん
ですよ」
獅子は我が子を千尋の谷に落とすという。さらに成長してほしいと願ってわざと厳しく指摘した
と話す。でも、加減なしで厳しくしたら、心が折れるのも道理。
分別ある年齢なのに、人格を傷つけるように指導したのは、思いやりと配慮に欠ける。舜太郎は
とくに感性が鋭いから、よけいに。
その思いを顔に出さないように注意しつつ、藍は頷く。第三者が感情的になったら話がこじれて

しまう。それに、わざわざ話してくれるのだから凰綺の言い分を聞かねば。

「そうだったんですか」

「口調が強すぎたのは師として至らないところでしたが、正直に伝えたのは悪いと思いません」

(わたしにだけは知ってほしい、ということは、凰綺先生から舜太郎さんには話さないし、わたしからも舜太郎さんに話すのはよくないのよね？　それならどうして打ち明けてくれるの？)

再来月には十周年記念の個展を開く。凰綺は、それまでに新たな〈旭日〉と〈落陽〉を描かせたいのだろう。影日向になって支えろと暗に言っているのだ。

どうやって支えればいいかわからない。藍には芸術の良し悪しがわからないし、素人が口を出す世界ではない。具体的にどうしたらいいのか。

毎日好きと伝えること、と以前彩葉からアドバイスをもらったが、ほんとうにそれだけでいいのだろうか？

「お祖母さまからお聞きになっているかもしれませんが、わたしは美術の成績も並で、絵画に関して素人以下です。そんなわたしが、舜太郎さんの支えになれるでしょうか？」

どう答えるだろう。一抹の不安がある。

凰綺はしばらく黙ったあと、複雑な笑顔で藍を覗き込む。それは、どこかで見たことがある表情だ。

とっても近しい人が『心配しているけど、きっと大丈夫』と、信じて勇気をくれる――、そう、ランドセルを背負ったばかりのときに、高校受験の日の玄関で、大学受験が成功しひとり暮らしをしようと荷造りするときに、弓香と弘行が藍に向けてくれた表情に似ている。

「むしろ、藍さんじゃなきゃだめだね。絵はね、心と感情で描くんだよ。精神がぐらぐらだったら、まともな線ひとつ描けやしない。描き直しできないから神経を弓のようにキリキリ張り詰めさせて筆を走らせる。集中力がものをいうんだよ」

集中力。落書きや手慣らしを描いているときは喋りながら作業をすることもあるが、水墨画と日本画になると舜太郎に藍の言葉は届かない。外界をすべて断絶して、そら恐ろしい迫力で筆を走らせている。

絵画を描いたあとの舜太郎は、ぐったりとしていた。

いわゆるゾーン時間を使い果たした舜太郎は、その後エネルギー摂取をし、再び世界に背を向けて絵を描き続ける。納得の一枚になるまで藍は思考の隅にもいない。舜太郎はひとりの世界で、愛する孤独のなかで、ひたむきに描き続ける。

「舜太郎はニットーちゃんに破門されたと思い込んでるからね。……かといって、この話を舜太郎に聞かせたら、せっかく足掻《あが》いた経験が無駄になる。だから、藍さん、あんただけには知ってほしかった。あんたなら支えられるよ」

舜太郎は変わったから、と花蓮は言う。

「角が丸くなったというかね。あれは変わり者だから」

「舜日くんは幻獣みたいなところがありましたからね」

パワフルで激情型の花蓮でさえ、孫を変わり者と言う。

「幻獣？　ええと、ユニコーンやドラゴンですか？」

「そうだね。現実味がなくて捉えどころがないっていうわけじゃなくてね。なんというかね、妖怪でも妖精でもない。異彩を放っているんだよ。芸術にたずさわる人間のほとんどが変人奇人だけどね。彼は違う。天性の素質というのかね。羨《うらや》ましいよ」

凰綺は快活に笑って頭をぺちぺち叩く。

「舜日くんと仲良くなろうとして、心に一歩足を踏み入れる。だけど、彼は心の奥に隠したなにかを守るために、引いてしまう。そして、それ以上踏み込んでくれるなと、こちらの善意や悪意を躱《かわ》してしまう。ともすれば、舜日くんは心を閉ざす。誰でも心の柔らかいところに足を踏み入れてほしくないものだから、気持ちはわからないでもないけれどね」

「舜太郎は心のなかに絶対的な聖域を持っているんだよ。藍さんなら、そのなかに入る許可をもらえるんじゃないかね。もしくは、もう許可されているんじゃあないかい？」

舜太郎の心のなかには、美しい天女の夢望《ゆめみ》がいた。藍は、どこをどう見たらあの美人画と自分が似ているのかわからないが、『藍さんに出会うために夢望《ゆめみ》を描き続けていた』と告白されたら、頷くしかない。舜太郎を信じているし、信じたい。いいや、信じるのだ。舜太郎が藍を信じて愛してくれるように。

描き続けた夢望《ゆめみ》の絵は、誰にも見せたことはない、と話していた。大切にしまいこんでいた宝物を見せてもらえたのだから、その信頼に応えたい。

（一方的に支えるんじゃなくて、信頼して信用する。凰綺先生も信じよう）

凰綺のなかには若き芸術家を羨《うらや》む気持ちがあったかもしれない。才能に嫉妬していたかもしれない。

でも、この場にない言葉の裏の感情は排除する。そうしなければ、さっきまで敵だった男を信じられない。

舜太郎が師と仰ぎ慕っている人だ。芸術家としても人格も秀でているから、自分に正直な舜太郎が弟子入りした。そして、その言葉に打ちのめされるほど心酔している。

ならば、藍も凰綺を信じたい。敵だと恐れる必要はない。

「舜太郎さんの信頼に応えられるよう努めます。それから、個展まで……いいえ、個展が終わっても、舜太郎さんを信頼して気持ちに応えられるよう努力します。出会ってまだ日が浅いので、お祖母さまと凰綺先生になにかと相談するかもしれませんが、そのときはどうか、わたしの話を聞いてやってください」

藍は両手をついて、花蓮と凰綺に深々と頭を下げた。

それから、日々はいつもどおり穏やかで。

信頼するとは言ったけれど、お母さんになるつもりはないから、世話を焼きすぎないようにする。

それが難しく思うのは、凰綺の真意を知ったせいか、母性本能がくすぐられるからだ。

(舜太郎さんは舜太郎さん。わたしはわたし。わたしの目標はわたしのもの)

いよいよ迫る、シティマラソン女子の部。完走を目指して、藍は藍でフィジカルトレーニングに集中した。

そのシティマラソン女子の部は無事に完走。舜太郎と君島家族、両親、花蓮と流から声援をもらえたのがよかったのか、去年よりもタイムがうんと縮んで、ベストタイムに近かった。――学生時代のベストタイムを上回るのは難しいかなと思ったが、歳をとってなおベストタイムを更新する人たちもいるのだから、次回の課題にする。家族が増える可能性が無きにしも非《あら》ずだから、来年の参加がどうなるのかは神のみぞ知る、だ。その日まで鍛えるのを怠《おこた》らないようにする……無理のない範囲で。

しっかりと休んで身体をいたわり養う。スポーツと芸術は一見正反対だが、実はよく似ているのではないか、と気がつく。

藍には遠い世界のスポーツだが、フィギュアスケートやアイスダンス、新体操などの芸術競技がある。芸術競技の世界に身を置く選手や愛好者は、バレエや音楽など芸術をベースにしている。それに、身体を動かすときにノリのいい音楽を聞いていると、動きがリズミカルになる。

なるほど、日々にこうして取り入れるのなら、芸術の勉強も苦ではない。わかりやすいとっかかりを作り、名画の歴史と背景を知ってみよう。舜太郎を支えるのに役に立つかもしれないし、教養が増えるのはいいことだ。

目と心を養い、精神に余裕を作る。心が苦しくなるとスポーツや趣味に打ち込めない。そして、相手の思いを想像しながら人付き合いを円滑にして不要にストレスを溜め込まない。

（なかなか実現は難しい）

なにもかも思うようにできる人間は少ない。

舜太郎もそうだ。苦悩して、足掻《あが》いて、もがいて、現状を打破しようとしている。

再び、房総半島のコテージに泊まり込んで、朝日と夕日をふたりで眺めた。前と違ったのは、舜太郎と他愛もない話をしながらリラックスして海岸を歩いたことだ。資料用に撮影した写真や動画には、笑顔の藍や舜太郎が映り込んでいるものが多い。

舜太郎は、そのときに拾った貝殻やガラスの欠片《かけら》を入れたキャニスターをよく眺めていた。大切な宝物を愛でるように目を細めて。

秋色が強まってきた涼やかな夜、食後に話があると改めて言われた。

「藍さん。お願いがあるんですけれど、聞いてもらえますか？」

少ない舜太郎の願い。力になれるならなんだってしたい。

「個展の最終日に打ち上げパーティをするんです。お世話になった方々や同業者、アートディーラーを招いて、お礼と感謝をのべるくらいのカジュアルなパーティになります。これまでは君島に一任していたのですが、藍さんに手伝ってもらいたいんです」

（カジュアルって……。舜太郎さんを支えてくれた人たちに失礼がないようにするのは、大任だわ）

「もちろん君島もいますから、そう肩に力を入れなくても大丈夫です。藍さんになら簡単ですよ」

「ご期待に添えるようにしますね。舜太郎さんのお願いですから頑張りますっ」

「よろしくお願いします」

ふふっと笑う舜太郎の目元が優しい。信頼してくれている、愛してくれているのが伝わってきてとても嬉しかった。

藍は、半年前に君島が出したパーティの招待状と出欠の再確認、パーティ会場になるホテルでの打ち合わせで忙しくなった。仕事をしている感覚になったのは久々だったが、充実感がある。

(やっぱり外で働こうかな。お母さんと一緒で、じっとしていられない体質なんだわ)

〈パンののぞえ〉のパンの配達から事務作業、家事をこなす弓香も充分パワフルだといえよう。

家のリビングでタブレットPCを使い、招待客の名前と顔を覚えようとする。

珍しく君島が紅茶を淹《い》れてくれたので、藍は「ありがとうございます」と言ってひと息ついた。

「奥さま」

「あ、はい。なんでしょう」

君島は一通の洋封筒を手にしていた。宛名はない。

君島も舜太郎も、藍が凰綺と会ったのは知っている。でも、話の内容まで教えていないし、舜太郎も聞こうとしなかった。

「去年、私が凰綺先生からコメントをいただくことを提案したんです。その結果、舜太郎さまは深く傷ついて、筆をおいてしまいました」

仕事中は冷静沈着でスマート。いつもは表情が乏《とぼ》しい君島の顔に、後悔が濃く浮かんでいる。

「……はい」

「奥さまと過ごすうちに舜太郎さまの傷が癒《い》えて、前よりもすっかり丸くなりました。作品にもいい変化が表れたと思っています。すべて、奥さまのおかげです」

君島はずっと後悔を抱えていた。

だけど、君島が提案しなくても、いずれ凰綺は舜太郎を千尋の谷に叩き落としただろう。

凪《な》いだ感情で想像できるのは、藍もまた成長したからだ——と思うようにした。

「わたしひとりじゃありません。舜太郎さんが作品に集中できるように、君島さんが雑事をすべて片付けてくれるのが一番大きいんです。……夏の件では、君島さんに頼ることが多かったのに、なんのお返しもできていないのが、心苦しいですが」

夏の件——久豆原が起こした藍への迷惑行為と舜太郎への脅迫、誹謗中傷《ひぼうちゅうしょう》。スピーディに示談がまとまり終わったのは、君島が陰でたくさん働いてくれたから。

それを思うと、君島の妻であり、心友になれた彩葉に申し訳ない。何度謝罪してお礼を尽くしても足りない。だから、少しずつ返していくつもりでいる。

「君島さん。ほんとうに、いつもありがとうございます。……わたしが、そのお手紙をお預かりしてもいいでしょうか？」

「はい。よろしくお願いします」

きっと、封筒の中身は招待状だ。たったひとりに送れなかった、招待状。

受け取ると、君島は深々と頭を下げた。生真面目な君島は相当に苦悩したと察せられる。舜太郎の兄弟であり親友として。

（わたし、君島さんが羨《うらや》ましいのよね。男同士の深い友情って憧れるもの）


その日を境に、藍も慌ただしくなった。

「ただいま」

「おかえりなさい。ごめんなさい、ご飯を作っている途中で」

藍はコンロの火を止めエプロンを取って、ダイニングに顔を見せた舜太郎に手を差し出す。鞄をもらおうとしたのだが、ぎゅっと抱きしめられた。

「わたし、お鞄を預かろうとしたのですけど」

「あ。ハグかなって思ってしまいました」

ふふっと柔らかい声。このところまた忙しくなって、お互いにお互いが不足がちだ。

「晩ご飯はシチュー、ですね」

「はい。今日はちょっと肌寒かったので、シチュー解禁です」

「手洗いとうがいをしてきます。藍さんのシチュー、初めてなのでとっても楽しみです」

ダイニングテーブルにサラダ、秋鮭とキノコのソテー、ちょっとつまめるチーズ、巨峰などを彩りよく準備し終えた。あとはシチューを温め直しながら、藍が手捏ねしたパンを食べる直前に焼こうと準備する。

戻ってきた舜太郎がキッチンを覗いてきた。座っていてもいいのに。

「いつもみたいに帰宅コールがあったら、お待たせしなかったんですけど……」

「謝らないでくださいよ。僕は夕食を作ってくれる藍さんを見たかったんですから。なにもお手伝いできなくて申し訳ない」

そう話す舜太郎の視線はほうろうの鍋に注がれている。そして、ぐぅっとお腹の虫が鳴く。ぷはっと藍が吹き出すと、舜太郎は恥ずかしそうに目を瞑《つぶ》る。お腹を空かせていて、羽織を脱ぐ手間を惜しんだようだ。完璧にかっこいいのに、こういう少年さが可愛いと思う。

「ちょ、舜太郎さんっ。火を使ってるので……っ」

背中から抱きしめられ、照れるのは藍になった。

「藍さんも一緒に照れてください」

変な理論だ。抗議の意味を込めて見上げたが、穏やかな瞳と目が合うとそんなものは消えてしまう。

（……料理中だけど、キスしてほし……）

と思っている最中に、ちゅと軽くキスをされた。

「お腹が空いていますが、藍さんも食べたくて飢えています」

微笑んでいる彼の目には、熱っぽさがある。明日の完全オフの日は、舜太郎にゆっくりしてもらおうとおうちデートにするつもり。それに、藍も舜太郎不足だ。愛情を言葉と態度と身体でほしいと思うのは、欲が深いだろうか。

食後はキッチンの片付けを進んで手伝ってくれた――もっと欲深い舜太郎に、明け方までしっかり激しく愛された藍だった。

SIDE　舜太郎

十一月朔日《さくじつ》から、都心のアートギャラリーを貸し切って湖月舜日展が開かれた。

これまでの作品の肉筆画や未出展の絵画数点。なんといっても目玉は、新生〈旭日〉と新生〈落陽〉。

個展用の新作は、大きな絹のキャンバスに描かれた〈麗《うるわ》しの日々〉。百花が今にも香りそうな鮮やかでバランスに優れた色使いと繊細なタッチで描かれていて、空気がきらきらときらめいている。見る者の心を明るく、温かくする作品だ。

関係者の注目を集めたのは、やはり新生〈旭日〉と新生〈落陽〉だった。

刹那《せつな》を切り取ったような迫力と大胆な構図。反面、繊細で緻密、剛柔の筆使い。墨一色で表現された風景画は、老成したフォトグラファーが切り取った風景のようであり、今にも波音が聞こえそうだ。豊かな色彩と音、温度だけでなく、描かれた世界の想像が広がると、高評価だ。

〈麗《うるわ》しの日々〉は、とくに女性ファンから好評を得た。ポストカードやポスター、複製画の売れ行きがよかったのも〈麗《うるわ》しの日々〉だ。

半月開催の最終日は十六時まで。会場に足を運んだ舜太郎は、ファンや顧客、知人たちから花束や手紙をもらった。手を痛めるといけないので、握手は交わせない。個々にお礼の言葉しか返せないのは残念だ。

花束や手紙は七瀬が受け取り、中身を調べたあと、大切に梱包して自宅へ運ぶ。

初日に贈られた豪華なスタンド花や胡蝶蘭も嬉しかったが、わざわざ最終日にも足を運んで、花束や手紙をくれるファンや知人の存在がことさら嬉しい。

昨年までは、ファンに対して感謝こそすれ、ほかの感情は抱かなかった。苦しみ抜いて描いた〈旭日〉と〈落陽〉への賛辞もだが、藍と暮らす日々を百花に置き換えて描いた〈麗《うるわ》しの日々〉を褒められると惚気《のろけ》を見られたようでやや照れくさい。藍の存在が舜太郎を変えたのだ。

「……舜太郎さま」

出入り口を見つめる七瀬につられ、花束を抱える舜太郎も目を向けて——信じられないと目を疑った。

師匠・凰綺日涛が夫人とともにギャラリーにやってきたのだ。

顔色は健康そうで、以前と変わらず温厚な雰囲気だ。

「このたびは十周年おめでとう、舜日くん」

(どうして……？　いるはずの……、来てくれるはずのない、先生が？)

「先生。いらしてくださったんですね。こちらこそありがとうございます」

舜太郎は内心で焦っていた。個展の案内を凰綺には出せないでいたからだ。不躾《ぶしつけ》を働いたのに、凰綺は晴れやかな顔をしていた。

「きみの作品をよく見せてもらうよ」

緊張して動悸が速くなるが、なるべく平静を装《よそお》った。

凰綺とともにおのれが描いた絵画を眺める。そのときそのときの実力をめいっぱい出し切った、どれも自信作ばかりだが、気になるのは〈旭日〉と〈落陽〉だった。

格式高く見えるよう、〈旭日〉と〈落陽〉が飾ってある。ディレクターのこだわりのライティングが施されている。

その前に立った凰綺は、一対の海の水墨画をしげしげと眺めてから、ぱっと破顔した。

「これだよ、これ。ぼくが見たかったのは、この輝かしい空と海。織り成す空気の豊かさだ。刹那《せつな》を切り取った風景なのに、波の音、潮の風、眩《まばゆ》い海面と太陽が目の奥で、脳や心のなかできらめき続けている。眺める者を圧倒する、悠然とした自然の美。そして、静寂な絵画にあるさまざまな音。潮騒《しおさい》と朝や夕を歌う鳥たちの鳴き声。遠くの船の音、見ている者の息づかい。この昇りゆく生まれたての純真な朝日は、こうして彩色豊かな夕日となって海へ還《かえ》ろうとしている。太陽はこのあいだにどんな体験をしたのだろうか！　物語が絵画の外に広がっていくよ。なんて素晴らしい絵画なんだ。この卓越した表現ができるまで苦難の道だったろう。だが、舜日くん。きみはやり遂げた！おめでとう！」

舜太郎は驚いた。鼻につくと嫌った絵画だったのに、声を大にして賞賛してくれる。

（――投げ出さずに描き切ってよかった）

舜太郎は言葉を詰まらせた。ありがとうございます――その一言が、胸がいっぱいになってうまく喉から出てこない。

もうすぐ三十七歳になろうとしている大人の男が、人前で泣くのはみっともないとわかっていながら、目頭が熱くなるのが止められない。

滲《にじ》む凰綺が舜太郎の手を握る。固く。厚く。労《ねぎら》うように。

「冷たく突き放して悪かったね。だけど、きみに殻を壊してほしかったんだよ」

「……先生」

喉と心が詰まってお礼を言えない。涙を拭うと、以前のような優しげな凰綺の笑顔が見えた。凰綺は七瀬とも握手をする。ここまで支えてくれた親友の存在の大きさを師匠は知っている。その七瀬も後悔し悩み苦しんでいたのを見抜いている。

七瀬もまた、涙ぐんでいた。フレームレス眼鏡を外してハンカチで目を押さえている。

そして凰綺は、百花を描いた鮮やかな日本画〈麗《うるわ》しの日々〉を眺め、眩《まぶ》しそうに目を細めて、おっとりと微笑む。

「これも素晴らしいね。白がとくに美しく出ている。作品を見ているだけでこちらの気持ちが浮き立ってくるよ。なにかいいことが起こりそうな予感がする。いいねぇ。とてもいい絵だよ。ぼくも虜《とりこ》になりそうだ。きみの日々が、この可憐でさまざまに咲きほころぶ花々を描かせたんだね。嫉妬するくらいに美しく、たくさんの愛を描いた一枚だ。心から愛する奥さんの存在がきみを足掻《あが》かせて、殻を破らせて、この絵を描かせたんだね。大事にしなさいよ。あの子はいい子だ」

「……ありがとうございます。それは、もう、大切にします。妻は、僕のなによりの宝物ですから」

（藍さんを先生に紹介したい。きみのおかげで僕はここにいるんだ。ああ、どうしてここにいないんだ）

藍は、パーティ会場で忙しくしているだろう。会ったら強く抱きしめて、思いの丈をすべて打ち明けたい。

「この〈麗《うるわ》しの日々〉を見ればよくわかるんだよね。きみが藍さんを愛していて、愛されているのが。心をいたわり養ったんだね、きみは。感性がどんどん柔らかく豊かになっていく。鋭いままではいつか折れてしまうからね。……前に、花蓮先生が奥さんを連れてきてくれたんだよ。しなやかな若木のような見た目どおり、藍さんは素直で思いやり深いね。なによりきみを慕い、思いやっているが、盲目になっていない。そして、ぼくの真意を汲《く》んでくれた」

藍は凰綺に会ったようだったが、なにも話してくれなかった。舜太郎が壁を乗り越えるのを信じていたからだ。

影日向になって支えてくれたのは藍だけではない。七瀬もそうだ。七瀬があのとき、凰綺に見せようと言ってくれなければ、この新生〈旭日〉と新生〈落陽〉はなかった。

そして、藍との日々があったからこそ、ときめき、きらめく日々を花一輪一輪に置き換えた〈麗《うるわ》しの日々〉が誕生した。支えてくれる人たちとファン、そして愛しい藍がいてくれたから、豊かな色彩と鮮やかな絵画が生まれたのだ。

決して自分ひとりの力ではない。

物心がつく前から絵を描いていて、十年も日本画家をしていて、ようやく気づいた。誰かの支えがあるから、画家として立っていられるのだと。個展の成功があったのだと。

十周年パーティに招待したのは、内輪の人間だけだ。

アメリカ生活で画家のきっかけをくれた画商兼友人を招待すると、彼は喜んでスケジュールを合わせてくれた。

これまでお世話になった画商やギャラリースタッフたち。事務員たち。大学時代からの友人たち。姉夫婦。アメリカ在住でスケジュールが合わなかった妹はビデオ通話とプレゼントでお祝いしてくれたし、同日に小説の賞を受賞した従弟《いとこ》とは電話で互いに祝い合った。

祖父母と親、親戚。そして、藍が招待状を出してくれたおかげで、凰綺夫妻がここにいる。ここにいる誰かが欠けていたら、今ここに舜太郎はいない。感謝の気持ちが心から溢《あふ》れてきて、自然と笑顔になった。

そして、ダークブルーと黒のグラデーションのエレガントで控えめなドレスを着ている藍が隣に立っている。改めて、美しい幸運の女神だと思った。

「藍さん。ありがとうございました。僕が顔を上げてここにいられるのは、藍さんがいてくれるからです」

シャンパンでほんのり頬を赤くした藍は、ふうわりと微笑み、さらに頬を赤くする。

「舜太郎さんが逆境に負けずに作品を描き続けた結果です。頑張る姿があったから、みんなが応援したんですよ」

「いいえ。折れずにここまで来たのは、藍さんのおかげです。なにしろ、出会う前から夢のなかで会っていたんですよ」

「夢望《ゆめみ》シリーズの最新作〈天翔る《あまかけ》〉も素敵でしたね。発表しないなんて、もったいないなと思うんですけど？」

〈天翔る《あまかけ》〉は、シティマラソンに参加した藍の姿に由来する。おのれに負けずに懸命に走る姿。汗を飛ばし、呼吸を荒らげていた健康的な美と官能を本人は自覚していない。藍以外のランナーを見ても、官能を感じることはない舜太郎も舜太郎だが。

その美と官能、感動を絵画に昇華させた結果、夢望《ゆめみ》は蒼穹《そうきゅう》を背中の大きな翼で生き生きと駆ける天使になった。エロチシズムがあるのだから、誰かの目に止まるのは困る。

「僕と藍さんだけの秘密、ですから」

舜太郎は藍の健康的な手を取る。アクセサリーが控えめだから、結婚指輪がよく目立つ。

「今度は藍さんの友達を紹介してください。それから、結婚式もしないとですね」

一拍置いて、藍の目が大きくなっていく。

「ええ、いいんですか？」

目をうるうると潤《うる》ませる。結婚式に憧れないはずないのに、自分のことで手一杯で藍が真に望むものをプレゼントできていなかった。

「不甲斐ない夫ですが」

「ご謙遜《けんそん》を。身にあまるよき夫です。でもわたしは欲張りなのであまったところも自分のものにしちゃっています」

目を潤《うる》ませたまま、ふふっと藍が笑う。極上の笑みにつられて、舜太郎もまた微笑んだ。

◇◆◇

和《なご》やかなうちにパーティが終わった。藍と舜太郎は夜遅くに家に戻ると、これまでの疲れを取るようにゆっくり入浴した。

間接照明だけのベッドルームで、ペアの寝巻きを身につけた藍は舜太郎の膝の上に座っている。飲み物はビタミンウォーター。今夜はもうお酒はいらない。

舜太郎が藍の手を取り、恭《うやうや》しくキスをするから藍は照れてしまう。

「感謝の言葉を出し尽くしても感謝し尽くせません。ほんとうに、ありがとうございました」

「舜太郎さんが頑張ったからって何度でも言いますからね？　でも、ほんとうによかったって思いました。凰綺先生もご両親も、君島さんたちも、晴れやかな顔でしたよね。舜太郎さんも」

彼は卑屈になっているわけでも、謙遜《けんそん》しているわけでもなく、心の底から純粋に感謝しているから何度もお礼を言うのだとわかっている。けれども、真実は舜太郎のこれまでの努力と実力、人柄のたまものだ。だから、『もうその話はおしまい』——そう目で訴える。

「藍さんのおかげです」

ふわりと微笑み合い、どちらからともなく近づいてキスを交わす。何度も何度も。小鳥のように啄《ついば》む可愛らしいキスだ。

「今度、みんなが集まるパーティは、結婚式ですね」

「はい」

キスしながらお互いの身体をまさぐる。性急ではなく、互いの好いところを手で確認し合う。柔らかなダブルガーゼの寝巻きの上から乳房を揉《も》まれて、藍は早々に吐息を漏らす。

「言葉にし尽くせない愛を、受け取ってください」

「……は、い」

帯を外されて、肩からするりと寝巻きを落とされた。健康的な素肌が晩秋の真夜中の空気にさらされて、きゅっと胸の先が硬くなる。

首筋から胸元。余すところなくキスをされて、彼の手にもあまる乳房のまるみをやんわりと揉《も》みしだかれる。

彼を待っている色づく胸の先を厚い舌でぺろりと舐められ、ときめく予感で鼓動が速くなる。

ほとんど毎晩のように抱かれていても、始まりはいつも胸がどうしようもなく高鳴る。まだ、両想い夫婦になって日が浅いから。お互いを思いやっているから。大切にされるから。大切だから。

激しく愛してくれるから。愛したいから。

「ン……ふっ」

膨らみ艶《つや》めく乳暈《にゅううん》をれろれろ舐められ、咥《くわ》えられて吸われると、下腹部がさらに熱くなる。自然と太腿が擦り合ってしまう。

藍も舜太郎の寝巻きをはだけさせる。しっかりとした肩の筋肉を撫《な》でて、背中も撫《な》でたいのに、乳首を甘噛みされて、舜太郎の頭を抱える。

「……ふ、ぁ、あ」

吸われていない乳首もいいように指で嬲《なぶ》られ、ショーツのなかがいつもより濡れている。個展とパーティが成功した高揚感も手伝って昂《たかぶ》っている。

藍は、やんわりとベッドに押し倒された。足を持ち上げられ、ふくらはぎにキスをされると、恥ずかしさが勝った。

「舜太郎さん、そんなところ」

普段隠れている場所をさらけ出し、キスされると困ってしまう。でも嫌ではなくて、愛されているのだと感じる。だから、困ってしまう。感じてしまうから。

「あっ」

彼の膝にショーツの中央をぐりぐりと押されて、今度は快感が勝る。

「ショーツがもうびしょ濡れじゃないですか」

「舜太郎さんが、させたんです、はぁ……っ」

「ええ。僕のせいですね」

膝の裏にくちづけられ、徐々に太腿にキスが上がってくる。器用な彼の手がショーツのリボンを外す。そうしやすいように紐パンを選んだのだと見透かしているだろう。

「ああ、とろとろだ」

「……息、が」

愛蜜滴《したた》るそこを舜太郎は目を輝かせて見る。まるで大好物を見るように。

(やだぁ！　何度見られても恥ずかしいっ)

藍は上体を起こし、秘所を隠そうと手を伸ばす。

「だめ」

「どうして？」

舜太郎は隠そうとした指ごと秘所に舌を這わせる。ゾクゾクッとした熱がそこから子宮を疼かせる。

「あっ、ああ」

舜太郎の唾液でまみれた手で顔を隠そうとして、濃くなった彼の匂いがまた身体を熱くする。

肉びらを丁寧に舐め解され、艶《なまめ》かしいゆるい刺激が腰を揺らした。

「ふ……あ、ぁ……とけちゃい、そう……ぁ、ふ」

「もうおねだりですか？」

くすっと笑われ、淫らな身体が恨めしくなる。そうして、言葉と態度で嬲《なぶ》られて感じるようになったのも含めて。

「どろどろになるまでイきまくらないと満足しないでしょう？　それに、今日はとことん愛を伝えたいんです」

ちらりと合った男の目が欲望でぎらついている。

これは、お預けされて泣かされるパターンだ。でも、やっぱり胸がときめいてしまう。たっぷりと時間をかけて愛撫され、身も心もとろとろに蕩《とろ》けた頃、逞《たくま》しい雄でどこよりも熱く濡れている場所を貫かれ、最後まで愛された。

「～～～～――……ッッ！」

一度、深い場所で精を受けた膣内《なか》は敏感で、軽くかきまぜられるだけで簡単に達してしまう。いいや、挿入される前から、キスと舌、指で絶頂を繰り返している。軽く触られただけで、呆気なく達してしまう。

「あ、あ……はぁっ。あんんん」

大きく開いた足の片方を持ち上げられ、舜太郎しか届かない最奥を恋しさを刻まれるように打ち付けられると、目前にチカチカ星がまたたく。

ふたり分の体液が潤滑剤になっているせいか、抽挿も滑らかでぬぷぬぷ、ぬちょぬちょと淫らな音を立てながら、濡れ襞《ひだ》を捲《めく》り上げられる。狂おしいほどの快感のせいで甘えた声が止まらない。

（頭がおかしくなったら、どうしよう）

寄せては返す淫らな波がとめどなく続いて、舜太郎のこと以外なにも考えられない。ただただ、気持ちがいい。愛しい。

とろとろに蕩《とろ》けているなか、藍を愛おしげに見つめる彼の手が、過敏な秘玉に伸び、くちくち擦られる。

行き場のない快感がお腹のなかと頭のなかをぐるぐる回り、痺れさせる。

「くひぃ……ぃんっ」

「藍さんの腰の動きと、僕の動きは同じリズム、ですね」

「うご、いて……ま、せんん」

藍が気づかないだけで、自然と腰は動いている。そのタイミングもばっちり合っている。

「あ――、また、イっちゃう。イくの……ぉ。しゅ、たろ……ぉさぁん。も、う、だめぇ……」

「じゃあ、やめましょうか」

言うや、舜太郎はやめてしまった。更なる絶頂を待ち望んでいた藍は、夢見心地からほんのり覚めるようだった。

「え……。やぁ。やめ、ないで。しゅん、たろうさん……。すきなの。だい、すきぃ」

藍の足を下ろしてしまった彼は、髪をかきあげて額に浮かんだ汗をセクシーに拭い、艶然《えんぜん》と笑んでいる。

ほんとうにやめてしまうのかと思うと、藍は子供のように泣きそうだった。疼《うず》く身体を持て余すのもつらいが、なにより舜太郎に気持ちよくなってもらいたい。

「しゅんたろうさんは、淫らな、わたしがいやですか？」

「そんなこと言ってもいないし、思ってもいません。……手を」

差し伸ばされた男らしい手を取ろうとすると、腕を掴まれて抱き起こされた。みちみちの膣内《なか》にあるモノが大きく動いたため、予想していないタイミングで達してしまった。

ぷしゅ、しゅっ。噴き出した潮が結合部と舜太郎の腰を濡らす。

「や、ぁ、ぁ……なに、これ。やぁ、とまら、ないぃぃ」

「全身性感帯のあなたも大好きです」

「あッ。あぁ、んん――――～～っっ‼」

弓のようにしなった腰をぐいっと抱かれて、玉の汗を飛ばす。舜太郎との隙間の素肌を落ちる汗も、今の藍には官能を深める媚薬だ。

「藍さんを淫らにさせているのは、僕ですよ。愛しくて愛しくて、心臓がドキドキ鳴りっぱなしです」

聞こえる鼓動はどどどどど、と、速い。

藍は少し睨《ね》めつける。こんなに深く愛されて嬉しいけれどやりすぎだ、と。涙で潤《うる》んだ上目遣いになっていても自覚もない。

「可愛い。僕の可愛い藍さん。このまま腕のなかに閉じ込めておけたらいいのに」

強く抱きしめられて、とろとろの蜜洞の最奥をぐりぐりとかきまぜられると、全身がわななく。大きく喘ごうとする口をキスで塞がれて、溺《おぼ》れた者のように藍は必死に舜太郎にしがみついた。

「あっ。おく、だ、め。おかし、くなっ、ちゃうぅ」

「好きでしょう？　僕も、好きですよ。藍さんの、いやらしい奥。ぬるぬるでギチギチに締めてきて、熱くて柔らかい」

「あ、ア。ぁっ。すき。だい、すき……。しゅんた、ろぉさぁん」

「ん。僕も、もう」

お尻の柔肉を掴んだ舜太郎は、早く、力強く打ち付けてくる。前後不覚になっている藍は、もうなにを喘いでいるのかわからない。

舜太郎は打ち付けながら、藍の肩や首に歯を立てる。それほどまでに、舜太郎も藍の身体で感じ、昂《たかぶ》っている。

「……藍さんっ。愛しています」

舜太郎が藍の最奥でたっぷりと愛を伝えると、藍は恍惚《こうこつ》のなかで想いと熱情を受け取った。

「は、ぁ、ぁ……」

今日は離れたあとでも、精液がこぷこぷ溢《あふ》れている気がして恥ずかしい。でも、身も心も愛されて、満ち足りて微笑む。

舜太郎も同じはずなのに、彼は申し訳なさそうな顔をしている。

「……肩に歯型をつけて、すみません」

謝りながら、舜太郎が肩や首筋をぺろぺろ舐める。まだ敏感な肌には刺激が強くて、びくびく感じてしまい、また発情しそうになる。激しく愛されたのになんて貪欲なのか。

「舜太郎さん、くすぐったい」

ふふっと笑いながらシーツの波間で逃げようとするが、すぐに捕まって、抱きしめられる。

(幸せ……。舜太郎さんといるだけで満たされるの)

世界一安心できて、大好きで、落ち着く場所で、藍は微笑んでいる最愛の夫のシャープな頬を両手で包む。

「わたしも、愛しています」

愛しさを告白して、愛しい夫に幸せなキスを贈った。

番外編　忘れ去られた秋の日

小学二年生・八歳の藍は困っていた。

大好きな従姉の結婚式はとってもロマンチックだったし、目を輝かせて見ていたが、披露宴はつまらなかった。子供の味覚に合わない料理やおじさんたちの長い話に飽きてしまったのだ。

おとなしいとは言いがたい藍は、ひとりでホテルを探検していた。リングガール用の白くてヒラヒラのお姫さまみたいなドレスを着て探検していたら、不思議の国のアリスの気分になって楽しかった。のだけれど――帰り道がわからなくなった。

「……こまったなぁ。……どうしよう」

首を傾げると、しゃらんと花かんむりの音が鳴った。

◇◆◇

一度ホテルの玄関まで行き、両親と歩いた順路を辿《たど》ろうとした。

「……わぁっ」

秋の高い青空に映えるバラのアーチが目に入ると、庭園で新郎新婦と親戚たちと写真を撮ったのを思い出した。

結婚式の主役である従姉がいなくても、もしかしたら親戚の誰かがいるかもしれない。小さな胸に希望をもって、明るい午後の庭園に飛び込んだ。

迷子なのだから、ホテルマンに披露宴会場を教えてもらえばよかったのだが、そこはまだ小学二年生。

（知らない人としゃべっちゃいけないってならったから、どうしよう……。……知ってるおじさんおばさんがいればいいのに～）

高い防犯意識が邪魔をしていることを、藍はわからなかった。とにかく、知っている場所に行けば誰かがいる気がした。

ふわふわひらひらの白いドレスのスカートをひるがえして、秋咲きのバラが咲き零れるガーデンに辿《たど》り着いた。

バラのアーチ、ロマンチックなガゼボ、花婿と花嫁が鳴らしたベル……。ぐるりと一周してあたりを見渡しても、ひとっこひとりいない。

新郎新婦が祝福されていたときはたくさんの人がいたのに、今はがらんとして静かだ。

明るく爽やかな青空じゃなかったら、心細くて泣いていた。だが、それも長く続かない。いつしか、この美しいバラ園を独り占めしている、ロマンチックな気持ちが勝っていた。だって、今日は素敵な結婚式だったから。落ち着きがなくてボーイッシュな藍だって、ロマンチックな雰囲気に浸ってしまう。

色とりどりでいい香りのバラを見ながら、新郎新婦が愛を誓ったガゼボへ近づく。と、そのガゼボの柱にもたれて座っている男の子がいた。歳の頃はさだかではないが、藍よりずっと年上のようだ。

(知らない人がいた)

急にドキドキして、口を幼い手で押さえる。

男の子はバラ園を見ては、手元にある大きなスケッチブックに鉛筆を走らせている。なにを描いているのだろう？　好奇心がむくむくと膨らんだ。

できるだけ静かに、そろりと近づいて、男の子の背後に回る。

「……びっくりした。妖精かと思った」

男の子——中学生くらいのお兄さんが振り返って目を大きくした。

驚いたのは藍のほうだった。お兄さんの顔がアイドルみたいだったから。いや、へたなアイドルよりも顔が整っている。初めて間近で美少年と会い、なぜかどぎまぎしてしまった。

そこで、藍の警戒心が低くなった。こんなにかっこいいお兄さんは悪い人じゃない。だって、目がとても綺麗だもの。

(ようせい？　わたしが？)

リングガールをしたから、花嫁みたいな白いふわふわひらひらのドレスを着ている。

めったにつけないレースのリボンと初めての花かんむり。大人びたフェイクパールのネックレスもだが、可愛らしい色合いのネイルカラーをしているし、色つきリップもしている。この日のために髪だって切るのを我慢し肩まで伸ばして、ふわふわパーマのつけ毛もしてもらった。可愛らしい妖精みたいに見えるのなら、そのおかげだ。いつもは、ボーイッシュで男の子に間違えられるのだから。

褒められた気がして、藍は小さく笑って喜ぶ。すると、お兄さんも微笑む。

「そういえば、何組か結婚式をしていたね」

「ええ？　おねえちゃんを知ってるの？」

こんなにかっこいいお兄さんが結婚式にいただろうか？

助けられた気がして喋ってしまった。お兄さんは大人じゃないから大丈夫、セーフ、だと思うことにした。

「僕は招待客じゃないんだ。遠くから見ただけなんだよ」

期待が急に萎《しぼ》んでしまって、藍は小さな肩を落とした。

お客さんじゃない。見ていただけ。お従姉《ねえ》ちゃんを知らない。じゃあ、披露宴の大きな広間も知らない。どうしたらいいのかな。

そのとき、お兄さんのスケッチブックが目に入った。

絵だ。このバラ園を写真で撮ったかのように、鉛筆で細かく綺麗に描いている。こんな絵を描けるなんて、中学生はすっごく大人だ。きっと、図工も得意なのだろう。藍は図画工作が苦手中の苦手だから、お兄さんが描いていた絵に釘付けになった。

「……すごーい。バラえんの絵だぁ！　おにいさんがかいたんですか？」

「え、ああ。うん。そうだよ」

当たり前のことを口にしたことに気がつかなくて、お兄さんが笑った理由がわからなかった。でも、お兄さんが笑ってくれたのが嬉しい。

「えんぴつだけなのに色がついているみたい。とっても、綺麗！」

「褒めてくれてありがとう」

お兄さんは少し考えるような仕草をして、スケッチブックを開く。見せびらかす感じではなく、絵本を見せてくれるみたいに。

藍はお兄さんの隣にちょこんと座って、目を輝かせてスケッチに見入った。

色鉛筆で描かれた子犬や子猫、薄い絵の具をさらっとのせた風景画、大きなお寺、鉛筆で描かれた繊細な睡蓮《すいれん》が咲く池には柔らかな色が塗られていた。

お兄さんが見た景色は、写真よりも温かみがあって、きらめいている。それが羨《うらや》ましく思えた。

中学生くらいになると素敵な絵が描けるようになるのか、それともお兄さんが特別絵が上手なのか。

ひととおりスケッチブックの中身を見せてくれると、お兄さんはスケッチブックをたたんで鉛筆を大きなペンケースにしまい、それらをトートバッグにしまった。

(もっと見ていたかったな。ざんねん……。とってもじょうずで、絵本みたいにきれいだったな)

「もしかして、迷子、かな？」

迷子だったことを思い出して、藍は小さい肩を落とした。

「……うん。探けんしてたら、まい子になっちゃったの。ホテルのなかなのはわかるんだけど……。広くて、どこだったかわからなくなったの」

「なるほど」

「このバラえんでおねえちゃんがけっこんしきをしていたから、だれか知ってる人がいるかなって」

「うん」

「でも、いなかったの」

「ひとりなのに寂しくなかった?」

「バラがきれいだったから。ないてたらバラも空も見られないし、お兄さんにも会えなかったかも」

「そうかな。……そうかもね。泣かなくてえらかったね」

「ドレスがだいなしになるもの」

お兄さんが妖精みたいって言ってくれたから。お父さんもお母さんも親戚のおじさんたちも、可愛いとは言ってくれたけど、それはドレスが可愛いだけで。いつもの活発な藍を知っているから。だから、ドレスが台無しになることはしたくなかった。

「ポジティブだね」

「なにも考えてないって、お母さんによくしかられるの」

「悲しいことばかり考えるよりはいいと思うよ。……ラウンジまで案内してあげるよ」

「らうんじ？」

藍は首をかしげる。しゃらん。花かんむりが小さく音を鳴らした。お兄さんは藍を見て、バラ園に視線を向けて、うんと頷いた。それから秋空のように爽やかに笑う。

「その前に、少しだけ時間をくれるかな？　描きたい構図が浮かんだから、忘れないように残しておきたいんだ」

お兄さんが言っていることは半分以上わからなかったけれど、藍は頷いた。

捲《めく》ったスケッチブックの真新しいページ。お兄さんは、先が尖《とが》った鉛筆でササッと薄く丸や線を描いていく。さらにサラサラと淀みなく女の子を描く。見慣れたマンガ絵と写実的な絵の中間――だと八歳の藍にはわからないのだけれども――綺麗な絵だと思った。

絵を描くお兄さんの真っ直ぐな目が、藍の幼い目を奪った。アイドルよりもかっこいいお兄さんが集中して絵に取り組む姿は、真剣で素敵だった。

お兄さんに見とれているばかりではなく、スケッチブックに書き込まれる美しい線も目で追う。線が、絵になっていく。魔法みたい。女の子がバラの植え込みの前にいる。

花かんむりをつけた女の子には薄い翅《はね》が背中にあった。

(ようせいだ！　お兄さんにはようせいが見えるんだ。すごーいっ！)

細かな部分を描かないで、お兄さんは鉛筆をしまうと、スケッチブックを再び閉じた。絵を描くところをもっと見ていたかった。スケッチブックと鉛筆に魔法がかけられたみたいに、絵ができていくのが不思議で楽しかったから。

「もうかかないの？」

「うん。アイデアを覚え書きしただけ。水彩鉛筆も持ってないしね。それに長々と描いてると、きみがお母さんたちのところに帰るのが遅くなるから。待っていてくれてありがとう」

言われて藍は思い出した、迷子だったのを。

お兄さんは再びスケッチブックなどをトートバッグにしまう。

立ち上がったお兄さんは、うんと背が高い。お父さんよりは低いみたいだが、登校班にいる六年生の男の子より背が高くてスラリとしている。それでまた見とれてしまった。

お兄さんは妖精が見えるアイドルなのかもしれない。

秋の爽やかな風が、お兄さんの黒髪をなびかせ、藍のふわふわでひらひらのドレスの裾を、波立たせ、さらう。

「僕とラウンジまで行こうか。フロントで聞けば教えてくれるから聞いてあげる」

お兄さんが「おいで」と優しく言ってくれたから、藍は不安になることなく、彼についていく。

バラ園を通る風が芳香と花びらを運んでくれるのも心強かった。それに。

（お兄さん、アイドルじゃなくて、王子さまみたい）

手を引いてくれるお兄さんに勇気をもらった。

ラウンジに行く途中で、藍は小学二年生だということ、大好きな従姉のリングガールをしたことを話す。

お兄さんは中学二年生で、おばあさんに連れられてこのホテルに泊まっていると話していた。

お兄さんは藍に合わせて優しく話してくれるから、なんだかお姫さまになった気分だった。

お城のような広いラウンジに着くと、大きくてふかふかのソファに行儀よく座る。お兄さんがウェイターに話しかけてしばらく。絵の具を溶いたかのような鮮やかなオレンジグラデーションのソーダが運ばれてきた。お兄さんは薄黄金色の炭酸ジュースを手にしている。

お兄さんが「どうぞ」と言ってくれたので、藍はわくわくしながらストローに口をつける。甘いマンゴーと爽やかなオレンジ、レモンの酸味が口のなかいっぱいに広がって、微炭酸が喉をするすると落ちていく。思ったより喉が渇いていたようだ。

「おいしい？」

「うん。とっても。お兄さんはジンジャーエールなの？」

「マスカットのジュースだよ。ジンジャーエールもよかったな」

「このジュースも可愛いし、おいしいよ。えらんでくれてありがとうございました」

好みのジュースと向かいに座るお兄さんのおかげで、藍はまたもや目的を半分忘れかけていた。

「……結婚したおねえさんの名前はわかるかな？」

「うん」

花嫁の従姉は、お母さんのお姉さんの娘だから名字が違っている。でも、大好きな従姉だから幼稚園の頃から名前を間違ったことがない。

胸を張って、従姉の名前をお兄さんに伝える。すると、「ちょこっと待っててね」と言って、彼が席を立つ。

「フロントで聞いてくるよ。大丈夫。すぐにお父さんとお母さんに会えるからね」

オレンジ色のソーダのストローを咥《くわ》えながら、フロントへ歩いていく後ろ姿を見送る。

急に心細くなった藍は、身を小さくした。

探検を始めたときはワクワク感が勝っていた。それから迷子になって不安が胸にいっぱいになって、知らないお兄さんの魔法みたいな絵を見ているうちに気分が上昇して。そして、天井が高くて広く、大人しかいないラウンジに取り残されると、急に寂しさと恐ろしさに襲われた。

高い天井から下がるシャンデリアが今にも落ちてきそうな気がして、ちょっぴり怖い。明るい陽差しが注ぐ大きな窓の外を眺める余裕がちっともない。

お兄さんがいてくれたから、心強かった。

「お待たせ。ホテルの人に確認してきたよ」

待っていた身からすると長い時間だったが、実際は五分もかかっていない。お兄さんは、ホテルのかっこいい制服を着たお姉さんを呼んできてくれた。

「係のお姉さんと会場に戻る？　それとも、お父さんかお母さんを呼んでもらう？」

ここにお父さんとお母さんが来る。

それは、安心してホッとするが、お父さんは酔っ払っていたし、お母さんは……目を三角に吊り上げて怒るかもしれない。お兄さんの前で怒られるのは、なんだかいやだった。

「かかりの人と、もどり、ます」

思ったよりも小さな声だったので、藍は驚いた。いつも元気すぎると言われるのに。

不安がどっと押し寄せる。会場に戻れるのは、なによりの希望だが、係の人とふたりきりになる。

それに、お兄さんはひとりになってどうするんだろう？

（お兄さんは……心細くないのかな？　こわくないのかな？　中学生だから、平気なの、かな？）

「じゃあね」

にっこりと笑い手を振るお兄さんに藍は聞いた。

「さみしくない？」

お兄さんはくすくす笑う。童話のイケメン王子さまが笑ったらこんな笑顔だろうと、幼い藍は思った。

「ひとりには慣れてるんだ。それにきみが絵を褒めてくれたから、大丈夫。それから……」

続く言葉をお兄さんは言わなかったから、藍は首をかしげる。

「なんでもないよ。……部屋に戻れば友達がいるから、ひとりじゃないんだ」

「友だちがいるならだいじょうぶだね」

ようやく笑った藍がホテルの人を見上げる。お兄さんが連れてきてくれた大人なら信用できる。だって、かっこいいから。お兄さんもフロントのお姉さんも。

「お兄さん。ありがとうございました」

ぺこり。お辞儀をすると、しゃらんと花かんむりが小さく鳴った。

「どういたしまして」

手を振るお兄さんの笑顔に見送られ、藍はホテルの人とエレベーターホールへ向かった。

その後、披露宴会場に戻ると、花嫁が両親に宛てた手紙を読む場面だったので、もらい泣きをしていたお母さんから叱られることはなかった。

◇◆◇

——それから年月は経ち。

舜太郎のアトリエには膨大な量のスケッチブックがある。古すぎるスケッチブックを見返すことはないのだけれど。

そこに埋もれている古びた一冊に、バラ園と妖精の女の子のスケッチが残されている。

あのとき、舜太郎は祖母・花蓮の気まぐれでホテル住まいをしていた。天気がよかったから、バラ園をスケッチしに行き、妖精と見まがう可愛らしい女の子と出会った。

当時中学二年生だった舜太郎も、当時八歳だった藍も、二十年以上前の出会った日のことをすっかり忘れている。

お互い、成長して容姿が変わったのもあるし、藍はその日、つけ毛で髪を長くしていたのもある。

それに、女の子は成長するとうんと変わる。男の子も同様に。

ふたりとも声もなにもかも変わっているし、見た目も違う。藍はその頃から活動的な元気っ子で、舜太郎は美少年から美丈夫になったのだけれど。

それに、ほんの一時間に満たない出来事をしっかりと記憶に残し、遠き日を思い出せるほど人間の脳は優秀ではない。

ひとつ言えるのは、舜太郎が夢で夢望《ゆめみ》と逢うようになったのは、この出会いのあとだ。

未来で出会う――再会する運命の人を描いていたのは、間違いなかった。

〜大人のための恋愛小説レーベル〜

ETERNITY エタニティブックス

ETERNITY エタニティブックス Rouge

エタニティブックス・赤

こんな姿、俺以外の男に見せるなよ
冷徹外科医のこじらせ愛は重くて甘い

伊東悠香《いとうゆうか》

装丁イラスト／海月あると

二十九歳の胡々菜《ここな》はここのところ不運続きの毎日。そんなある日、ひょんなことから居候することになったお屋敷で外科医の桐生《きりゅう》斗《とう》真《ま》と出会う。初対面から冷たく無愛想な彼だったが、胡々菜がストーカー被害に困っていると知ると、恋人の振りをしてまで優しく守ってくれて……。胡々菜はその態度にすっかり蕩かされ、彼の溺愛から抜け出せなくなり――!?　拗らせ外科医と不運なOLのドラマチックラブ！

※エタニティブックスは大人の女性のための恋愛小説レーベルです。ロゴマークの色で性描写の有無を判断することができます（赤・一定以上の性描写あり、ロゼ・性描写あり、白・性描写なし）。

詳しくは公式サイトにてご確認ください。
https://eternity.alphapolis.co.jp/

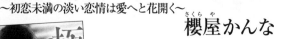

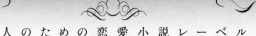

恋愛小説「エタニティブックス」の人気作を漫画化!

イケメン社長を拾ったら、熱烈求愛されてます

[漫画]Carawey
[原作]加地アヤメ

Eternity COMICS

恩返しは溺愛玉の輿!?

家系なのか遺伝なのか、お人好しすぎておかしな男性に好かれやすい星良《せいら》。日頃から「変な人には近づかない。優しくしない」を心掛けているのに、道で寝ていた男性に遭遇し、放っておけず声をかけたところ…後日、自分の会社の新社長として就任してきた！　それ以降、「お礼がしたい」と怒涛のド執着溺愛が始まって…!?

この作品に対する皆様のご意見・ご感想をお待ちしております。
おハガキ・お手紙は以下の宛先にお送りください。

【宛先】
〒150-6019 東京都渋谷区恵比寿 4-20-3 恵比寿ｶﾞｰﾃﾞﾝﾌﾟﾚｲｽﾀﾜｰ 19F
（株）アルファポリス　書籍感想係

メールフォームでのご意見・ご感想は右のＱＲコードから、
あるいは以下のワードで検索をかけてください。

アルファポリス　書籍の感想　検索

ご感想はこちらから

本書は、「アルファポリス」（https://www.alphapolis.co.jp/）に掲載されていたものを、
改稿のうえ書籍化したものです。

交際0日《こうさいぜろにち》。湖月《こげつ》夫婦《ふうふ》の恋愛《れんあい》模様《もよう》

なかむ楽（なかむ らく）

2024年 7月 25日初版発行

編集－塙 綾子
編集長－倉持真理
発行者－梶本雄介
発行所－株式会社アルファポリス
〒150-6019 東京都渋谷区恵比寿4-20-3 恵比寿ｶﾞｰﾃﾞﾝﾌﾟﾚｲｽﾀﾜｰ19F
TEL 03-6277-1601（営業） 03-6277-1602（編集）
URL https://www.alphapolis.co.jp/
発売元－株式会社星雲社（共同出版社・流通責任出版社）
〒112-0005 東京都文京区水道1-3-30
TEL 03-3868-3275
装丁イラスト－ワカツキ
装丁デザイン－AFTERGLOW
（レーベルフォーマットデザイン－ansyyqdesign）
印刷－中央精版印刷株式会社

価格はカバーに表示されてあります。
落丁乱丁の場合はアルファポリスまでご連絡ください。
送料は小社負担でお取り替えします。

ISBN978-4-434-34180-9 C0093